Escartín en Lima

Editorial Bambú
es un sello de Editorial Casals, SA

© 2018, Fernando Lalana, por el texto
© 2018, Editorial Casals, SA, por esta edición
Casp, 79 – 08013 Barcelona
Tel.: 902 107 007
editorialbambu.com
bambulector.com

Diseño de la colección: Miquel Puig
Ilustración de la cubierta: Francesc Punsola

Primera edición: febrero de 2018
ISBN: 978-84-8343-550-2
Depósito legal: B-30033-2017
Printed in Spain
Impreso en Anzos, SL
Fuenlabrada (Madrid)

ESCARTÍN EN LIMA

FERNANDO LALANA

bam bú

EDITORIAL

I.
TARRAGONA

JUEVES, 16

El hotel Imperial Tarraco había conocido tiempos mejores. Bien es cierto que a estas alturas del siglo XXI, casi todo y casi todos habíamos conocido tiempos mejores, pero eso no debería ser una disculpa en el caso de un hotel de gran lujo. Yo lo recordaba entre vapores de niebla, como se recuerda una noche de juerga y borrachera. Había sido tiempo atrás un fastuoso cinco estrellas, cuajado de salones de dimensiones versallescas; pero el tiempo, ya se sabe, sin un adecuado mantenimiento, ni olvida ni perdona.

Aquella tarde de mediados de junio (aquel junio especialmente frío y desapacible, ustedes lo recordarán), perdida una de sus estrellas y apagado el brillo de las restantes, el edificio de once alturas presentaba un aspecto un tanto... descuidado. Eso, por decirlo con amabilidad.

Un vistazo al vestíbulo me trasladó de golpe a los años setenta del siglo pasado: nada en la decoración procedía de una época posterior. Un vistazo al recepcionista me produjo una inmediata sensación de incomodidad zoológica. El tipo tenía cara de pájaro, con los ojos muy separados y una nariz que recordaba al pico de una rapaz. En la solapa del chaleco lucía un rotulito que rezaba «A. Burrull».

–Buenas tardes –dije con mi voz más seductora–. No tengo reserva, pero necesito una habitación.

El hombre-aguilucho me miró con uno de sus ojos, el derecho. Del campo de visión del izquierdo yo quedaba fuera sin ninguna duda.

–Muy bien, señor. ¿Cuántas noches?

–No lo sé. Una, de momento, pero quizá sean más.

–Vaaamos a veeer –suspiró A. Burrull mientras comenzaba a teclear en el ordenador que tenía a su alcance–. ¡Ajá! No hay problema. Tenemos habitaciones libres. ¿Me permite su carné de identidad?

Estuve a punto de argüir que lo había perdido. Pero decidí tentar a la suerte. Lo saqué de la cartera. Presentaba un estado deplorable y el recepcionista lo cogió con dos dedos y notable aprensión.

–Gracias, señor... señor... ¡ejem! ¿Escortén, pone aquí? Está borroso y no se lee bien.

–Escortén, no. Escartín. Es-car-tín.

Él estudió el rectángulo de cartulina plastificada por ambas caras con atención filatélica y volvió a mirarme.

–Está caducado.

Exhibí mi mejor cara de desolación.

–¡No me diga! ¿En serio? Vaya... El caso es que, ahora que lo menciona... sí, recuerdo haberlo visto, pero llevo algunos días fuera de casa y no he tenido tiempo...

–Caducado hace tres años.

Alcé las cejas.

–¿Tanto?

–No sé si puedo admitir este documento como prueba de su identidad.

–Inténtelo, hombre.

Se acarició la barbilla.

–Si tuviésemos ya una ficha con sus datos en nuestro ordenador, sería diferente, claro. ¿Recuerda si se ha alojado ya anteriormente en este hotel?

Se me iluminó la mirada.

–Sí, sí. Seguro que sí. Aunque hace ya algún tiempo de eso. Creo que fue en mi viaje de bodas. No estoy seguro de si ya existían los ordenadores.

–En ese caso, déjeme un segundo, a ver si hay suerte... –el hombre-pájaro se zambulló de nuevo en la pantalla– Escartín, Escartín... ¡Bien! Aquí lo tengo. Fernando Escartín, ¿verdad?

–No, Fernando, no –suspiré–. Ese es el famoso ciclista. Yo me llamo Fermín. Fermín Escartín.

Burrull volvió a mirarme, ahora con los ojos abiertos de par en par.

–Será una broma...

–Sí: una broma de mi padre, que era más gracioso...

El tipo frunció el ceño.

–Ah, no, no me refiero a la ridícula rima entre su nombre y su apellido. Quería decir... ¿De veras es usted Fermín Escartín? ¿El famoso detective privado?

En ese momento, comprendí lo que un actor de cine o una cantante de moda sienten cuando los fans los reconocen por la calle. A mí es algo que no me suele ocurrir, así que me aturullé bastante, traté de sonreír y ladeé la cabeza mientras me ponía hueco como un coco sin poder evitarlo.

–Pues..., lo cierto es que sí. En efecto, soy Fermín Escartín, detective privado. ¿Ha oído hablar de mí?

–¡Por supuesto! ¡Es un verdadero placer conocerlo, amigo mío! –exclamó el recepcionista Burrull estrechándome efusivamente la mano entre las suyas–. Y todo un honor para nuestro establecimiento tenerlo entre nuestros clientes.

–Bueno... Gracias.

–Déjeme decirle que... me encantan sus novelas. ¡Las he leído todas, se lo aseguro!

Intentó sonreír. Por desgracia, los pájaros no sonríen y solo consiguió componer una mueca patética mientras yo parpadeaba, desconcertado.

–¿Novelas? Pero... No, mire, yo no escribo novelas. Como usted dice, soy detective privado. Detective, no escritor. Simplemente, resuelvo misterios.

El hombre lanzó una carcajada corta y seca.

–Sí, hombre, ya lo sé. Me refiero a las novelas en las que usted aparece como personaje. Las que escribe el señor Lalana: *La tuneladora, El asunto Galindo, El último muerto...* Aunque mi preferida es *Ámsterdam solitaire.* Ya sabe: la del robo de la pluma estilográfica más cara del mundo.

Me quedé de piedra pómez.

Por un momento, había pensado que el rapaz recepcionista estaba mal de la cabeza, pero su última frase, tan precisa, tan concreta, tan segura, me trajo a la memoria un recuerdo antiguo. Un recuerdo de mis primeros años como detective cuando, en efecto, conseguí recuperar una estilográfica carísima, misteriosamente desaparecida de la tienda de objetos de escritura de José María Martínez, situada en el casco viejo de Zaragoza, muy cerca de mi domicilio.

No podía tratarse de una mera coincidencia.

El hombre seguía mirándome, al parecer encantado de conocerme.

Logré disimular mi perplejidad, asentí con la cabeza y abrí los brazos en un gesto ambiguo.

–En fin... esto... pues sí, ese soy yo. Ya ve qué cosas.

–Voy a rellenar su ficha de inmediato, señor Escartín. ¿Sigue viviendo en Zaragoza?

–Eeeh... sí.

–Calle de los Estébanes, número nueve, duplicado, ¿verdad?

–¿Cómo lo sabe?

–Por las novelas, naturalmente. Es un domicilio famoso. Quizá no tanto como el 221B de Baker Street, pero por ahí le anda. Tenga, firme ahí y ahí, donde pone «el viajero».

Aún algo aturdido, y mientras estampaba mi rúbrica en la cartulina, recordé que lo mejor del Imperial Tarraco era su ubicación, al final de la rambla Vella, prácticamente suspendido sobre el Mediterráneo y con buena parte de la ciudad romana a sus pies. Todo un lujo panorámico que compensaba con creces su falta de mantenimiento.

–Oiga, Burrull... aprovechándome de su rendida admiración por mi persona..., ¿cree que podría darme una habitación con vistas?

Él apoyó ambas manos en el mostrador y se inclinó hacia mí.

–Señor Escartín, sepa usted que en este hotel todas las habitaciones son «con vistas».

–No me diga...

–Así es: unas con vistas al mar y otras con vistas al aparcamiento trasero. ¿Qué prefiere?

–Hombre, puestos a elegir... con vistas al aparcamiento trasero, por supuesto.

–Huuuy... pues de esas no nos quedan –dijo, tras chasquear la lengua, y mientras me guiñaba un ojo–. Son las que todo el mundo quiere, así que la suya tendrá que ser con vistas al mar, ya lo siento. Pero, para compensarlo por las molestias, le haremos una rebajita en el precio.

–Está bien. Acepto.

–La quinientos dieciséis –me indicó, entregándome una tarjetita magnética de color burdeos–. El ascensor está ahí, a la vuelta. Bienvenido.

–Gracias, majo.

Pero, antes de llegar a la esquina, el recepcionista volvió a llamar mi atención.

–Espere un momento, por favor.

Entró en la oficina de administración y, a través del hueco de la puerta, lo vi rebuscando en una estantería llena de viejos archivadores hasta dar con un libro algo polvoriento, de sobrecubierta negra, con el título en grandes letras azules. Le pasó un paño y se acercó de nuevo a mí, con él en la mano.

–Nos lo regaló el señor Lalana hace unos años. ¿Sería tan amable de poner en él una dedicatoria?

El último muerto, se titulaba la novela. Lo cierto es que me pareció un título algo pretencioso. Bien editado, cartoné, sobrecubierta... Por supuesto, no me sonaba de nada. Como autor, en letras blancas, figuraba un tal Fernando Lalana. Al abrirlo, comprobé que estaba dedicado en una de sus primeras páginas, con letra picuda realizada con estilográfica de punto grueso.

«A los muy amables empleados del hotel Imperial Tarraco, con mi aprecio y agradecimiento». Tras ello, la firma y una fecha de 2012.

No se puede ser más vulgar, pensé.

Burrull pasó la hoja y me tendió un bolígrafo.

–Escriba: «Para el personal del hotel Imperial Tarraco, con un abrazo afectuoso y detectivesco». Luego, firme.

–¿No puedo poner lo que yo quiera?

–Ni hablar. ¿Se ha creído que es usted el autor? A los escritores no se les puede dictar la dedicatoria porque se lo toman a mal; pero usted es un simple protagonista. Ponga lo que le he dicho y no intente mostrarse creativo, que no es lo suyo.

Así lo hice, palabra por palabra. El recepcionista me miró después, muy satisfecho.

Cuando iba a quitarme el libro, lo retuve entre mis manos.

–¿Podría prestármelo, para leerlo esta noche?

Al momento, sacudió la cabeza.

–De eso, nada. Se trata de un ejemplar único, dedicado por su autor y, ahora, por su personaje principal. No puedo asumir el riesgo de que desaparezca. Lo siento. Si quiere leerlo, le aconsejo que se lo compre.

–Está bien –gruñí, disgustado, entregándoselo–. ¿Dónde puedo encontrar uno?

–En una farmacia.

–¿Eh?

Burrull chasqueó la lengua y emitió un gruñido sarcástico.

–¿Dónde se compran los libros, hombre de Dios? ¡En una librería, naturalmente!

–Naturalmente. ¿Hay alguna por aquí cerca?

–En la rambla. Se llama librería de la Rambla.

–¡Qué original!

–Y casi enfrente, en la otra acera, está la librería Adserà.

–Muy bien. Veo que Tarragona es ciudad de librerías.

–Pues sí. De librerías y de pedruscos antiguos. No todas pueden decir lo mismo.

–Cierto.

Lancé sobre el empleado una mirada cómplice y me dirigí a los ascensores. Sin embargo, antes de que se abriese la puerta del elevador, regresé al mostrador de recepción.

–Disculpe, Burrull... Sobre el autor del libro, ese tal...

–Lalana.

–¿Cómo es que les dedicó ese ejemplar? ¿Es cliente habitual del hotel, acaso?

–Sí, señor, lo es. Suele alojarse con nosotros todos los años durante una semana, al menos. Viene a Tarragona para impartir charlas a alumnos de diversos colegios e institutos de la provincia; y siempre se hospeda en nuestro hotel. En febrero, generalmente; aunque, en ocasiones, nos visita también en otras fechas.

–Ya. ¿Y no tendrá hecha una reserva para dentro de poco, por casualidad?

Burrull tecleó un par de instrucciones.

–No, no la tiene, de momento. Creo recordar que reserva siempre con muy poca antelación. Uno o dos días, a lo sumo.

–Es decir, que podría reservar hoy y presentarse mañana mismo.

–Así es. O no aparecer ya hasta el curso que viene. Las clases están a punto de terminar.

–Entiendo...

Permanecí inmóvil y pensativo unos segundos.

–¿Desea algo más, señor Escartín?

Estuve a punto de despedirme de Burrull con una negativa, pero permanecí frente al recepcionista, mirándolo con cara de detective.

–Lo cierto es que... sí. Verá, el hombre que se ha registrado justo antes de mí..., ¿podría decirme qué habitación ocupa?

El recepcionista miró con un ojo la pantalla y con el otro siguió mirándome a mí. Ahora, me recordó a un camaleón.

–¿Se refiere al señor Amador? La cuatrocientos dieciocho. También es un cliente habitual. Mucho más habitual que el señor Lalana. ¿Quiere que lo llame por teléfono?

–¡No! No, no se preocupe. Voy a subir a verlo en persona. Cuatro dieciocho, ¿verdad?

–Justo. ¿Tiene relación con algún caso en el que esté trabajando?

Me había hablado en tono bajo, buscando confidencialidad. Le respondí del mismo modo.

–Lo siento, amigo Burrull. No puedo comentar el tema con nadie. Ni siquiera con usted. Secreto profesional, ya me comprende.

–Claro, claro, le entiendo.

Ya le daba la espalda cuando él volvió a llamarme con un chistido. Con un gesto del dedo me atrajo hacia sí.

–Ande, deme la tarjetita de su habitación –me dijo, en tono cómplice–. Voy a cambiársela.

Hizo un par de operaciones en el ordenador, la pasó por un escáner y me la devolvió.

–Cambio de planes. Habitación cuatrocientos veinte. La contigua a la del señor Amador. En fin, espero que le parezca... bien.

Me guiñó un ojo y yo alcé el pulgar izquierdo.

Mira por dónde. Un inesperado aliado. A veces, la suerte se pone de tu parte.

El circo del sol

Subí a la habitación, solté mi bolsa de viaje sobre la cama y, de inmediato, salí a la terracita. La vista sobre el Mediterráneo resultaba espectacular. El sol había iniciado su descenso, anunciando los colores del crepúsculo; la presencia a mis pies de los restos del anfiteatro romano completaba un verdadero espectáculo visual. Vi pájaros negros volando bajo, tal vez anunciando desgracias. El mar lucía un terno entre azul y gris plata, ligeramente rizado, salpicado por las siluetas de, al menos, media docena de grandes barcos mercantes fondeados a no mucha distancia de la costa, como gigantescas cucarachas flotando panza arriba en un inmenso plato de sopa.

De pronto, en un vistazo imprevisto, descubrí a Amador allá abajo, ante la puerta del hotel, en la actitud del que espera un taxi que, en efecto, ya se acercaba a recogerlo. Por un lado, me resultó enojoso. Mi objetivo se marchaba del hotel nada más llegar y le iba a perder la pista tras haberlo seguido hasta allí desde Zaragoza. Pero, por otra parte..., era una oportunidad de oro para registrar su habitación sin miedo a ser descubierto. Tenía que aprovecharla.

Dicho y hecho: tomé la determinación de saltar de mi terraza a la suya, dado que eran contiguas, separadas tan solo por una mampara de cristal rugoso. No parecía difícil y solo tendría que verme suspendido en el vacío durante un instante. Lo malo es que se trataba de un vacío de lo más impresionante. Sumando las dos plantas inferiores de salones y comedores a los cuatro pisos de habitaciones, el suelo se veía lejísimos.

En realidad, tan mortal podía resultar una caída desde allí como desde la primera planta, pero la altura impresionaba y me atenazaba los músculos. Sobre todo, los glúteos.

Primero, me puse a horcajadas sobre la barandilla de mi terraza. Solo con eso, tuve la sensación de que el globo terráqueo se bamboleaba como un windsurfista torpe. Apreté los dientes y pasé la otra pierna por encima. Ya estaba asomado por completo al vacío, los pies apoyados en el final de la plataforma, las manos crispadas sobre la barandilla. Ahora, tenía que avanzar despacito un par de metros, hasta pasar a la terraza siguiente.

–¡Mira, abuelo! Un señor colgado de ese balcón –oí, de pronto, allá abajo.

Maldito niño. ¿Cómo me había visto?

–¡Eh, usted! ¿Qué hace ahí? –preguntó a voz en cuello un tipo con voz de abuelo–. ¿Está en apuros? ¿Quiere que llamemos a los bomberos?

No me sentía capaz de responder, ni siquiera de mirar hacia abajo, pero logré sacudir la cabeza en un gesto que intenté que resultase tranquilizador.

–¿Seguro? –insistió el hombre–. Mire, que no cuesta nada llamar al ciento doce y que vengan a rescatarlo...

–¡Que no! ¡Gracias! –grité, por fin, con voz de pingüino emperador.

Ya estaba ante la terraza de la habitación de Amador, así que decidí no darles más conversación. Pasé una pierna, luego la otra, y me dejé caer sobre el suelo, con la respiración agitadísima.

Me mantuve allí un buen rato, tirado como un sapo, hasta que dejaron de temblarme las piernas y el corazón recuperó su compás. Desde luego, la edad no perdona. Estoy seguro de que, apenas treinta años atrás, habría realizado aquellas cabriolas sin despeinarme ni perder el aliento.

Tuve suerte y hallé solo entornada la puerta de la terraza, así que pude entrar en la habitación sin problemas. Me dispuse a realizar un registro minucioso de la habitación.

Lo primero que llamó mi atención fue el peculiar olor que impregnaba el ambiente. Como a perfume caro de señora, tipo Chanel n.º 5 o similar. Sí, es cierto, dispongo de una nariz privilegiada. Con ello, la pregunta surgió de inmediato: ¿por qué un tipo como Juan Amador, aparentemente serio y cabal, representante de artículos de ferretería, se perfumaría como una mujer? La respuesta no me gustaba.

Seguí avanzando sigilosamente, como un gato de Angora. Me acerqué a la cómoda y abrí el primer cajón para descubrir en su interior un sugerente conjunto de prendas interiores femeninas perfectamente dobladas.

Una campanita hizo tilín en algún recóndito pliegue de mi cerebro.

Yo había venido siguiendo a Amador por encargo de su esposa, que empezaba a desconfiar de sus continuos viajes a Tarragona. Vamos, que sospechaba que su marido tenía un lío sentimental mediterráneo y me había enviado para corroborarlo.

No me gustan este tipo de casos; a ningún buen detective le gustan. Después de buscar mascotas perdidas, las infidelidades matrimoniales son el escalón más bajo en que puede caer un investigador privado. Eso sí, este tipo de encargos ayudan a sobrevivir mientras esperas que alguien cerca de ti se decida a cometer un crimen como Dios manda. Mientras llegaba ese momento, aquí estaba yo, revolviendo cajones llenos de tangas y sujetadores. La pela es la pela, dicen los catalanes, que saben mucho de eso.

Decidí dejarme de lamentaciones y seguir con el registro. Al abrir el armario, me encontré con todo un repertorio de ropa igualmente femenina. Un par de faldas, tres blusas y dos vestidos cortos. Dos pares de zapatos de tacón. Ni una corbata, ni un par de pantalones, ni unos calzoncillos... nada que pudiera pertenecer a un hombre. A un hombre normal, quiero decir.

No me cuadraba. Amador acababa de llegar al hotel y lo había hecho solo y, puesto que su maleta estaba vacía, estaba claro que esa ropa de mujer conformaba su único equipaje.

—¡Qué raro...! —murmuré, empezando a valorar que quizá Juan Amador ocultaba un secreto bastante más retorcido que las sospechas de infidelidad de su señora.

De repente, comenzó a sonar un teléfono móvil sobre la mesilla de noche. Y, de inmediato, oí un chapoteo clarísimo, procedente del cuarto de baño. Al momento, se me encabritó el corazón. ¡Por Dios! ¡No estaba solo! ¡Había alguien más allí!

A punto de entrar en pánico, logré tomar la decisión acertada en menos de cinco segundos. Tras valorar como imposible escapar a tiempo por donde había entrado, decidí arrojarme debajo de la cama.

Un instante después, con la visión a ras de suelo, descubrí un par de húmedos pies de mujer saliendo del baño. La dueña de esos pies se dirigió a responder la llamada telefónica.

—¡Hola, cariño! —fue su primera frase, pronunciada en un tono de lo más zalamero—. Sí, ya he llegado al hotel. Hace cosa de media hora. Estaba tomando un baño, por eso he tardado en responder. ¿Dónde estás? ¿Ah, sí? ¡Pues claro que puedes subir, chatín! Habitación cuatrocientos veintidós. Cuatro, dos, dos. Te espero...

Sentí que los pulmones se me vaciaban de golpe.

¿Cuatrocientos veintidós? ¿Cómo que la cuatrocientos veintidós?

La realidad se me hizo evidente al momento.

¡Maldita sea! ¡Me había confundido de habitación! Desde la mía, tenía que haber saltado al balcón de la derecha, no al de la izquierda. Vaya patinazo, Fermín.

Vi cómo los dos pies femeninos se dirigían de nuevo al cuarto de baño y ahí entreví mi posibilidad de huida. El riesgo de ser descubierto resultaba alto y eso me hizo dudar.

Dudé y dudé hasta que, de pronto, a un palmo de mi nariz, paseando sobre el parqué como Pedro por su casa, descubrí una araña de aspecto decididamente feroz. Seguro que no era el monstruo que yo creí ver, pero, en aquellas circunstancias, situado el bicho a mi distancia mínima de enfoque, me pareció la protagonista de la película *Aracnofobia*.

No sé cómo logré contener un grito que me habría delatado sin remisión. De inmediato, rodé fuera de la cama con la agilidad de un joven leopardo y salí a la terraza. Sin pararme a pensarlo, salté la barandilla como un torero asustado saltaría el burladero, y me descolgué de nuevo por el exterior.

—¡Mira, abuelo! ¡Otra vez el señor de antes!

Ahora sí giré la cabeza para mirar hacia la calle por debajo de mi axila hasta descubrir al niño chivato. Incluso solté una mano, para señalarlo con dedo acusador, pese al riesgo.

—¡Cierra la boca, ignorante! —lo amenacé—. No soy un señor cualquiera. ¡Soy Spiderman!

El niño frunció el ceño.

—No es verdad. Spiderman lleva un traje azul y rojo.

—Es que... he tenido que llevarlo al tinte. Por eso voy de paisano. ¡Y ya basta! ¡Impertinente!

Con un esfuerzo sobrehumano, avancé un par de zancadas y salté de nuevo al interior de mi terraza. Al hacerlo, trastabillé, caí hacia delante y acabé golpeándome la cabeza contra el cristal de la puerta corredera. De puro milagro no se rompieron ambas: mi cabeza y la ventana.

Cuando me tumbé sobre la cama, estaba a punto de vomitar. Tardé un cuarto de hora largo en serenarme y recuperar el ánimo suficiente como para levantarme y acudir al lavabo para echarme agua en la cara. La imagen que me devolvió el espejo no podía resultar más deprimente.

Había estado a punto de fastidiarla a base de bien. Incluso, podía haber muerto por precipitación al vacío. O por la mortal picadura de una araña de hotel. O por el golpe en la cabeza contra la puerta de cristal. Y, encima, no había avanzado lo más mínimo en mi investigación.

Tenía que encontrar el modo de entrar en la habitación de Juan Amador sin jugarme de nuevo la vida como un artista del Circo del Sol.

Golpes de mar

Estaba barajando la posibilidad de sobornar al recepcionista Burrull para que me proporcionase una copia de la llave, cuando descubrí, junto a la del cuarto de baño, otra puerta en la que aún no había reparado y que, sin duda, comunicaba mi habitación con la cuatrocientos dieciocho, como un modo de convertir ambas piezas en un pequeño apartamento para cuatro personas.

Esas puertas suelen tener un cerrojo por cada lado, pero me bastó descorrer el que tenía a mi alcance para que se abriera sin problemas. El cerrojo del cuarto contiguo estaba fuera de uso, como tantas cosas en aquel establecimiento.

La suerte ahora parecía sonreírme y, con tan sencillo gesto, pude entrar por fin en el cuarto de Juan Amador, mi objetivo.

Mi primer vistazo se lo llevó la cama, que estaba deshecha. Era algo muy raro. Calculé que Amador apenas había permanecido quince minutos en la habitación, desde su llegada hasta que lo vi marcharse en un taxi. ¿Por qué se habría metido en la cama para tan corto tiempo?

Decidí examinar su maleta, colocada sobre el habitual banquito plegable. Contenía cinco calzoncillos, cinco pares de calcetines y un par de camisetas de tirantes, marca Ocean. Hasta ahí, normal. Dentro de una de las bolsas de la lavandería del hotel, hallé varias camisas arrugadas. Arrugadas y, sin embargo, limpias, cosa que corroboré con mi fino olfato. No habían sido usadas y aún conservaban incluso el aroma del suavizante.

¿Por qué meter en una bolsa de lavandería varias camisas limpias, haciendo con ellas un barullo? Las examiné una por una en busca de manchas sospechosas que su dueño quizá quisiera eliminar. No hallé ninguna.

En el armario de la habitación colgaba una camisa más, solo una, junto con un pantalón, solo uno. De nuevo, me pareció extraño. Y en el primer cajón, un pijama de cuadros, perfectamente plegado. Tomé nota mental de todo ello.

En el cuarto de baño, una de las toallas colgaba de la percha de pared, como si Amador la hubiese utilizado ya para secarse el cuerpo. Sin embargo, estaba completamente seca y no había señales de que nadie hubiese usado recientemente la bañera o la ducha, ni agua en el suelo ni gotas en la mampara...

Había un pequeño neceser sobre la repisa del lavabo, con los habituales artículos de aseo, y un cepillo de dientes dentro de uno de los vasos.

Al salir de nuevo al dormitorio, descubrí sobre la mesilla de noche un libro de relatos: *Golpes de mar*, de Antón Castro. Al menos, Amador parecía tener buen gusto literario.

Y nada más.

Revisé hasta el último rincón de la habitación sin hallar más prendas ni objetos personales. Nada en absoluto.

Regresé a mi cuarto y eché el cerrojillo de la puerta común. Luego, saqué una de mis libretas de papel cuadriculado y, con el lapicero gentileza del hotel, anoté cuanto había visto, junto con mis primeras impresiones que, básicamente, eran de extrañeza y desconcierto. Preguntas todavía sin respuesta.

Salí después a la terraza. El sol buscaba ya el refugio del horizonte; el crepúsculo empezaba a adueñarse de la ciudad, pero aún quedaba un largo tiempo de luz hasta la completa derrota del día.

Dado que nada más podía hacer mientras Amador no regresase al hotel, opté por poner en marcha mis propios planes.

Barato, barato

Bajé a la calle y caminé hasta lo que los ciudadanos de Tarragona llaman el Balcón del Mediterráneo, un largo mirador situado sobre el acantilado que sustenta la confluencia de las dos ramblas, la Vella y la Nova. Desde allí podía contemplarse básicamente la misma vista que disfrutaba en mi habitación, pero con una perspectiva diferente, más baja, aunque todavía a unos cien metros sobre el nivel del mar. Tras permanecer embelesado por el atardecer durante un par de minutos, caminé hacia mi derecha, hasta verme a los pies del monumento a Roger de Lauria, que me pareció majestuoso.

Me llamó la atención que alguien había arrancado algunas de las letras de latón del pedestal, para corregir con espray negro el apellido del almirante italiano de la flota aragonesa por el de Llúria, su versión catalana.

Después, comencé a descender el amplísimo paseo central de la rambla Nova, flanqueado de jóvenes acacias. Más allá de las calzadas laterales, lanzaban sobre los viandantes sus multicolores cantos de sirena un sinfín de tiendas de ropa de marca, cafeterías franquiciadas, sucursales bancarias, oficinas de la Administración y hasta, ¡oh, sorpresa!, dos teatros, casi enfrentados: el de Tarragona y el Metropol.

Tuve que descender un buen trecho hasta dar con las dos librerías que Burrull me había indicado. Me decidí por la Llibreria Adserà, quizá por su nombre, tan peculiar.

Apenas crucé el umbral de la tienda, sonó una campanita y se me acercó una mujer de mediana edad preguntando qué se me ofrecía.

—Voy buscando un libro de Fernando Lalana –dije–. *El último muerto*, se titula.

Me miró con cierta sorpresa. Como si, en lugar de eso, esperase que le pidiera las obras completas de Joan Maragall.

—Voy a ver si lo tenemos... ¿Lalana, dice usted?

–Lalana, sí. Como lo que llevan los corderos por encima.

–Sí, sí... el caso es que me suena mucho.

La librera tecleó unas instrucciones en el ordenador y sonrió de inmediato.

–Sí, ya sé quién es. Escribe literatura juvenil y algunos de sus libros se recomiendan en colegios e institutos. *El último muerto* no lo tengo. Disponíamos de varios ejemplares pero los hemos vendido en los últimos días. Si quiere encargarlo, se lo podemos traer en breve. Quizá mañana mismo.

–No, gracias. Solo estoy de paso en la ciudad.

–Es posible que lo encuentre en otra librería. Pruebe en La Capona. Está muy cerca de aquí, a dos calles.

Me señaló la dirección con un gesto del pulgar.

–He visto que, justo enfrente, hay otra librería.

–Mejor en La Capona.

Pese a la recomendación, al salir me dirigí a la Llibrería de la Rambla, donde me atendió un muchacho joven con el que mantuve una conversación muy parecida a la anterior.

–¿Agotado?

–Agotado, sí. Lo siento. Esos libros no son novedad. Pedimos ejemplares cuando algún profesor los recomienda a sus alumnos; y los que sobran, se devuelven.

–Entiendo.

–¿Por qué no pregunta en La Capona? Tienen una buena sección de literatura juvenil.

Siguiendo las instrucciones de sus colegas, caminé hasta la librería La Capona, en la calle del gasómetro. Esperaba encontrar una gallina como símbolo de la tienda, quizá porque entre mis recuerdos televisivos figura en lugar destacado la gallina Caponata, protagonista de cierto recordado programa infantil. Pero no. La Capona, al parecer, era una campana.

De nuevo me atendió una mujer. Mayor que la otra. Con cierto aire de bibliotecaria de la Diputación Provincial.

—*El último muerto* no lo tengo, lo hemos agotado, pero sí disponemos de otros títulos del mismo autor.

—En realidad, me interesa cualquiera de las novelas protagonizadas por el detective Fermín Escartín.

—Ah, sí, sí... Escartín. Espere un momento

No salía de mi asombro. Aquella mujer conocía la existencia de libros protagonizados por mí mismo. O, al menos, por un personaje de ficción que se llamaba exactamente como yo. Y que se dedicaba a lo mismo que yo. Y que, al parecer, vivía en mi propia casa de Zaragoza. Todo eso me resultaba inaudito. Inquietante. Y, en cierto modo, aterrador.

La librera se dirigió a la sección de literatura juvenil y regresó en apenas un minuto.

—Tengo *El asunto Galindo*. Si le interesa...

Me enseñó un libro similar al que yo había firmado en el hotel: tapa dura y sobrecubierta de fondo negro con el título en letras muy grandes. En este caso no eran de color azul, sino anaranjado.

—Me lo quedo.

—¿Se lo envuelvo para regalo?

—Ni para regalo ni para nada. Me lo llevo puesto. ¿Cuánto vale?

—Once con noventa.

—¿En serio? ¡Qué barato!

Me temblaban las manos cuando abandoné La Capona con mi novela bajo el brazo. De inmediato, localicé un banco junto a una farola e, impaciente, comencé a devorarla con avidez. La novela, no la farola.

Tan solo diez páginas después, mi asombro inicial había subido hasta el grado máximo de la perplejidad.

Aquel libro narraba, con una precisión inexplicable para mí, las vicisitudes de mi debut como detective privado y los entresijos de mi primer caso, incluyendo detalles que yo ya tenía olvidados y que ahora, al leer aquellos párrafos, regresaban a mi memoria con plena fidelidad. El día en que recibí mi diploma de investigador privado, la noticia de la desaparición del empresario Serafín Galindo, el encargo de encontrarlo a toda costa hecho por mi antiguo compañero de bachiller Gumersindo Llamazares, mis andanzas en el balneario Carriedo, de Alhama de Aragón... todo parecía estar allí, en aquellas páginas, narrado, plasmado, descrito. Por momentos, me faltaba la respiración. Estaba leyendo mi vida en letra de imprenta. Por un momento, sentí la desazón de quien, inesperadamente, se tropieza en un periódico con su propia esquela mortuoria.

Cómo podía darse semejante coincidencia era algo que escapaba a mi capacidad de imaginar, que nunca ha sido especialmente brillante.

Después de veinte minutos de lectura a la intemperie, me sentía incómodo, azotado por un molesto viento de Levante. No quise, sin embargo, esperar a llegar al hotel para continuarla, así que me refugié en una cafetería de la misma rambla y de nombre peculiar, Quart d'Hora, pedí un cortado y volví a zambullirme en el relato de mi propia historia. Avanzaba rápido porque conocía de antemano el argumento de la novela, pese a que el autor, quizá para mejorar la intriga, le presentaba al lector los acontecimientos en un estudiado desorden cronológico. Todo cuanto leía me resultaba conocido. Más aún: todo me resultaba propio, parte de mi vida. Era como estar leyendo un capítulo de mi biografía sin haber dado permiso a nadie para que la escribiese. Como para volverse loco.

Había, sin embargo, un detalle que se me antojó chirriante. Durante los acontecimientos que narraba la novela, yo tenía veintinueve años y la acción se situaba a finales de la década de los ochenta. Sin embargo, la portadilla del libro declaraba 2008 como año de la primera edición. Prácticamente, veinte años después de los acontecimientos que describía en sus páginas.

La duda surgía de inmediato: si el escritor conocía aquellos hechos desde que sucedieron, ¿por qué tardó dos décadas en escribir el libro? Y, si no los conocía..., ¿cómo es que llegaron a su conocimiento con tanta fidelidad cuatro lustros más tarde? ¿Alguien se los contó? De ser así, tendría que tratarse de alguna de las personas que vivieron conmigo aquellos acontecimientos. ¿Tal vez Gumersindo Llamazares? Le pega haber intentado hacer negocio incluso con sus propios recuerdos. ¿Quizá Damián Souto?

Precisamente, en el siguiente capítulo hizo su aparición en la historia el comisario Souto, y con ello sentí de inmediato cómo la emoción me anudaba la garganta. Damián había fallecido el año anterior y, con él, pasaron a mejor vida algunos de mis más entrañables recuerdos de adolescencia y juventud. Un tipo inolvidable.

Y, varias páginas más adelante, irrumpió en la historia Elisa Lobo, a quien, en efecto, conocí en el transcurso de aquel primer caso de mi carrera, aunque sería mucho más tarde cuando la vida nos volvería a unir, de forma mucho más intensa, durante un tiempo muy feliz pero ya concluso. Y eso es algo que aún no he logrado asimilar plenamente.

Por fin, tras un largo rato de atropellada lectura, hice una pausa. Me sentía exhausto. Tenía la boca seca y pedí a la camarera un botellín de agua mineral, que despaché de un solo trago.

Contemplando la portada del libro, el título, el nombre del autor... la pregunta fundamental venía a mi mente una y otra vez, de modo inevitable: ¿cómo era posible que aquel escritor, al que yo ni siquiera conocía, supiese tanto de mí?

Mi cabeza parecía a punto de estallar. Me quité las gafas para frotarme la cara con las manos, insistiendo en los ojos, que me escocían por el esfuerzo de leer con poca luz. Me sentía confuso. Confuso y solo, como un niño perdido. Había venido hasta Tarragona empujado por una investigación anodina, un caso sin importancia, uno de tantos; y aquí me había tropezado con lo que parecía ser el misterio más inexplicable de mi vida. Un misterio que afectaba de lleno a mi propia existencia.

No pude evitar pensar en esas películas de ciencia ficción en las que una persona, de pronto, descubre que en realidad es un *cyborg*, un androide de aspecto humano, y que toda su existencia es, en realidad, un cúmulo de falsos recuerdos implantados en su mente cibernética. En ese momento, lo consideré preferible a descubrir que toda tu vida no es sino palabras sobre un papel.

Pero... ¿y si esto fuera así en todos los casos? ¿Y si la vida no fuera sino una gran novela, y todos nosotros, la humanidad entera, simples personajes de una trama complicadísima y absurda, ideada por un escritor mediocre? En realidad, ¿por qué sabemos que existieron Napoleón Bonaparte o Julio César? Porque alguien escribió sus vidas en un libro. Quizá todos existimos solo porque alguien ha escrito un libro contando nuestra vida, pero tan solo unos pocos llegamos a descubrirlo y tenemos la ocasión de leer ese relato, esa existencia inventada, literaria, como hice yo esa tarde en Tarragona.

¿Acaso las mujeres y los hombres no podríamos ser sino simple literatura, tinta de imprenta sobre pliegos de papel?

Un libro largo y aburrido para el hombre que muere de viejo tras una vida insulsa. Apenas un renglón para el bebé que muere de hambre en Etiopía o el niño despedazado por las bombas en la guerra de Siria.

Será por eso que algunos escritores se creen dioses.

Trombón de varas

Había dejado el libro abierto bocabajo, sobre la mesa de aquel café. Me coloqué de nuevo las gafas, dispuesto a continuar leyendo. Antes de hacerlo, lancé un largo vistazo al exterior, a través de la cristalera de la cafetería. Necesitaba mirar lejos, tras tanto rato enfocando a la distancia de lectura.

Y, entonces, lo vi.

Parecía imposible, pero allí estaba. Acababa de pasar ante mis ojos, andando presuroso por la acera, al otro lado del cristal que me separaba de la calle.

Rápidamente, pagué mi consumición, cogí mi libro (mi libro, nunca mejor dicho) y salí tras él.

Juan Amador, el hombre al que yo había venido siguiendo desde Zaragoza, se alejaba rambla adelante a buen paso, inconfundible con su melena entrecana al viento. ¿Suerte? Desde luego que había tenido suerte. Pero nadie puede negar que la fortuna también cuenta, y mucho, en mi profesión.

En un primer momento, pensé que Amador iría de regreso al hotel; sin embargo, lo seguí a prudente distancia, protegido por la noche, hasta la puerta de una sucursal de Caixabank situada muy cerca de allí, ante la que se detuvo en actitud de espera. Yo crucé al andador central para observarlo en la distancia.

Cinco minutos más tarde, salió del interior de la oficina bancaria una mujer más joven que él, morena, menuda, moderadamente atractiva. Al menos, así me lo pareció a aquella distancia. Ambos se besaron larga y apasionadamente, como lo harían dos amantes que llevasen tiempo sin verse y, luego, tomados de la mano, echaron a andar paseo arriba, sonrientes, resplandecientes, con apariencia de felicidad.

Bien. A veces sucede. En ocasiones, la vida es tan simple como la imaginamos, tan sencilla como una cartilla escolar.

La esposa de Amador, Amelia Monterio, sospechaba que su marido la engañaba con otra y me había encargado conseguir pruebas de su infidelidad; y allí las tenía, al alcance de la mano. Sospecha confirmada. Caso resuelto. Capítulo cerrado.

Solo necesitaba inmortalizar digitalmente mi descubrimiento y entregar las fotografías a mi cliente para cobrar los honorarios convenidos. Y fin.

Saqué del bolsillo de la gabardina mi *smartphone*, un aparato de alta gama y precio casi obsceno, que había elegido exclusivamente porque disponía de una magnífica cámara fotográfica a la que, además, se podía dotar de lentes adicionales. Me permitía hacer fotos buenísimas, grabar vídeos con una calidad de la leche y reproducir sonido en alta fidelidad. Supongo que también serviría para hablar por teléfono y enviar mensajitos, pero eso era algo que yo no había podido comprobar todavía. Hacía muchos meses que no tenía nadie a quien llamar.

La pareja de tórtolos abandonó la rambla tras caminar por ella un centenar de metros y se dirigió, por una calle paralela, hasta la escuela municipal de música, frente a cuya puerta una docena de personas aguardaban la salida de los alumnos. Ahí entreví la posibilidad de fotografiarlos. Apoyados en la fachada de la casa contigua, Amador y la chica se prodigaban abundantes carantoñas, ajenos a todo. Desde la acera contraria, simulando responder a unos mensajes con mi superteléfono, les hice varias tomas con teleobjetivo e incluso les grabé un par de minutos de vídeo que no dejaban espacio a la menor duda sobre su apasionada relación.

Era más que suficiente. En ese instante, podía haber dado por concluido mi trabajo y regresado a mi hotel.

Sin embargo, esa curiosidad tan propia de los detectives y de los porteros de fincas urbanas me mantuvo allí, cobijado en la penumbra. Amador y su amante, sin duda, estaban esperando a alguien. Yo quería saber quién era. Y no tuve que aguardar mucho para averiguarlo.

A las ocho en punto, salieron de la escuela en desbandada diversos alumnos con inequívoco aspecto de futuros genios de la música. Entre ellos, un niño de unos doce años, pertrechado con un trombón de varas que, a primera vista, parecía más grande que él.

Sonrió el chico al ver a la pareja; corrió hacia ellos, soltó el instrumento en manos de la mujer y saltó a los brazos de Amador mientras derrochaba muestras de alegría.

Pude oír perfectamente cómo lo llamaba «papá».

Maldita sea..., ¿por qué no me haré caso a mí mismo alguna vez?

A regañadientes, conecté de nuevo la cámara de mi móvil.

Amador, la mujer y el niño, cogidos de las manos y en animada charla, echaron a andar desde allí aproximadamente en dirección a la estación de Renfe hasta que, a medio camino, en la calle de Sant Miquel, se detuvieron ante el portal de un modesto bloque de pisos de cuatro alturas. Él sacó un llavero del bolsillo, abrió la puerta y los tres pasaron adentro.

Anochecía.

Dejé de grabar. Permanecí inmóvil, aturdido; enojado con Amador, como si yo mismo hubiese sido la víctima del engaño y no Amelia, mi clienta, a la que ahora tendría que explicarle que su marido no tenía en Tarragona una mera aventura amorosa, sino, al parecer, algo mucho más complicado. Tan complicado como que, posiblemente, la aventura de su marido era ella y no la otra.

Un minuto más tarde, se iluminó una de las ventanas del tercer piso. La familia Amador, versión Tarragona, ya estaba en casa.

Durante un rato, caminé lentamente por la acera de los nones de la calle Sant Miquel, arriba y abajo, hasta que llegué al convencimiento de que esa noche ya no saldrían. Por eso Amador había deshecho la cama del hotel y simulado haberse duchado. Cuando los empleados del Imperial Tarraco entrasen al día siguiente para arreglar su habitación, parecería que había pasado allí la noche. Seguro que no era la primera vez que empleaba un truco semejante.

Diez minutos después, una vecina del inmueble, en chándal y zapatillas de felpa, apareció en el portal con una bolsa de basura que depositó en el contenedor situado unos metros calle abajo. Aproveché su regreso para colarme en el interior del zaguán.

Me dirigí a los buzones y fui leyendo los rotulitos. Suponía que Amador utilizaría un nombre falso,, pero pronto descubrí que no era así. El buzón del 3.º C exhibía una plaquita marrón con las letras en blanco:

JUAN AMADOR CORELLA
EUGENIA BARBÓN SÁNCHEZ
ORIOL AMADOR BARBÓN

Bien. A veces sucede. En ocasiones, la vida no es tan simple como la imaginamos y puede resultar tan sorprendente y compleja como el contenido de la *Enciclopedia Británica*.

Parecido razonable

Cuando regresé al hotel, con un regusto amargo en las encías, había cambiado el turno en recepción. Ahora, tras el mostrador, había un joven negro con el pelo teñido de rubio dorado.

Sin embargo, Burrull me estaba esperando, sentado en uno de los sillones del vestíbulo, ya vestido de paisano. Se levantó como impulsado por un muelle en cuanto me vio entrar.

—¡Ha venido, señor Escartín! —exclamó entusiasmado, sin preámbulo alguno—. ¡Ha venido!

—¿Cómo dices? ¿Quién ha venido?

—¿Quién va a ser? ¡Lalana, el escritor! Se ha presentado a última hora de la tarde, sin reserva. Se queda dos noches. Está en la habitación quinientos dos.

Durante unos segundos, permanecí en silencio, noqueado y con la boca abierta, procesando la información.

—¡Atiza! —exclamé después, incapaz de encontrar en mi vocabulario nada más ingenioso.

—He pensado que debía usted saberlo —continuó Burrull en tono de confidente policial—, por si quiere conocerlo en persona. Por cierto, ya veo que se ha comprado uno de sus libros.

—¿Eh? ¡Ah! Sí, sí... —dije, mirando de reojo el ejemplar de *El asunto Galindo* que asomaba por el bolsillo de mi gabardina.

—Ha dejado orden de que lo despertemos a las siete y media de la mañana —siguió informando Burrull—. Eso significa que bajará a desayunar hacia las ocho.

–Ah, bien... muy bien. Gracias por la información, amigo.

–Si no quiere nada más, me voy a casa. Mi turno terminó hace ya rato y estoy deseando descansar.

–Claro, sí... ¡No, un momento! Solo una cosa más.

–Usted dirá.

–¿Cómo es?

–¿El qué?

–El escritor. ¿Qué aspecto tiene?

Burrull frunció el ceño.

–Ah. Pues... No sé qué decirle... Un tipo corriente, de su misma estatura y... –se separó un paso de mí y me miró de arriba abajo–. Lo cierto es que, ahora que lo pienso..., se parece bastante a usted.

VIERNES, 17

Buffet libre

A la mañana siguiente, cuando sonó mi despertador a las siete y media, estaba soñando que me caía desde el balcón de mi habitación vestido de Spiderman, así que casi me alegré por el madrugón.

Me arrastré como una pitón de Birmania hasta el cuarto de baño, me eché agua fría en la cara, me vestí con torpeza y subí por las escaleras hasta la quinta planta. Una vez allí, aguardé en un rincón del pasillo, agazapado como una pantera, a una prudente distancia de la puerta de la habitación 502.

Veinte minutos más tarde, salió el escritor.

Tal como Burrull me había adelantado, no tenía mucha pinta de escritor, esa es la verdad. Complexión normal, cabeza rapada, barba entrecana, pantalón vaquero, camisa blanca y chaleco de punto. Calculé que tendría aproximadamente mi misma edad: cincuenta y todos. Lo perdí de vista cuando giró hacia el rellano de los ascensores, pero ahora ya podía identificarlo sin problemas entre el resto de la clientela.

La afirmación del recepcionista de que guardaba un notable parecido conmigo me pareció más que discutible. Aunque supongo que eso depende del punto de vista de cada cual.

Lo cierto es que estaba deseando abordar a Lalana y hablar con él; o, más bien, someterlo a un concienzudo interrogatorio. Pero, primero, quería seguirlo durante un tiempo, tratar de averiguar algo más de él antes de presentarme. Como había dado por cerrado con inesperada rapidez el caso que me había llevado hasta Tarragona, disponía de repente de un tiempo extra con el que antes no contaba, y decidí destinarlo a vigilar de cerca al creador del detective Escartín. Me refiero al detective literario, claro está. Porque el detective real soy yo. Creo.

Caray, en algunos momentos incluso a mí me costaba entenderlo.

Cuando entré en el inmenso comedor del hotel, lancé un discreto vistazo que me permitió localizar a Lalana sentado a una mesa situada junto a los ventanales que se asomaban al jardín.

–¿Su habitación, señor?

Di un respingo. El jefe de sala se me había acercado por detrás, silencioso como un felino mudo. Se parecía al actor norteamericano Edward G. Robinson.

–¿Cómo?

–El número de su habitación.

–No me acuerdo.

–¿Me dice su nombre, entonces?

–Tampoco me acuerdo. ¡Ay, sí! Escartín. Fermín Escartín.

–¿Como el detective de novela? ¡Qué curioso! Veamos la lista... Aquí está: habitación cuatrocientos veinte. Adelante, sírvase lo que guste.

Me senté lejos de Lalana y tan solo le dirigí un par de miradas furtivas mientras me ponía como el Quico. La verdad, no sé qué tienen los *buffets* libres, que solo con entrar en ellos se me despierta un hambre canina. Debe de ser la presentación, la promesa del atracón sin tener que cocinar: los huevos ya revueltos, en cantidad infinita; la fruta ya cortada, como diciendo «cómeme»; los yogures en perfecta formación, como una láctea bandera de la Legión Extranjera...

Estaba yo en plena cuchipanda cuando, con el rabillo del ojo, vi al escritor abandonando el comedor. ¡Maldición! No habían pasado ni quince minutos, por lo que deduje que se trataba, sin duda, de alguien mucho más frugal que yo. Gruñendo por lo bajo, abandoné las rebanadas de pan con mermelada, el queso de Idiazábal, las salchichitas con salsa de tomate, los dados de beicon, el arroz con leche, el zumo de grosella ecológico y los seis trozos de melón que aún me quedaban por comer, y salí tras él. Una pena, porque estaba todo delicioso.

Desde el vestíbulo, mientras simulaba ojear un periódico del día, lo vi tomar uno de los ascensores. Supuse que regresaba a su habitación y, aunque solo fuese para lavarse los dientes, yo tendría tiempo de comerme, al menos, las salchichas y el melón. Volví sobre mis pasos. Al cruzar el umbral del comedor, me salió al paso, de nuevo, el sosia de Edward G. Robinson.

–¿Su número de habitación, por favor?

–¿Otra vez? Soy Escartín, el de antes. Habitación cuatrocientos veinte. Ya me lo ha preguntado.

–Ah, sí, sí... Pero si quiere entrar de nuevo en el *buffet*, tendrá que abonar el precio de un segundo desayuno.

Parpadeé, incrédulo.

–¿Qué? No, hombre, si solo he salido un minuto, con intención de regresar. Mire, aquella es mi mesa...

Lancé una mirada sobre la mesa que había ocupado hasta hacía dos minutos. Estaba limpia y lucía mantel y cubiertos nuevos. En la vida he vuelto a toparme con camareros tan eficaces.

–Lo siento, señor, las normas son claras: si abandona el *buffet* y vuelve a entrar, debe pagar de nuevo.

–¿Qué? Pero... ¡esto es un robo! –exclamé ofendidísimo–. ¡Un atraco a mano armada! ¡No pienso volver a alojarme nunca más en este hotelucho! ¿Lo oye?

–Lo oigo, señor. ¿Se queda o se va?

–¡Me voy! ¡Claro que me voy! No estoy dispuesto a abonar ni un euro más por unas salchichas rancias, unos trozos de melón insípido y unos cruasanes de la semana pasada.

–Como quiera.

–¡Y los yogures están a punto de caducar! ¡Que lo sepa!

–Gracias por avisarlo, señor.

Me alejé bufando.

Diez minutos más tarde, bajó de su habitación el escritor Lalana. Salió fuera y, desde lo alto de la escalinata principal, dirigió su mirada hacia la entrada de vehículos. Estaba claro que esperaba a alguien. Yo seguía la escena desde abajo, simulando contemplar el paseo de las palmeras desde un acceso lateral del hotel. Por cierto, que las palmeras no tenían muy buen aspecto. Falta de riego, seguramente.

Al poco, apareció un típico coche de *renting* del que se apeó una nada típica mujer de mediana edad. Salió del vehículo sonriente, mientras el escritor acudía a su encuentro. Se saludaron con dos besos y me pareció entender que él la llamaba Marichu.

La tal Marichu me causó una inmediata y poderosa impresión. No se puede decir que fuera una belleza habitual, pero tenía unos ojos grandes y almendrados y una sonrisa que me cautivó al momento, pese a la distancia que nos separaba y que me impedía contemplarla con detalle. Sentí por ella un súbito interés.

Subieron los dos al coche y yo me di cuenta de que iba a perderlos si no actuaba con la rapidez y la decisión de una mangosta hindú.

Mientras Marichu maniobraba para enfilar la salida del aparcamiento, yo corrí hacia la rambla Vella. Por fortuna, un taxi libre apareció milagrosamente en ese momento. Alcé la mano, paró y me zambullí dentro.

–¿Adónde vamos? –preguntó el chófer maquinalmente.

–Siga a ese Focus azul que sale del hotel. Discretamente.

El hombre me miró a través del retrovisor. Tenía ojos de mujer fatal.

–Oiga, no me estaré metiendo en un lío, ¿verdad? –me preguntó.

–Claro que no. Soy detective privado y trabajo en un caso sin importancia. Un... un asunto de cuernos.

–Ah, bueno, siendo así...

Seguimos al coche de Marichu rambla abajo, hasta una plaza redonda, muy grande, en la que desembocaban innumerables calles.

–Vaya, mire, parece que sus amigos se dirigen a Valls. Al menos, han tomado esa dirección.

–¿A Valls? Vaya contratiempo... ¿Cuánto costaría que me llevase usted hasta Valls?

–Una pasta. Son veinticinco kilómetros.

–¡La madre que...!

Por suerte, no iban a Valls. Apenas un kilómetro después, el Ford giró hacia la derecha.

–Cambio de opinión. Creo que van hacia Sant Pere y Sant Pau –me informó el chófer.

–¿Qué es eso?

–Un barrio.

–¿Sabe si hay allí algún instituto?

–¿Un instituto de belleza?

–¡No, hombre! Un instituto de... de bachillerato, o como se llamen ahora. Donde estudian los adolescentes.

–¿Hay adolescentes que estudian? Creía que todos dedicaban su tiempo al completo a escribirse mensajitos e ir de botellón.

–¡Ja...! Lo veo muy ingenioso, taxista. ¿Hay instituto o no lo hay en ese barrio?

–¡Ah...! Pues no sé... Hay una farmacia, un Mercadona, una oficina de La Caixa... vaya, lo típico. También hay un colegio, pero de niños pequeños... ¡Ah, espere! De camino, sí, hay un colegio grandísimo, junto al parque de la Muntanyeta. El de los hermanos de La Salle, me parece. Ese sí tiene alumnos de todas las edades.

El taxista acertó: la chica de los ojos de almendra y el escritor de la calva reluciente se dirigieron precisamente allí, un conjunto de diversos edificios, campos de deporte y zonas verdes repartidos en una finca enorme. Aparcaron a poco de atravesar la verja de entrada, detrás de otro Ford Focus, blanco en este caso, del que se apeó un hombre alto y delgado, con aire de exseminarista y de edad indefinible, pero avanzada, quizá al borde de una jubilación tardía. Como a mí no se me escapa ni una, me percaté enseguida de que ambos coches tenían matrículas consecutivas, lo que confirmaba mi impresión inicial de que se trataba de vehículos de empresa. Eso sí: mientras el de la chica permanecía inmaculado, como recién sacado del concesionario, el del hombre, además de ametrallado de abolladuras y rasponazos, parecía no haber conocido túnel de lavado en toda su existencia.

–Pase despacio junto a ellos y aparque más adelante –le indiqué al taxista.

Protegido por el sol, que espejaba los cristales del auto, al pasar pude mirar con atención a Marichu. Necesitaba verla de cerca, para constatar mi primera impresión. En este segundo examen, me percaté de que tenía eso que se llama «una nariz con personalidad»; pero a mí, en conjunto, su rostro me siguió pareciendo singular y encantador.

El taxista se detuvo unos metros más allá.

–Espéreme aquí –le rogué mientras me apeaba.

–Recuerde que el taxímetro sigue corriendo.

Me acerqué a Lalana y a sus acompañantes simulando formar parte de un grupo de personas que se dirigían a la salida, mientras casi un centenar de uniformados alumnos de secundaria, encabezados por un fornido profesor, se aproximaban también a ellos, procedentes de otro de los edificios. El profesor, el escritor y el hombre mayor se saludaron con efusividad, mientras Marichu se mantenía algo apartada. Curiosamente, yo solo tenía ojos para ella aunque, para observarla, debía desviar tanto la mirada que empezaron a dolerme los globos oculares. Encima, por mirarla de refilón, a punto estuve de abrirme la cabeza contra un árbol que algún estúpido había plantado por sorpresa allí, en mitad de la acera.

Con todo, de los abrazos y aspavientos de los tres hombres logré sacar la información de que el compañero de Marichu respondía por Josep, mientras que al profesor lo llamaron Adalid, o algo parecido, sin que me quedase claro si se trataba de un apellido o de un épico sobrenombre.

Enseguida, los alumnos y los tres hombres se dirigieron al primer bloque del complejo escolar, mientras que Marichu tomó las de Villadiego en su Focus azul. La vi marchar con pena, no lo niego. Me pregunté si volvería a verla, pero mi objetivo seguía siendo vigilar a Lalana, saber lo máximo sobre él antes de abordarlo.

Hora y media estuve allí, aburridísimo, esperando que saliera. Una pérdida de tiempo. Durante ese rato, intenté en dos ocasiones colarme en el salón de actos donde Lalana disertaba, pero una empleada con aspecto de exabadesa de monasterio del Císter me paró los pies y me dijo que se trataba de una actividad estrictamente escolar y que no se permitían invitados. Regresé refunfuñando al exterior y me dirigí al taxi, donde pude comprobar la enorme magnitud de la cifra que crecía y crecía en el taxímetro.

–Supongo que tendrá dinero para pagarme la carrera, famoso detective.

–Depende de lo que quiera usted estudiar.

–¡Ja! Muy gracioso. Hablo de la carrera del taxi. Yo ya fui a la universidad. Estudié Historia del Arte, pero luego me pareció más entretenido el taxi que trabajar de conserje en un museo. ¿Podrá pagarme, entonces?

–¿Acepta cheques?

–Solo si están conformados por el Banco Central Europeo.

–Entonces, no hay problema.

–Ya le advierto que cuando el taxímetro alcanza los noventa y nueve euros con noventa y cinco céntimos, vuelve a ponerse a cero.

–¿Y...?

–Que, llegado ese momento, tendrá que pagarme esa cantidad antes de seguir. Si no, llamaré a los municipales.

–Ah, ¿cómo? ¿No se fía de mí?

–Por supuesto que no. He visto muchas películas de detectives. Gente siniestra y poco solvente. No me fiaría ni de Perry Mason.

–Perry Mason era abogado, no detective.

–Más a mi favor.

Por fin, con el sol ya en su cénit, comenzaron a salir los alumnos, algunos de ellos muy contentos, con sus libros personalmente dedicados por el autor. Josep y Lalana lo hicieron después. Desde el taxi, los vimos subir al Ford blanco y sucio.

–Ahí vienen. Adelante, taxista. Continuamos la persecución.

El hombre engranó la primera velocidad, mientras bostezaba.

—Sinceramente, esto de las persecuciones se ve más emocionante en las películas.

—No se distraiga. Vamos, vamos...

El nuevo trayecto nos llevó de regreso al centro de la ciudad. El Ford entró en un recinto vallado, cerrado por una perezosísima puerta automática.

—¿Y esto? —pregunté.

—Esto sí es un instituto de bachillerato. El Martí Franqués. Creo que es el más antiguo de Tarragona —me aclaró el taxista.

—Y yo creo que ha llegado el momento de separarnos, amigo mío —le dije, abonando la exorbitante cantidad que marcaba el taxímetro, lo que me dejó a dos velas—. Desde aquí puedo tomar otro taxi con facilidad, si lo veo necesario. Gracias por todo.

—Si me necesita, llámeme —me dijo, entregándome una tarjeta de visita—. A cualquier hora.

—Gracias. Ah, caramba... ¿Se llama usted Augusto? —pregunté, leyendo la tarjetita.

—Sí. Como el césar que fundó Tarragona.

—Y como el primer detective de novela: Auguste Dupin. Por cierto, yo me llamo Fermín.

—¿Fermín? ¡Qué feo! Es nombre de mayordomo.

—Y el suyo, de dictador chileno, ¡no te fastidia! —repliqué molesto.

Augusto rio a carcajadas. Un tipo singular.

IES Martí Franqués

Esta vez, entreví la posibilidad de averiguar algo más sobre mi escritor favorito. El Martí Franqués era un instituto inmenso, atestado de alumnos, profesores y personal no docente en el que me sería fácil pasar desapercibido.

Un *powerpoint* en el vestíbulo y algunos carteles repartidos por diversos lugares avisaban de la presencia del famoso escritor aragonés esa mañana, a cuarta hora, en la sala de conferencias, en un acto organizado por el Departamento de Lengua Castellana y la editorial Bambú.

Tras tomarme un café baratísimo y no demasiado malo, abandoné mi gabardina en una de las perchas de la cafetería (abarrotada, por supuesto, durante el tiempo del recreo) y, a continuación, en la sala de profesores, me apropié al descuido de unas carpetas huérfanas de dueño. Con solo esos dos pequeños detalles de vestuario y utilería, adquirí suficiente aspecto de profesor sustituto como para colarme sin llamar la atención en la charla que Lalana ofrecía a los alumnos del segundo curso de secundaria.

La sala de conferencias era amplísima y casi se completó el aforo. Calculé no menos de ciento ochenta chicos y chicas de unos trece años. Me pareció un público aterrador.

Curiosamente, la excusa para aquel encuentro entre el autor y sus lectores era precisamente la lectura previa de *El asunto Galindo*, la novela que yo había leído el día anterior. Eso me favorecía.

Tras una introducción plúmbea, Lalana dio paso a las preguntas de los escolares. La tercera de esas preguntas derivó en una explicación del autor que me resultó desconcertante.

–La cuestión –respondió Lalana– es que, aunque la novela que habéis leído se publicó en España hace no muchos años, en 2008, en realidad yo la escribí hace más de veinte, y se publicó originalmente en varios de los países nórdicos no como un libro juvenil, sino como novela corta para adultos.

Aquella declaración, que suscitó diversos comentarios entre los alumnos, me puso inmediatamente en guardia. Si eso era cierto, la maldita novela no se había escrito muchos años después de ocurridos los hechos, como yo creía. Retroceder más de veinte años significaba situarnos aproximadamente en la época en que se habían desarrollado realmente los acontecimientos que se relataban en ella.

Si ya me parecía difícil la primera posibilidad, no conseguía imaginar de qué modo el escritor podía haber tenido acceso a información sobre mi vida de modo tan inmediato. ¿Acaso alguien me vigilaba sin yo saberlo en aquel tiempo? ¿Quizá el propio autor seguía mis pasos en secreto?

A la vista de la nueva revelación, incluso se abría una posibilidad aún más desconcertante: que el maldito escritor hubiese redactado esa novela antes de que yo viviese aquellos acontecimientos. ¿Era eso posible?

Avanzaba la sesión. Las preguntas de los alumnos se sucedían sin que ninguno de ellos se interesase por las cosas que a mí me inquietaban. Parecían haberse olvidado de la novela y el coloquio derivaba hacia asuntos menores como la inspiración, la creatividad, la cultura, la literatura universal y tonterías semejantes. Solo muy de vez en cuando, **51** algún espabilado preguntaba por un asunto atractivo, como el dinero que ganaban los escritores por cada libro vendido.

Finalmente, viendo que el tiempo se agotaba sin que mis dudas hubiesen quedado resueltas, opté por levantar yo mismo la mano, aun a riesgo de significarme delante del autor antes de lo que deseaba. Lalana me señaló enseguida, desde el estrado.

–¿Os parece que dejemos preguntar también a los repetidores? –preguntó a la concurrencia antes de darme paso, logrando así algunas risas.

Carraspeé para aclarar la garganta. Estoy acostumbrado a susurrar, no a hablar en público.

–Volviendo a la novela, señor Lalana, creo que no ha dejado claro todavía si está basada en hechos reales.

Lalana respondió de inmediato.

–Yo soy un escritor de ficciones. Nunca escribo sobre hechos reales. Es cierto que, en ocasiones puntuales, se producen asombrosas coincidencias entre hechos reales y de ficción; pero yo creo que se trata siempre de jugarretas de la mente.

–¿Podría aclararnos esto? –intervine.

–La mente es algo muy complejo. Puede ocurrir que un escritor crea inventar hechos o personajes de los que, en realidad, ha tenido conocimiento en la vida real. Más tarde, los olvida, y, después, los utiliza en una de sus obras. Lo que él cree una invención, en realidad es tan solo un recuerdo perdido, almacenado en un rincón del cerebro y que sale inesperadamente a la luz.

–¿Podría ser ese el caso de *El asunto Galindo*?

Lalana sonrió ampliamente.

–No, claro que no. Esta novela es una ficción. Estoy seguro de ello. Salvo los escenarios en que se desarrolla, que son reales, todo lo demás, argumento y personajes, son inventados. Inventados por mí, se entiende. Como el resto de las aventuras del detective Escartín.

Recuerdo que sonreí mientras pensaba para mis adentros: condenado embustero...

Tras el coloquio y la firma de ejemplares, Josep y Lalana abandonaron el instituto para dirigirse andando a un pequeño restaurante cercano, donde se reunieron con Marichu y otra mujer, una rubia bastante esplendorosa, de belleza mucho más clásica que su compañera.

El restaurante apenas disponía de una decena de mesas, por lo que me habría resultado imposible sentarme cerca de ellos y pasar desapercibido, así que me quedé fuera mientras comían. En un supermercado próximo me compré un fuet, una manzana golden y una barra de pan integral que sabía a cartón mojado. Tuve que pagar con tarjeta porque abonar el taxi de Augusto me había dejado sin efectivo y los cajeros automáticos de mi entidad bancaria brillan por su ausencia en Cataluña.

Me lo comí todo sentado en el escalón de un portal cercano desde el que se divisaba a la perfección la salida del restaurante. Cuando estaba a punto de levantarme, llegó una vecina de la casa y yo me hice a un lado para permitirle abrir la puerta. Ella me miró con lástima, sacó el monedero y me dio un euro.

–Tenga, pero no se lo gaste usted en vino.

Fui a decirle que se equivocaba, pero me lo pensé mejor y decidí poner carita de mendigo agradecido y quedarme el euro. No están los tiempos para despreciar nada.

Aparcado en las cercanías, localicé después el coche de la rubia compañera de Marichu y Josep. Fue fácil: se trataba, cómo no, de otro Ford Focus, negro esta vez, de matrícula consecutiva a las de los anteriores. Imaginé que ahora sería ella quien se llevaría a Lalana a algún otro centro, para su tercera charla del día. No sé cómo él podía soportarlo.

Me escondí entre dos autos cercanos y esperé.

Los oí llegar, charlando por la acera. La rubia atómica le comentó que iban a Salou, a un colegio de nombre inglés (Queen Elisabeth, o algo similar) y que sería una sesión con alumnos de primaria.

Ahí decidí terminar mi vigilancia. Primero, porque ir y volver a Salou en taxi habría desequilibrado mis finanzas para el resto del año. Por otro lado, una sesión con niños tan pequeños seguro que no iba a tener por objeto ninguna de las novelas del detective Escartín, adecuadas para alumnos mayores. Sería tiempo y dinero perdido.

Salí de mi escondite cuando ellos partieron. Si hubiese tenido a Marichu a la vista, quizá la habría seguido a ella, pero, como no fue así, opté por regresar al hotel. Andando, claro. Calculé veinte minutos de caminata.

Sí, Tarragona es una ciudad pequeña, pero no tanto.

El destino está en el viento

Pasé la tarde nervioso, preparando mi asalto al escritor. No pensaba esperar más para enfrentarme a él y tratar de averiguar por qué sabía tanto de mi vida como para haber escrito cuatro novelas con ella.

Cuando regresó al hotel, largamente pasadas las diez de la noche, yo llevaba dos horas esperándolo en el vestíbulo. Había encontrado un ejemplar atrasado del *Diari de Tarragona* y me había leído hasta los anuncios por palabras. Y eso que estaba todo en catalán. Me di cuenta de que, si te esfuerzas, no es un idioma difícil.

Al verlo llegar, salí a su encuentro.

–Señor Lalana...

Se detuvo. Me miró. Frunció el ceño.

–Sí, soy yo. ¿Quién es usted? ¡Espere! Lo conozco –sonrió ampliamente–. Usted es... es el profesor que me ha hecho esta mañana una pregunta en el instituto Martí Franqués, ¿verdad?

–Así es. Buena memoria visual. Sin embargo, debo confesarle una cosa: no soy profesor.

–¿Ah, no?

–Lo fui, hace muchos años, de la Universidad de Zaragoza, pero ya no. Ahora... soy detective privado.

La sonrisa del escritor se borró *ipso facto* de su rostro.

–¿Detective? ¿Quiere decir que me ha estado siguiendo?

–Lo cierto es que sí.

–¿Quién lo ha contratado? ¿Y para qué?

–Tranquilícese. Llegué ayer a Tarragona por otro asunto y una serie de casualidades me han llevado a encontrarme con usted. Pero lo cierto es que hace tan solo treinta horas ni siquiera sabía de su existencia.

Lalana había afilado la mirada.

–¡No entiendo nada! ¿Puede explicarse de una vez?

Alcé ambas manos, pidiéndole tranquilidad.

–Lo entenderá todo ahora mismo, en cuanto le diga mi nombre. Me llamo Fermín Escartín.

El escritor alzó las cejas, sorprendido. Incluso retrocedió un paso, como si el suelo bajo sus pies se hubiese resquebrajado como la superficie de un lago helado en los albores de la primavera.

–¿Qué me está diciendo? –exclamó finalmente–. ¡Fermín Escartín! ¿Lo dice en serio?

–Le enseñaría mi diploma de la Academia CEAC, pero no suelo llevarlo encima. Lo tengo enmarcado, colgado de la pared de mi despacho. En la calle de los Estébanes, en Zaragoza.

Lalana lanzó una carcajada corta. Se quedó serio. Volvió a sonreír.

–¡Venga ya! –dijo sacudiendo la cabeza–. Tiene... tiene que ser una broma. ¿De qué se trata? ¿Es para algún programa de televisión? –preguntó, mientras miraba a su alrededor en busca de cámaras ocultas.

–Le aseguro que no se trata de ninguna broma –dije procurando resultar convincente–. Mis coincidencias con su personaje resultan asombrosas. Tanto que no puedo pasarlas por alto ni considerar que se trate de una mera casualidad. Por eso estoy aquí. Para pedirle explicaciones. Espero que lo comprenda.

Lalana me miró de arriba abajo. Tardó en contestar.

–En ese caso... lo siento por usted, pero me temo que ha llegado tarde.

–¿Cómo? ¿Tarde para qué?

–Para interponerme un pleito. Supongo que es eso a lo que usted llama «pedirme explicaciones». Si cree que lo he utilizado para fabricar uno de mis personajes y se siente perjudicado por ello, podría acudir a los tribunales en busca de una indemnización o algo parecido. Pero lamento informarle de que, para ello, tenía un plazo legal de dos años desde la publicación del libro. Y hace al menos cuatro que escribí la última novela de Escartín. Lo siento. Si cometí sin pretenderlo algún delito, habrá prescrito sobradamente. Buenas noches.

Vi su intención de darme la espalda. No iba a permitirlo.

–¡Oiga, oiga, espere! ¡Se confunde usted! No pretendo indemnización alguna ni llevarlo ante ningún juez. Solo quiero saber cómo averiguó tantas cosas sobre mi vida.

Se volvió hacia mí sin ocultar que empezaba a perder la paciencia.

–Ha asistido a mi charla de esta mañana en el Martí Franqués, así que ya debería saber la respuesta. Yo no he averiguado nada sobre usted. Las novelas de Escartín son pura ficción. Fruto de mi imaginación. Tal vez existan algunas coincidencias con su persona y con su vida, algo que ya me ha ocurrido en alguna otra ocasión. Pero no son más que eso: meras casualidades literarias.

–¡No es cierto! –exclamé–. ¡No puede ser! Es mucho más. Anoche leí *El asunto Galindo* de cabo a rabo. ¡Relata acontecimientos de mi vida con todo detalle! Cosas que nadie más que yo podría saber. He leído en su novela frases que yo pronuncié textualmente en el pasado. ¡Palabra por palabra!

–¿Cuándo?

–Cuándo, ¿qué?

–Que cuándo pronunció esas frases.

–Pues... hará unos... veinte años. Quizá algo más.

El escritor asintió.

–Aproximadamente, la época en que yo escribí la novela. Recuerdo que tomé como base la noticia de la desaparición del empresario Galindo. Normalmente, le habría cambiado el nombre, pero como el libro se iba a publicar en el extranjero, pensé que no pasaría nada por dejarlo tal cual.

Eso aparte, déjeme que dude de que usted sea capaz de recordar palabra por palabra frases que dijo hace veinte años. Quizá, al leer mi novela, ha dado por sentado que eso fue lo que dijo, aunque en realidad no fuera así. La memoria nos juega con facilidad estas y otras malas pasadas. Nuestros recuerdos no son exactamente lo que vivimos, sino lo que creemos haber vivido. Tranquilícese. Seguro que, si lo analizamos con calma, no hallaremos tantos parecidos entre mi libro y su vida.

–¡Eh, eh! ¡No intente liarme, escritor! Recuerdo perfectamente aquel caso. Fue el primero de mi carrera y le aseguro que su novela relata punto por punto todos los acontecimientos de aquellos días.

Él se encogió de hombros, condescendiente y airado a un tiempo.

–Vale, lo que usted diga, detective. ¿Y qué quiere que haga? ¿Que retire el libro del mercado, después de todos estos años? ¿Quiere que lo reescriba, para que no se sienta usted aludido en él? ¿Le cambio el nombre al protagonista y lo mando a vivir a Cuenca?

–¡No! No, no. No me ha entendido. El pasado me da igual. No quiero nada de eso, no pretendo que cambie nada, ni que me pague nada... no, claro que no.

–¿Entonces? ¿Qué es lo que quiere de mí? Dígalo de una vez y no me haga perder más el tiempo.

Se me había agitado la respiración. Tenía que serenarme. No quería que me temblase la voz al decirlo. Miré al escritor a los ojos.

–Lo que quiero... lo que quiero es que escriba usted otra novela del detective Escartín.

Lalana parpadeó. Sacudió un poco la cabeza, obviamente sorprendido.

–¿Por qué? –me preguntó. Y a mí se me formó al momento un nudo en la garganta.

–Porque... no puedo más. Me aburro como una ostra.

Dry Martini

Quince minutos más tarde, Lalana y yo estábamos sentados frente a frente en una de las mesas de la cafetería del hotel.

Él se había pedido un Dry Martini. Yo, confiando en que pagaría él la cuenta, había pedido una cerveza, unas patatas bravas, un sándwich club y unas natillas de chocolate.

–Le he estado dando vueltas al asunto toda la tarde –dije, procurando no escupir demasiados trozos del sándwich mientras hablaba–. He llegado a pensar si no será posible que sus novelas y mi vida estén relacionados entre sí de algún modo. Es decir, que lo que escriba usted en sus libros influya en mi vida y al contrario. No sé si me explico.

Lalana depositó sobre la mesa el combinado, al que acababa de dar un sorbo. Me miró intensamente. O sea, como si yo estuviese loco de atar.

–Explicarse, se explica usted como un libro abierto; pero supongo que se da cuenta de la tontería que supone aceptar esa posibilidad.

–Sí, ya, ya... pero no me apetece descartarla solo porque sea improbable.

–Imposible.

–Perdone, pero de imposible no tiene nada. La habría considerado imposible antes de conocer sus libros, pero ya no. Son trozos de mi propia existencia. ¿Quién sabe cómo funciona realmente la vida? ¿Por qué nos pasan las cosas que nos pasan?

–Hombre, yo creo que es bastante sencillo: tomamos decisiones y, en consecuencia, nos ocurren determinadas cosas. Uno decide estudiar esto en lugar de aquello, casarse con esa persona y no con otra, y así todo. Esas decisiones conforman nuestra vida.

–¿Y si no fuera así? Yo estudié Filosofía, y usted, Derecho. ¿Qué habría ocurrido si nos hubiésemos decidido ambos por la carrera militar?

–Que nuestras vidas habrían sido muy diferentes.

–¿Cómo lo sabe?

–Hombre... lo intuyo.

–Eso es: lo intuye, pero no lo sabe.

Lalana suspiró, mostrando cierto hastío.

–Vaaale, de acuerdo, no lo sé con certeza.

–¡Exacto! No sabemos nada con certeza. Tal vez usted escribiría libros y yo investigaría casos, igual que ahora, aunque los dos fuésemos coroneles del ejército.

–Yo creo que ni usted ni yo habríamos llegado tan alto en el escalafón, la verdad –dijo él, con una mueca sardónica.

–Piénselo: la misma vida, salvo pequeños detalles. El mismo destino siempre. Hay mucha gente que cree que todo lo que nos pasa ya está escrito de antemano.

–Toma, claro. Y hay gente que cree en los marcianos.

–¡No es lo mismo!

El escritor frunció el ceño.

–Muy bien. ¿Y qué? ¿Adónde quiere ir a parar?

–Usted cuenta mi vida en sus novelas, pero me asegura no saber nada de mí.

–Así es.

–¿Y no podría suceder lo contrario?

–¿Lo contrario...?

–Que yo me vea obligado a vivir las cosas que usted relata en sus novelas. Que mi vida esté escrita en sus libros. Que usted, de algún modo, sea quien escribe mi vida.

Esta vez, Lalana estuvo a punto de tirarse el Dry Martini por encima. La paciencia no parecía una de sus virtudes.

–¡Qué dice, hombre! ¡Eso no tiene ni pies ni cabeza!

–No lo tendría si no fuera porque ya ha ocurrido cuatro veces, le recuerdo.

–¡No es así! Por lo visto, ciertos acontecimientos de su vida se parecen a algunas de las cosas que yo cuento en mis novelas. ¡Y ya está! ¡Eso es todo!

–Es mucho más que eso, y usted lo sabe. ¡Pero si ha acertado hasta con la dirección de mi casa!

Lalana apuró su combinado y, con una simple mirada, le pidió otro al camarero. Eso es lo que yo llamo tener estilo.

–Reconozco que esa es una de las cosas que me tienen desconcertado –admitió.

–¿Por qué eligió el nueve duplicado de la calle Estébanes?

–Simplemente, porque mi mujer compró allí, hace un tiempo, un piso que utiliza como despacho profesional. Es psicóloga.

Alcé las cejas de inmediato.

–¡Anda! ¿Y cómo se llama su mujer?

–Marta. ¿Por qué?

Casi me atraganto al oírlo.

–¡No me fastidie! ¿Usted es el marido de Marta? ¡Es mi vecina de enfrente! Ahora la tenemos de presidenta de la comunidad.

–Exacto, sí. Es ella.

–Pues está bien buena.

–¿Eh?

–No, nada, nada... ¡Qué asombrosa coincidencia! Ya sabrá usted que esa casa es muy antigua. Mi padre era el dueño del segundo piso, que entonces ocupaba toda la planta. Tras su muerte, yo quedé como único vecino del edificio. Hace unos años, durante el tiempo de la burbuja inmobiliaria, una promotora quiso comprármelo para re- habilitar la casa y convertir cada piso en dos apartamentos modernos. Llegamos al acuerdo de que me pagarían con la propiedad de uno de esos apartamentos. Así que ahora vi- vo en la mitad de espacio que antes, es cierto, pero la casa ya no está en peligro de ruina. ¡Y hasta tenemos ascensor! Para mí, fue un negocio redondo.

–Entiendo. Y el otro apartamento que salió de dividir su antiguo piso fue el que compró mi mujer. Bien, ahí te- nemos una gran casualidad. Pero nada que no sea perfec- tamente explicable.

–Eso, quizá. Lo que me parece harto improbable es que usted haya descrito partes de mi vida al detalle sin conocerme de nada.

Lalana se llevó su segundo Martini a los labios. Creo que el alcohol empezaba a hacerle efecto. Se le habían tornado los ojos mansos y el habla soñadora. O al revés, no sé.

–Supongamos que tenga usted parte de razón –aceptó, tras una pausa larga y sedosa–. Admitamos que su vida y mis novelas se mezclen entre sí, de algún modo misterioso. Que usted viva, en cierta medida, lo que yo cuento en mis libros. Pero... mis libros narran períodos muy breves de su vida. ¿Qué pasa durante el resto del tiempo? Por ejemplo: usted ya tenía casi treinta años antes de que yo escribiese *El asunto Galindo*. Y entre cada una de mis cuatro novelas transcurren varios años en los que nada se sabe del personaje.

Asentí. Era donde yo quería llegar.

–Claro que sí. Y he seguido viviendo pese a que hace ya cuatro años que usted escribió *El último muerto*. ¡Ese es mi problema, precisamente!

–¿Cuál?

–¡Que mi vida solo es interesante mientras me ocurre lo que usted relata en sus libros! El resto del tiempo, mi existencia carece de toda emoción. Es insulsa y anodina. Mis primeros treinta años de vida fueron un auténtico rollo, se lo garantizo. Incluido mi matrimonio. Lo que usted cuenta en *El asunto Galindo* fue la primera cosa emocionante que me sucedió. Y entre novela y novela, solo soy un tipo vulgar, un detective lamentable y aburrido. Malvivo a base de perseguir adolescentes huidos de su casa y de pillar *in fraganti* a maridos infieles. ¡Por eso quiero que escriba otro libro! ¡Lo necesito! Un libro donde yo sea el protagonista de una aventura apasionante. Necesito un caso de los suyos, un caso que ponga a prueba mi inteligencia. No se trata solo de matar el aburrimiento. ¡Se trata de la autoestima! Todo lo que sé sobre mi profesión lo aprendí leyendo novelas de intriga. Por eso, los casos normales se me dan muy mal. Yo solo doy lo mejor de mí cuando cae en mis manos un caso de novela. Por desgracia, estos son muy poco habituales. De hecho, en toda mi vida, solamente me he topado con cuatro.

Lalana frunció el ceño. Noté que empezaba a comprenderme.

—Se refiere a las cuatro novelas de Fermín Escartín publicadas hasta ahora.

—En efecto. Por eso, necesito que escriba una nueva historia. Quiero volver a sentirme brillante, volver a disfrutar en una investigación. ¡Écheme una mano, por Dios! Estoy harto de ser un detective de mierda.

Noté que le había gustado esa última frase. Seguro que tomó nota mental de ella para usarla en algún libro. A los escritores es fácil ponerles un cebo. En el fondo, son tipos sencillos.

—¿Y si fuera al revés? —preguntó, de repente.

—¿Cómo al revés? No entiendo...

—Cuando a usted le ocurre algo interesante, cuando se enfrenta a un caso de novela, es cuando yo... por alguna misteriosa razón, puedo escribir un nuevo libro del detective Escartín.

Me alcé de hombros.

–Cierto. También podría ser así. Pero, como no lo sabemos con certeza, ¿por qué no vamos a lo fácil? En lugar de esperar a que caiga en mis manos un caso interesante, que puede tardar años, escriba usted un libro, que es algo que puede hacer cuando se le antoje. Ya mismo, incluso.

–Hombre, no es tan fácil.

–¡Pues claro que sí! ¡Es facilísimo! Lo ha dicho esta mañana en el instituto Marín Francés.

–Martí Franqués.

–¡Como sea! Ha presumido usted delante de todos aquellos alumnos de que las ideas le rebosan por las orejas, que no necesita ningún estímulo especial para crear una nueva historia, que le basta proponérselo para inventar un argumento brillante y que tiene decenas de libretas llenas de tramas para nuevas novelas.

–¿Eso he dicho? Vaya, quizá exageraba un poco...

–Ya me he dado cuenta, pero los chavales se han quedado con la boca abierta.

El escritor apuró su copa. Su segunda copa. Le brillaban los ojos.

–¿De veras piensa que, si escribo un nuevo libro del detective Escartín, se hará realidad?

–Sí. Eso creo. Firmemente.

–Está usted mal de la cabeza.

Me crucé de brazos, miré al escritor y puse cara de pena.

–Va, hombre, hágame ese favor... Total, ¿qué le cuesta?

–¡Que no puedo, caramba! Estoy metido en otros proyectos literarios. Además... hay un inconveniente que no depende de mí: la editorial no quiere más novelas suyas. Del detective Escartín, quiero decir.

–No me diga. ¿Por qué? ¿Es que se venden mal?

–No, no es eso. Pero a Jordi Martín, el director editorial, no le gustan, no sé la razón. Prefiere las novelas del Oeste. Dice que, de Escartín, tiene suficiente con las cuatro ya publicadas.

Acabado el sándwich, había empezado con las natillas de chocolate. A la tercera cucharada, me di cuenta de que no le había ofrecido al escritor.

–¿Le apetece? –pregunté, adelantando la cucharilla.

–No.

–Usted se lo pierde. ¿Y si escribiese usted esa novela de todos modos, aunque no se publique? Quizá funcione igualmente. A lo mejor, basta con que usted redacte el original para poner en marcha los acontecimientos.

La mirada que me lanzó Lalana ya me adelantó la respuesta.

–No, mire, es que yo me gano la vida con esto...

–Ah, pero... ¿escribir no es su *hobby*? Pensaba que era usted abogado.

–Pues no, no lo soy. Escribir no es un *hobby*, es mi trabajo. Y, claro, no voy a dedicar varios meses a escribir una novela que no tengo posibilidades de publicar, solo para alimentar su autoestima.

–¡Ejem! Dicho así, suena feo, es cierto. Pero...

El escritor se puso en pie, inesperadamente, en mitad de mi frase. Al parecer, su paciencia se había agotado de golpe. También yo me incorporé.

–Lo siento, amigo Escartín, pero es tarde y mañana tengo que madrugar –me dijo en un tono que no admitía réplica–. Lamento no poder ayudarlo.

–Bueno, yo...

–No se preocupe por la cena. Voy a pedir que me la carguen en la cuenta de mi habitación.

Lo miré, tratando de inspirarle lástima. Me tendió la mano y se la estreché sin convicción. Sin entusiasmo alguno.

–Gracias, de todos modos –dije–. Y esto... ¿Puedo... pedir también un café irlandés?

Lalana suspiró.

–Sí, claro que sí. Pero solo uno.

–Uno solo, se lo prometo.

Lalana volvió a sonreír.

–Ha sido un placer conocerle, Fermín. Adiós.

–Al menos, piénselo.

Asintió de cortesía y me dio la espalda. Lo vi alejarse camino del vestíbulo.

El resplandor

Estaba triste cuando terminé de cenar. Como si hubiese sido mi última comida antes de la ejecución de mi sentencia de muerte.

El café irlandés que me prepararon sabía a agua de fregar, pero contenía suficiente *whisky* español como para animarme a insistir. Necesitaba volver a intentarlo. Tratar de convencer al maldito escritor. Así que tomé el ascensor y pulsé el botón de la quinta planta. Me planté frente a la puerta de la habitación 502 y alcé la mano, dispuesto a llamar con los nudillos.

Sin embargo, no lo hice. Me quedé allí, inmóvil, alelado como un pasmarote durante un rato larguísimo. Hasta que, de repente, se apagaron las luces del pasillo.

Al llegar la oscuridad, pude distinguir un leve resplandor saliendo por debajo de la puerta de la habitación. Acerqué el oído. El televisor no funcionaba. Por el contrario, se oía un teclear suave, de ordenador portátil.

El escritor estaba trabajando.

II.
ZARAGOZA

II.
ZARAGOZA

SÁBADO, 25

Llamada intempestiva

A la mañana siguiente, de forma sorprendente, el sol asomó en Tarragona por el este, sobre el mar Mediterráneo. Lo hizo exactamente a las seis y veintidós. Yo había dejado alzada la persiana para ver amanecer desde la cama, algo que siempre he considerado un privilegio.

Treinta y ocho minutos más tarde, justo a las siete, con el calor ya apretando firme, mi teléfono móvil comenzó a sonar, alertando de una llamada entrante.

Me llevé un susto de muerte.

¡Una llamada!

Por supuesto, en la pantalla el número aparecía desnudo, sin identificar. No podía ser de otro modo, puesto que mi agenda permanecía vacía por completo. Me dio mala espina desde el primer timbrazo. Lo dejé sonar, esperando que callase. Pero no callaba, el maldito.

¿Y si contestaba? Quizá fuera una llamada equivocada. Quizá solo querían venderme una tarifa plana más barata. O intentar convencerme para que me hiciese socio de Adena o miembro de alguna secta posmoderna. Pero no. Yo sabía que no. Una llamada intempestiva a una hora exacta y temprana es la de alguien que ha estado haciendo tiempo para darte una mala noticia ocurrida durante la noche anterior. Es algo que he vivido en otras ocasiones.

Finalmente, descolgué.

–Diga...

–¿Fermín? ¿Eres tú, Fermín?

Imposible reconocer la voz. Alguien muy joven. Un muchacho. Carraspeé, antes de responder.

–Sí. ¿Quién es?

–Soy Antonio. ¿Te he despertado?

–¿Quién? ¿Qué Antonio...?

–Toñín. El hijo de Elisa Lobo. ¿Te acuerdas de mí?

Se me aceleró el corazón. De inmediato, la pregunta me salió del alma:

–¿Qué pasa? ¿Le ha ocurrido algo a tu madre? ¿Ha muerto?

A primera vista, puede parecer una reacción exagerada, pero es que Elisa es una de esas personas que pueden morir en cualquier momento. Vale, es cierto: todos podemos morir en cualquier momento. Pero Elisa, más. Y cuando digo que puede morir, me refiero a que la pueden matar.

–No lo sé, Fermín. No sé si le ha ocurrido algo o no. Estoy muy preocupado y no sé qué hacer, por eso te llamo. Mi madre ha desaparecido.

AVE

Como no tenía dinero para pagar la cuenta, traté de escabullirme sin más, pero allí estaba Burrull, al acecho, como buen aguilucho.

—Se olvida de entregar la llave en recepción, señor Escartín...

—¿Eh? No, si yo no...

—Ya nos ha dicho el señor Lalana que se marcharía usted hoy, temprano. Por cierto, él se ha hecho cargo de su factura. Ha comentado que ya arreglarían ustedes cuentas más tarde.

Me quedé de una pieza, pero logré reaccionar a tiempo.

—¿Ha dejado pagado también el desayuno de hoy?

—Así es.

—Pues voy a ello.

Con vistas al viaje de regreso, conseguí negociar con el taxista Augusto que me llevase a la estación del Camp, que está en el quinto pimiento, lejísimos de la ciudad, y me prestase dinero para el billete del AVE, a condición de devolvérselo todo por giro telegráfico y con apenas un 150% de interés. Me hizo firmar un pagaré en una servilleta de papel de la cafetería de la estación.

Finalmente, me despidió gritando mi nombre y agitando un gran pañuelo blanco, mientras corría por el largo mirador situado sobre los andenes. Pasé una terrible vergüenza. Uniendo este sofoco a que el tiempo había cambiado y hacía un calor agobiante pese a lo temprano de la hora, el resultado fue que, cuando me senté en mi butaca, estaba sudando como un pollo.

Al poco, nuestro Talgo 350 surcaba como una flecha la campiña tarraconense camino de Lleida, primero, y de la capital de Aragón, después.

La llamada de Toñín me había dejado francamente preocupado, y no veía el momento de llegar a Zaragoza y encontrarme con él.

–Oiga, perdone, ¿no podría decirle al maquinista que vaya un poco más deprisa? Necesito llegar a mi destino lo antes posible. Cuestión de vida o muerte, ¿sabe?

El interventor me miró con sorna por encima de sus gafitas de présbite.

–Pues claro, hombre. Ahora mismo le digo que ponga el tren a seiscientos por hora.

–Muy agradecido. Aunque tampoco hay que exagerar. A ver si nos vamos a pasar de largo Zaragoza. ¡Je!

–¿Zaragoza? Pero si este tren no para en Zaragoza. Es un directo Barcelona-Madrid.

–¿Qué? ¡Pero...! ¿Cómo es posible que...?

El tipo se echó a reír a carcajadas.

–Que sí, hombre, que sí, que paramos en Zaragoza. Era solo una broma, no se preocupe.

–¿Una broma? ¿Qué entiende usted por una broma? ¡Casi me da una angina de pecho!

El interventor se alejó pasillo adelante, canturreando una jota.

Desde luego, hay que ver la gente tan rara que puebla este mundo.

Delicias

La estación de Zaragoza-Delicias es monstruosamente grande. Andenes de cuatrocientos metros de largo, bajo techo. Un espacio arquitectónico vacío más grande y alto que la basílica de San Pedro del Vaticano.

Y como viajaba en el coche 31, al bajar del tren me quedaba por delante una caminata compostelana hasta acceder al vestíbulo de llegadas, donde me esperaba Toñín, más impaciente que un niño en la noche de Reyes.

–Le ha ocurrido algo malo, seguro –aseguró, tras darme un abrazo de bienvenida que me dejó sin respiración–. No se habría marchado sin decirme nada.

–No seas agonías, Antonio. ¿Cuánto tiempo lleva desaparecida?

–No lo sé. Como mínimo, dieciséis horas. Pero puede ser mucho más.

–Bueno, bueno... Cálmate y cuenta.

–Yo llegué ayer por la tarde a casa y ella ya no estaba. Pero no sé desde cuándo falta. Hablamos el martes pasado, por teléfono. Di por hecho que lo hacía desde casa, pero, claro, podía estar ya en cualquier otra parte. En persona no la he visto desde hace dos semanas.

–¿Y eso?

–Estoy estudiando INEF en Huesca, y de lunes a viernes vivo allí, en una residencia. Pero el pasado fin de semana me quedé, porque teníamos exámenes finales.

–¿INEF? ¿Estás estudiando para militar?

–¿Militar? ¡No, hombre! INEF es el grado universitario de Actividad Física y Deporte.

–¡Ah, demonios...! Vale, vale... O sea, que ya eres universitario. ¡Pero si hace cuatro días estabas aún en primaria!

–Hace cuatro días no, Fermín. Hace siete años.

Miré al chico. Me percaté de que ya era más alto que yo. Incluso, más guapo. Y estaba fuerte como un roble.

–¡Ay! Es un asco lo deprisa que pasa el tiempo. Entonces, dices que llevabas doce días sin ver a tu madre...

–Así es. Ayer, al llegar yo de Huesca, mi madre no estaba en casa. Me extrañó, traté de localizarla a través del móvil, pero no hubo manera. Intenté no preocuparme, diciéndome que habría salido con alguien, quizá a cenar o al cine. Pero no ha regresado en toda la noche. Por la mañana, he intentado de nuevo hablar con ella. Está fuera de cobertura. Por eso te he llamado. Mi madre siempre me dice que, si alguna vez tengo un problema grave y no puedo contar con ella, busque tu ayuda.

Se me hizo un nudo en la garganta.

–¿Eso te dice?

–Mil veces, me lo ha repetido: «Si estás en un apuro, llama a Fermín».

–Claro que sí, has hecho muy bien. Y ya lo ves: aquí estoy, al rescate. Vamos a ver... esto... ¿notaste signos de violencia al llegar a casa? Ya sabes: detalles reveladores de que hubiese tenido lugar una pelea, por ejemplo.

–No, todo lo contrario. Tuve la sensación de encontrar la casa como... como cuando regresamos de vacaciones: todo muy ordenado, el televisor desenchufado, las persianas cerradas, el frigorífico en consumo mínimo, la llave general del agua cerrada...

—Eso debería indicar que tu madre se ha marchado por su propia voluntad... y para un tiempo largo.

—Aparentemente, sí. ¡Pero jamás se iría sin avisarme!

Eso no admitía réplica. Elisa adoraba a su hijo menor.

—Vamos a vuestra casa. Quiero examinarla en detalle. ¿Llevas dinero para un taxi?

—Pues claro. ¿Tú, no?

—Ni un céntimo. No me preguntes, es una larga historia.

Adriática

El edificio Adriática, de Zaragoza, está considerado el rascacielos más bajito del mundo. Su estilo y silueta recuerdan a los clásicos neoyorquinos, con su belleza de entreguerras, pero concentrada en tan solo diez pisos. La imagen se acentúa porque, justo a su lado, se levanta el templo de La Mantería, ofreciendo entre ambos una estampa propia de Manhattan, donde las iglesias son más bajas que los edificios que las rodean, al contrario de lo que sucede en España, por lo común.

Tras nuestra separación, Elisa había alquilado uno de los cuatro apartamentos de la sexta planta del Adriática. Reformado, constaba de un amplio *living*, con cocina americana, baño completo y dos pequeños dormitorios. La salita disponía de grandes ventanales orientados al norte y el este, a través de los cuales se divisaban los tejados de todo el casco antiguo de la ciudad y se tenía una privilegiada vista de la basílica del Pilar.

Cuando Toñín abrió la puerta del piso, aun antes de poner un pie dentro, me llegó como un tufo indefinible a vivienda vacía. No era un olor desagradable, a basura o podredumbre, sino algo mucho más difícil de definir: el aliento de la soledad inesperada.

–¿Has tocado algo?

–No –respondió Toñín. Enseguida se retractó–. Bueno, lo normal. Nada importante. Llegué aquí ayer por la tarde y he dormido en mi cuarto. Pero en el salón no he cambiado nada de sitio. Creo.

–¿Cenaste aquí?

–No. Bajé al Croquetarte.

–¿Qué es eso?

–Un bar. Un bar donde solo hacen croquetas. Se ha hecho muy famoso.

–No lo conozco.

–¡Pero Fermín! ¡Si vives a solo cinco minutos de aquí! Abrí los brazos.

–Cierto, pero nunca vengo en esta dirección. Esto ya es el centro de la ciudad y lo mío es el casco antiguo. Salvo en caso de emergencia, jamás cruzo la calle del Coso. Para mí, es como una frontera psicológica. Una alambrada mental.

–Caray, Fermín, no te recordaba tan maniático.

–¿Maniático? Bobadas. Soy una persona de lo más equilibrada. Me decías, pues, que bajaste a comprar croquetas...

–Así es. Pero me encontré allí a una compañera de mi antiguo instituto y estuvimos charlando un rato largo. Regresé a casa alrededor de las once.

—Bien. ¿Algo te llamó la atención? Aparte de la ausencia de tu madre, se entiende. Algo inusual. Un olor poco habitual, un adorno o un mueble fuera de sitio...

Toñín frunció el ceño mientras yo iniciaba un lento examen visual de la sala, en la que, como él ya había dicho, todo aparecía extrañamente ordenado, perfecto, limpio.

—Ya que lo dices... sí, hubo algo raro, a lo que no di importancia. Cuando llegué, había saltado el limitador de la luz. Supuse que habría sido a causa de la tormenta que se desató a primera hora de la tarde. Y cuando conecté de nuevo la corriente, comenzó a sonar una canción. Me llevé un buen susto.

—¿Una canción?

—Había un LP sobre el plato del tocadiscos. Se había detenido a mitad de una canción y, cuando volvió la luz, se puso en marcha y la música empezó a sonar de nuevo.

Me señaló un viejo pero precioso equipo de música Marantz, que incluía un giradiscos clásico.

—¡Ah, ya recuerdo! Tu madre sigue escuchando música en discos de vinilo, por lo que veo.

—Así es. Dice que antes de que se inventara el disco compacto, ella ya había comprado toda la música que le gusta y que no necesita más.

Sonreí. Había oído aquella afirmación varias veces de labios de Elisa.

—¿De qué canción se trataba?

—Era... la banda sonora de *Dos hombres y un destino*. A mi madre le encanta la música de películas.

—Lo sé, lo sé. ¿Recuerdas qué tema era, en concreto? ¿«Gotas de lluvia caen sobre mi cabeza», quizá?

–Eeeh... no, era otra. No sé cómo se titula.

–Búscala.

Mientras Toñín colocaba el disco sobre el plato e iba recorriendo los diversos cortes, yo continué mi examen de la sala. Me acerqué a la estantería donde se alineaban en perfecta formación dos centenares de libros. Todos ellos publicados en el siglo xx. Seguramente, en el año 2000 la estantería ya estaba completa y Elisa había decidido no comprar más libros, por no tener dónde ponerlos. Otra persona cualquiera (yo, por ejemplo) los habría colocado de cualquier manera, en horizontal, usando los huecos. Ella, no. Elisa amaba el orden hasta un punto difícil de explicar. No me extraña que apenas durásemos juntos unos meses. La quería y la quiero, y estoy seguro de que ella también me quería; pero a una persona como Elisa tenía que hacérsele insufrible la vida junto a alguien tan desordenado y caótico como yo.

En la pequeña biblioteca, un detalle atrajo enseguida mi atención. Mi entrenada capacidad de obervación se centró de inmediato en el ejemplar de la novela *Chacal*, de Frederick Forsyth. Elisa lo había situado entre *El exorcista* y *Tiburón*, otros dos clásicos *best sellers* del siglo xx. Era el sitio que le correspondía.

Pero estaba boca abajo.

Aunque bien podía tratarse de un simple descuido, yo lo valoré como un error impensable en alguien tan meticuloso como Elisa. Lo saqué de la estantería y lo observé con atención. Pasé la yema del dedo por el borde inferior de las páginas. Me quedó limpia. Sin embargo, cuando hice lo mismo por la parte superior, comprobé que guardaban algo de polvo. La conclusión evidente era que aquel volumen hacía muy poco tiempo que había cambiado de posición. Por tanto, probablemente se trataba de un aviso, una señal de Elisa. Pero... ¿qué significado podía tener?

Hojeé el libro, esperando que apareciese algún mensaje guardado entre sus páginas. No fue así. Deslicé las hojas entre mis dedos algo más lentamente, tratando de dar con alguna anotación o subrayado. No los había, a primera vista, pero dejé el libro aparte, para revisarlo más tarde con minuciosidad.

–¡Ya la tengo! –exclamó entonces Toñín–. Era esta la canción que comenzó a sonar cuando volvió la luz.

–¿Estás seguro?

–Seguro, sí. El último corte de la cara A.

La funda del disco se hallaba sobre el amplificador. Comprobé que el tema llevaba por título *South American Getaway*.

Toñín y yo escuchamos el tema hasta el final. Carecía de letra. Solo unos coros cantaban de cuando en cuando sin decir nada. «Dabadabadá».

Cuando el brazo del tocadiscos regresó automáticamente a su lugar de reposo, me volví hacia el chico.

–¿Qué crees que ocurrió, Antonio? ¿Por qué el disco quedó parado en esa canción?

–¿Es un acertijo?

–No. Quiero que me ayudes a deducir qué pasó aquí antes de que tú llegases a casa.

El hijo de Elisa se rascó la mejilla.

–De acuerdo. Veamos... Supongo que mi madre ya tenía la casa ordenada y limpia, lista para marcharse dondequiera que tuviese que ir. Como le sobraba algo de tiempo, decidió escuchar ese disco. Mientras sonaba esta canción, se fue la luz, a causa de la tormenta. Antes de que se restableciera el fluido, ella tuvo que irse y olvidó recoger el disco. Cuando yo llegué y conecté la luz, el tocadiscos volvió a girar en el punto en que había quedado parado antes.

Asentí con lentitud.

—No es una mala explicación.

En realidad, la teoría del chico era claramente errónea, pero preferí no decírselo. Los adolescentes son gente sensible.

—Según eso —continué—, tu madre se habría marchado de casa ayer, durante la tormenta.

—Así es.

—Si podemos confirmarlo, ese sería un dato muy importante. ¿Puedes pasar a preguntarles a los vecinos si también a ellos se les fue la luz y a qué hora ocurrió? Prueba en tres o cuatro pisos diferentes. Necesitamos saberlo con exactitud.

Salió Toñín a cumplir mi encargo y yo seguí paseando por el apartamento, tomando nota mental de cuantos detalles me parecieron interesantes. Encima de los altavoces Vieta, que se apoyaban directamente en el suelo, vi dos piezas de cerámica de Sargadelos. Una, representaba a don Ramón del Valle-Inclán. La otra, a Rosalía de Castro.

Sobre una mesita baja de rincón, descubrí una fotografía enmarcada que casi me hizo llorar de emoción. En ella aparecíamos Elisa y yo, ambos con cara de pánico absoluto, gritando como desesperados, montados en el Dragon Khan, la atracción principal de Port Aventura.

Nadie más que Elisa ha conseguido convencerme para subir en esa condenada montaña rusa. Nadie, ni siquiera ella, volverá a convencerme nunca jamás de que vuelva a hacerlo. Qué mal lo pasé. Creo que tardé dos días en dejar de bizquear.

Tras la inspección de la sala, le tocó el turno a su dormitorio. Me produjo una irreprimible sensación de nostalgia rebuscar entre los cajones donde guardaba la ropa interior.

En la mesilla de noche encontré la última novela de Vargas Llosa, un blíster con varias pastillas para dormir y una libreta de ahorros del Banco Santander. Entre dos de sus páginas, sobresalían varios billetes grandes, de doscientos y quinientos euros. Los conté. En total, dos mil seiscientos.

Los dos últimos movimientos impresos en la cartilla llevaban fecha del pasado martes, cuatro días atrás. Uno de ellos era un reintegro de casi trece mil euros. En concreto, 12.946,67. El otro, en la misma fecha, un ingreso de 595,53. Ambos, en metálico, hechos en ventanilla.

Lo primero que me vino a la cabeza fue que se trataba de dos cifras muy extrañas. Muy concretas. ¿Quién acude al banco y pide retirar doce mil novecientos cuarenta y seis euros con sesenta y siete céntimos en efectivo? ¿Y para qué?

Me guardé la libreta (y el dinero) en el bolsillo y seguí rebuscando entre las cosas de Elisa.

Vi colgadas en el armario un buen número de prendas de vestir, pero también estaba claro que faltaban varias otras. Sin duda, Elisa se había llevado consigo un cierto equipaje, indicativo de que pensaba pasar una temporada fuera de casa.

De ahí, pasé al cuarto de baño y, más tarde, a la cocina, donde los armarios se hallaban bien surtidos de alimentos no perecederos: latas, pasta, legumbres, arroz, especias... El frigorífico, por el contrario, presentaba un aspecto desolador. Algunos huevos, varias botellas de vino blanco, cerveza y refrescos en lata, cuatro pimientos y dos manojos de ajos tiernos, frascos con mermeladas y botes de salsas exóticas ya preparadas... Nada de carne, pescado, pollo... en definitiva, nada que pudiera estropearse rápidamente por falta de refrigeración.

Luego, abrí el congelador, donde me topé con una cubitera vacía y varias botellas de aguardientes diversos: *grappa*, orujo gallego y licor de café. Y un termómetro barato que señalaba 22º bajo cero.

De repente, regresó Toñín. Abrió la puerta con su llave y dio un par de voces que me obligaron a salir a su encuentro. Parecía contrariado.

–¿Qué has averiguado?

–Mi teoría sobre las circunstancias en que mi madre se fue de casa se acaba de ir por el retrete, Fermín. Los vecinos dicen que ayer, a pesar de la tormenta, no sufrieron ningún apagón.

Tortilla de ajetes

Entre unas cosas y otras, se nos hizo la hora de comer, así que nos preparamos una enorme tortilla de ajetes, de las de cuatro huevos. Mientras dábamos buena cuenta de ella, con ayuda de unas rebanadas de ese pan de molde tan repleto de conservantes que jamás se estropea, pusimos la tele para ver el telediario, que comenzaba en ese momento. La primera noticia que trataron fue la de la ola de calor que asolaba el Levante español. Salieron imágenes de playas repletas, mujeres con abanico, niños bañándose en las fuentes, ancianos aferrados a botellas de agua mineral y servicios de urgencias colapsados.

–¿Y tú estabas en Tarragona? –comentó Toñín–. Pues ha tenido que ser tremendo, ¿no? Esta semana se han batido por allí todos los récords de temperatura.

–¡Qué exageración! Yo creo que ha hecho el calor normal para esta época. Por las noches, incluso hacía fresco.

–Hombre, normal normal tampoco habrá sido, cuando ha habido varios muertos por calor.

–La gente se muere de otras cosas y dicen que es culpa del calor.

Al final de los titulares, ante la falta de noticias de fútbol, se hablaba de que Andrea Dovizioso, el piloto italiano, había conseguido con Ducati la *pole position* en la clasificación del Gran Premio de Holanda de Motociclismo, en el circuito de Assen. Marc Márquez saldría en cuarta posición.

Me costó unos segundos percatarme del desajuste.

Soy fan de Jorge Lorenzo y me gusta seguir el campeonato del mundo de Moto GP. Y estaba seguro de que el Gran Premio de Holanda no se corría hasta la semana siguiente. Además, por primera vez en su historia, las carreras se iban a disputar en domingo y no en sábado. Era un cambio muy llamativo. No podía equivocarme.

–¡Un momento...! –exclamé–. ¿Qué demonios está pasando? ¿Han adelantado una semana el Gran Premio de Holanda?

Toñín, como buen alumno de INEF, estaba al tanto de todos los deportes.

–Hombre, no, qué cosas tienes... El calendario del campeonato se establece al principio de la temporada y es inamovible.

–¡Por eso lo digo! En Assen se corre el último fin de semana de junio. Seguro. Y hoy es día dieciocho.

El chico carraspeó.

–No, Fermín. Estamos a veinticinco. Veinticinco de junio.

–Eso es imposible.

Toñín me miró sonriente, pero con una cierta preocupación.

–¿Te encuentras bien?

–¡Claro que estoy bien! –exclamé–. Hoy es dieciocho, no veinticinco.

En ese momento, terminados los titulares, apareció en pantalla la carátula general del telediario. Con la fecha: 25 de junio de 2016.

–¿Lo ves?

Sacudí la cabeza, incrédulo.

–No puede ser... ¿Qué ha ocurrido aquí? –susurré–. ¿Ayer era diecisiete y hoy es veinticinco?

–Ayer era veinticuatro. Último día de curso. Nos dieron las notas finales.

Me vino a la mente esa canción de Sabina en el que a varias personas les roban el mes de abril. A mí, al parecer, alguien me había robado una semana de mi vida.

–No seas exagerado. Nadie te ha robado una semana, que esto no es una novela de Michael Ende. En algún momento pasado habrás confundido las fechas de una semana con la otra y has arrastrado el error hasta ahora. No le des más importancia. Lo que no admite discusión es que hoy es día 25.

–Pero...

–No seas pesado. ¿Qué quieres de postre? Aquí veo unas manzanas que no tienen mal aspecto.

Aún me resistí unos minutos a aceptar que mi cabeza me había jugado una mala pasada. Pero, si hay algo más terco incluso que un aragonés, es la realidad. Cuanto antes me hiciese a la idea y pasase página del incidente, mejor que mejor.

Supongo que llegar a cierta edad conlleva asumir de cuando en cuando estos desajustes. Pero no imaginaba que pudiera ser así. Ni que me llegarían tan pronto. Reconozco que sentí un ramalazo de terror.

Café con hielo

Tras el postre, mientras se calentaba el café, retomamos la investigación sobre la misteriosa desaparición de Elisa.

–Después de hablar con los vecinos, está claro que no hubo un apagón general –admitió Toñín– y me dices que no ves probable que se fuera la luz solo en este piso.

–Claro que no.

–Entonces... la otra opción es que mi madre quitase a propósito la corriente antes de marcharse.

–¿Ves? Eso me parece lo más razonable. De hecho, lo considero casi seguro. Si se produce un cortocircuito accidental, lo normal es que salte el diferencial. Pero tú me has dicho que, al llegar, tuviste que levantar la palanca del limitador. El limitador no salta por accidente, solo por sobrecarga, algo improbable. O si alguien lo acciona a mano, usándolo como interruptor general.

Toñín afiló la mirada.

–¡Pero ella nunca hace eso! Jamás corta la corriente del piso, ni siquiera cuando nos vamos de vacaciones. ¿Por qué sí esta vez?

La pregunta de Toñín me obligó a seguir razonando.

–Un comportamiento inusual puede ser un modo de llamar nuestra atención; una manera de indicarnos que ha ocurrido algo excepcional. Imprevisto. Y, seguramente, grave.

El chico tragó saliva.

–¿Y por qué, simplemente, no me ha llamado por teléfono o nos ha dejado una nota explicando lo que ocurría?

–Está claro que, por alguna razón, no puede hacerlo. Yo diría... que no se fue sola de aquí. Alguien estaba con ella cuando se marchó. Y tu madre no quería que esa persona supiese que nos estaba pidiendo ayuda. Así que... disimuladamente, nos dejó varios mensajes en clave.

–¿Cuáles?

Le pedí paciencia con un gesto y fui a retirar la cafetera del fuego. Le respondí mientras buscaba las dos tazas.

–En primer lugar, ya hemos visto que desconectó la corriente eléctrica, cosa que nunca hace. Una manera de decirnos que no se fue de casa por su propia voluntad. ¿Solo o con leche?

–Solo con hielo, por favor.

–Como segunda pista, dejó el tocadiscos en marcha, con la aguja sobre una canción determinada, para que volviese a sonar cuando tú regresases a casa y conectases la luz. ¿Has leído el título de la canción?

–No.

–Traducido del inglés, significa «Huida a Sudamérica».

Toñín dio un respingo.

–¿Qué? ¿Me estás diciendo que mi madre se ha marchado a Sudamérica? –exclamó, abriendo unos ojos como platos.

–Bueno... no lo sé. A primera vista, eso parece; pero tendremos que asegurarnos; sobre todo, porque Sudamérica es muy grande. Y pista número tres: creo que, antes de irse, cambió la posición de un libro. Solo de uno. Colocó boca abajo el ejemplar de *Chacal*, de Frederick Forsyth. ¿Sabes de qué va?

Toñín asintió.

–Alguna vez hemos hablado de él. Sobre un asesino a sueldo francés, creo recordar.

Le alcancé su taza de café y me senté frente a él con la mía.

–Más o menos. Es la historia de un asesino profesional al que le encargan matar al presidente francés Charles de Gaulle –al llegar aquí, hice una pausa antes de continuar–. Oye, Antonio, tú... sabes a qué se dedicaba tu madre hasta hace unos años, ¿verdad?

De inmediato, noté cómo le brillaban los ojos.

–Sí. Ella me lo contó hace un tiempo. A... a lo mismo que el Chacal, ¿no?

Tomé aire antes de confirmar.

–Ella os sacó adelante a ti y a tus hermanos haciendo lo único que sabía hacer bien: disparar. En efecto, mataba gente por encargo. Hace ya tiempo que lo dejó, pero... ha llevado una vida complicada y tiene, como es lógico, multitud de cuentas pendientes. Pocos amigos y muchos enemigos. ¿Me... comprendes?

Toñín bajó la vista. Creo que intentaba no echarse a llorar.

–Esto no pinta bien, ¿verdad? –susurró.

–Bueno... seguro que no es para tanto –comenté, tratando de quitarle hierro al asunto.

–¿Y qué hacemos, Fermín? –preguntó el chico–. Va, dime: ¿qué vamos a hacer?

Me acerqué a él y lo tomé por los hombros. No sé si era el gesto más adecuado en aquel momento. Soy un tipo algo torpe a la hora de mostrar mis sentimientos.

–Lo que vamos a hacer es ir a buscarla, esté donde esté. Eso, por descontado. Lo que espero es que haya tenido la oportunidad de dejarnos una pista clara de su destino. Revisaremos con cuidado el piso, en busca de nuevos detalles, de otros mensajes en clave. A ver si tenemos suerte y damos pronto con ello. Por desgracia, vamos con mucho retraso.

–¿Por qué dices eso? ¿Ya no crees que se marchase ayer, durante la tormenta?

–Claro que no. Yo diría que se fue mucho antes.

–¿Por qué?

Me recliné en la silla.

–¿No querías el café con hielo?

–Sí.

–Yo también. Trae dos vasos con cubitos de hielo, por favor.

Toñín me miró con cierto fastidio, pero obedeció. Se levantó, abrió la puerta del congelador y quedó inmóvil.

–¿Qué ocurre? –pregunté.

Él levantó en alto una cubitera blanca, de plástico.

–Aquí debería haber un montón de cubitos de hielo, pero solo hay una lámina gruesa de agua congelada, que ocupa todo el fondo.

–Ajá. ¿Y qué significa eso?

–Significa... –el chico suspiró, mientras parpadeaba–, a ver... significa que los cubitos se deshicieron durante el tiempo que faltó la luz. Ayer, cuando yo llegué y la nevera se puso de nuevo en marcha, el agua que había quedado en el fondo de la cubitera se congeló, formando un bloque.

Esa era la respuesta.

–Correcto. Si nadie lo abre, el congelador conserva muy bien el frío, aunque la nevera deje de funcionar. Los cubitos necesitaron bastante más de veinticuatro horas para licuarse. Así que tu madre no se marchó de aquí anteayer sino, por lo menos, hace tres días. Quizá más. Nos lleva una ventaja considerable. A estas horas, podría estar ya en la otra punta del mundo.

Toñín me miró con admiración. Como si yo fuera el tipo más listo del mundo. Me gustó que así fuera.

–Vale. Supongo que cada dato es importante. ¿Por dónde seguimos?

No quería defraudarlo, así que le respondí de inmediato, con seguridad. Aunque, en realidad, estaba cambiando de tema.

–¿Tu madre guarda armas en casa?

–Eeeh... sí.

–¿Dónde?

Señaló con un gesto un sofá cercano. Un sofá-cama. Lo desplegó y sacó el colchón al centro del salón. Luego, abrió por completo una cremallera que recorría el lateral de la funda. Retiró después una pieza de poliexpán de alta densidad y eso le permitió acceder al interior del colchón, de donde sacó una caja metálica, plana, de unos sesenta centímetros de ancho por metro y medio de largo y un palmo de altura. Estaba asegurada mediante dos pestillos con combinación de tres números, que el chico se sabía de memoria.

Al abrir la caja, descubrí en su interior un fusil de precisión Sig Sauer, de fabricación suiza, desmontado, con todas las piezas alojadas en oquedades de gomaespuma. También había un enorme revólver Taurus, con su propia mira telescópica, y una pistola Ruger, de cañón muy largo.

Finalmente, en una esquina de la pieza de foam que ocupaba el interior de la caja metálica, se apreciaba un hueco vacío, no muy grande, con forma de pistola de pequeño tamaño.

–¿Sabes qué guardaba en ese hueco? –le pregunté a Toñín.

Él me miró y asintió.

–La Glock.

Suspiré. Era el arma preferida de Elisa.

A principios de los años ochenta, el fabricante de armas austríaco Glock sacó al mercado una pistola que incorporaba un buen número de piezas de material sintético. Se la llamó «la pistola de plástico», y aún hay gente que cree que es indetectable por los escáneres de los aeropuertos, lo que no pasa de ser una leyenda urbana. Pero, a partir de esa idea, Elisa decidió, hace un tiempo, encargar la reproducción de un modelo más pequeño de la misma marca, el 26, copiando algunas piezas en cerámica y reproduciendo otras en diversos polímeros, mediante impresora 3D. Le costó un dineral, pero lo consiguió: una pistola con muy pocas piezas metálicas que funcionaba a la perfección. Desmontada y sin munición, resulta muy difícil de detectar, incluso bajo los rayos X de los escáneres de estaciones y aeropuertos.

–Mal asunto –dije, como conclusión de mis pensamientos.

–¿Por qué habrá cogido la Glock? –me preguntó Toñín–. Aunque pueda pasar desapercibida, siempre hay un cierto riesgo de que la descubran en una revisión manual. Resulta preferible conseguir un arma al llegar al país de destino. Es solo cuestión de dinero. Me lo dijo ella misma en diversas ocasiones.

–Cierto. A no ser que necesites tomar varios aviones en poco tiempo. En ese caso, es preferible llevar un arma indetectable. De ese modo, cada vez que cambias de lugar solo debes preocuparte de conseguir munición. Y la Glock dispara balas del 9 Parabellum, las más utilizadas en el mundo. Las más fáciles de conseguir.

Titulares indistintos

Durante las siguientes horas, Toñín y yo seguimos revisando el apartamento minuciosamente. De cuando en cuando, él cogía su móvil y marcaba el número de su madre, pero, al otro lado de la línea, siempre se oía una voz de mujer artificial diciendo que el terminal se hallaba apagado o fuera de cobertura.

Cerca de las siete, nos desplomamos los dos sobre el sofá, casi al mismo tiempo, como si nos hubiésemos puesto de acuerdo. Tras unos segundos, Toñín y yo nos miramos de reojo.

–Estamos encallados –reconocí–. Empezamos bien, pero no hemos dado un solo paso adelante durante el resto de la tarde. Quizá tengamos que descansar un rato, despejar la mente, a ver si se nos ocurre algo nuevo.

–Estoy de acuerdo. ¿Quieres una cerveza?

–Vale. ¿Tienes sin alcohol?

–Lo que me faltaba por ver –bromeó él–. Un detective privado tomando cerveza sin alcohol.

–No solo eso: además, no fumo y jamás llevo pistola.

–Lamentable, Fermín. Lamentable. Así, nunca escribirán una novela sobre ti.

No pude evitar sonreír.

–Yo no estaría tan seguro de eso.

Toñín fue a la nevera y trajo una Ámbar sin alcohol para mí y una Coca Zero para él. Muy frías.

Con ellas en las manos, entramos en un silencioso paréntesis, líquido y burbujeante, que rompí al cabo de unos minutos.

—¿Qué sabes de tu hermano? —le pregunté, de pronto.

Toñín carraspeó antes de responder.

—Poca cosa. Que es un psiquiatra bastante famoso y que vive en Boston. Se casó con una india cherokee y tiene un hijo que se llama Rudolph.

—¿Vienen a España de vez en cuando?

—No, nunca. Álvaro no se lleva bien con mamá.

—¿Por qué?

—Supongo que no le gusta ser el hijo de una asesina. Si la gente lo supiera, seguro que tendría problemas allá, en América.

—Seguro que sí. Es un país muy raro.

—¿Y tú?

—Sí, yo también soy un tipo muy raro. Supongo.

—Digo, que qué tal te llevas con mi madre.

Sentí un pinchazo en el esófago. Condenado niño...

—Pues, hombre, Antonio, ya lo sabes: no sigo a su lado porque ella me dejó. Se cansó de mí, pero lo cierto es que nunca he querido a nadie como quise a tu madre durante el tiempo que estuvimos juntos.

—Aún la quieres.

Se me estaba cerrando la glotis, con el inesperado interrogatorio.

—Pues claro, hombre. ¡Qué cosas tienes! La quiero, desde luego que la quiero.

—¿Igual que a tus otras exmujeres?

Ahora sí miré a Toñín con severidad.

—¡Oye, basta ya! No sé a dónde quieres ir a parar. Yo solo tengo una exmujer y esa es Lorena. Me casé con ella cuando aún creía saber cuál era mi destino. Yo entonces era un hombre vulgar, enamorado de una mujer vulgar, dispuesto a llevar una existencia vulgar. Me di cuenta de que no lo era cuando no me importó demasiado que ella saliera de mi vida. Me pareció más interesante convertirme en detective privado que seguir al lado de Lorena y dando clases de literatura en la universidad el resto de mi vida.

–No sería una mujer tan vulgar cuando, años más tarde, mató y descuartizó a su segundo marido.

Me escandalizó oír esa frase en boca de Toñín.

–¿Cómo sabes eso?

–Me lo contó mi madre.

Durante un momento, me invadió la ira. Enseguida recordé que el último trabajo de Elisa había tenido que ver, precisamente, con el crimen de Lorena. Un crimen impensable. Nunca imaginé que las dos mujeres más importantes de mi vida confluirían en el mismo asunto tras años de haberles perdido la pista a ambas. Pero tampoco contaba con que Elisa pondría a su hijo al corriente de las circunstancias de todo aquello.

–Tienes razón –admití–. De haber sabido que era una asesina en potencia, quizá mi relación con Lorena habría sido diferente. Tal vez seguiríamos juntos.

–Las mujeres son complicadas, ¿eh?

–Complicadísimas. Ya lo comprobarás en persona. Más adelante.

–¿Crees que yo también debería buscarme una asesina a sueldo?

Dijo aquello de un modo extraño. Como si hablase en serio.

–Yo, particularmente, preferiría para ti una ladrona de bancos, que son mejor partido. Pero lo importante es que, sea quien sea, te acaricie el corazón. No hay nada mejor que estar enamorado. Simplemente, no tengas prisa. Y cuando llegue a tu vida, asegúrate de que se trata de la chica de tus sueños. Nada más.

Quizá porque me sentía cada vez más incómodo hablando de aquellos temas con Toñín, se me hizo presente una molestia en la que no había reparado hasta ahora. Eché mano al bolsillo del pantalón y saqué la libreta de ahorros de Elisa, algo doblada. Los dos mil seiscientos euros colocados entre sus páginas seguían allí. El chico silbó al verlos.

–¿Y ese dinero? –preguntó.

–No sé. Aquí estaba. Quizá lo ha dejado tu madre a nuestro alcance con algún propósito.

–Con el propósito de que nos lo gastemos, imagino –dijo sonriendo–. ¿Para qué otra cosa sirve el dinero?

Dejé los billetes sobre la mesa y volví a ojear los apuntes de la cartilla.

–¿Suele tener tu madre esta libreta a la vista?

–No. La guarda en uno de los cajones de la cómoda de su cuarto. Debajo de las bragas.

–Entonces... pretendía que llamase nuestra atención.

–Sin duda. ¿Por qué será?

–No sé. Oye... ¿sabes que la cuenta también está a tu nombre?

Toñín alzó las cejas.

–¿Ah, sí?

–Eso dice aquí –dije, señalando la primera página, en la que madre e hijo aparecían como titulares indistintos.

–Pues... no lo recordaba. Supongo que me hizo firmar algo cuando cumplí los dieciocho; pero no le di importancia.

Me pidió la libreta, la abrió y la contempló un largo rato, como si se tratase de una vieja foto familiar. Como si estuviera contemplando allí el rostro de su madre. Luego, fue recorriendo las páginas hasta llegar a la última.

–Te habrás fijado que, periódicamente sacaba cantidades redondas y bastante razonables: mil quinientos, dos mil euros, cada tres o cuatro semanas... Pero hace cuatro días dejó la cuenta temblando; sacó un montón de pasta y no precisamente una cifra redonda.

–Lo he visto. ¿Esa cantidad significa algo para ti?

Toñín frunció el ceño. Meditó la respuesta un rato largo.

–No. Doce mil novecientos cuarenta y seis con sesenta y siete... ¿Por qué sacar una cantidad tan precisa en efectivo? Si tienes que pagar algo de ese precio en metálico, sacas trece mil euros, pagas con ellos y te quedas el cambio, ¿no?

Una lucecita de alarma se me encendió en el cerebro.

–¿Y si se trata de otro mensaje de tu madre? No el dinero, sino las propias cifras: uno, dos, nueve, cuatro, seis, seis, siete...

Toñín se acariciaba la barbilla. Al cabo de unos segundos, negó con la cabeza.

–No me dicen nada, lo siento. Y tampoco las del último ingreso: quinientos noventa y cinco con cincuenta y tres. Cinco, nueve, cinco, cinco, tres...

Me llevé las manos entrelazadas a la nuca y me dejé caer de espaldas sobre el respaldo del sofá.

–Aparentemente, estamos en un callejón sin salida, Antoñito...

Sin embargo, él seguía pensando. Es un chico muy perseverante.

–Es raro, sí... Aunque, sin entrar en detalles, tiene cierto sentido.

–¿Tú crees?

–Al menos, en una cosa. Fíjate: sacó casi trece mil euros. Pero, luego, ingresó casi seiscientos, así que se guardó unos doce mil cuatrocientos. Aquí ha dejado dos mil seiscientos; por tanto, se quedó finalmente con nueve mil ochocientos. ¿Verdad? Casi diez mil.

–¿A dónde quieres ir a parar?

–Diez mil euros es la cantidad máxima que puede sacar de España una persona sin necesidad de declararla. Eso confirmaría que ha salido de viaje. A un país extranjero.

Me alcé de hombros, un tanto escéptico.

–Tal vez tengas razón. Pero el misterio sigue estando en esas cantidades tan precisas. Deberían esconder algún mensaje oculto. ¿Números de teléfono, tal vez?

–El reintegro es un número de siete cifras. El ingreso último, de cinco. No parecen números de teléfono que, al menos en España, son de nueve dígitos. Tiene que tratarse de algo que tú o yo podamos descifrar sin mucha dificultad –Toñín miró a su alrededor, un rato largo, en busca de inspiración, hasta posar la vista de nuevo en la cartilla–. ¿Y si...?

–¿Qué? –pregunté, tras esperar en vano que siguiera.

–Estaba pensando... Nos estamos centrando en las cantidades que sacó e ingresó. Quizá deberíamos fijarnos en la columna del saldo.

–¿Eh?

–El saldo que quedó en la libreta tras esas operaciones. Mira: antes de sacar los casi trece mil euros, el saldo era de quince mil ciento cincuenta y ocho euros con treinta céntimos. Tras llevarse el dinero, el saldo resultante es de dos mil doscientos once con sesenta y tres. Pero, de inmediato, ingresó quinientos noventa y cinco con noventa y tres, para dejar en la libreta dos mil ochocientos siete euros con dieciséis céntimos. A lo mejor en esas cifras está la clave que buscamos.

Me tendió la libreta. Comprobé las cantidades.

–¿A ti te dicen algo?

–No. No sé. Aunque, ahora sí, podría tratarse de números de teléfono. Quizá números de teléfono fijo de aquí, de Zaragoza, a falta del código provincial.

–Hace muchos años que es necesario marcar también el código provincial. Sean fijos o móviles, los teléfonos en España tienen nueve cifras. Tu teoría me parece un mal tiro al aire.

–No cuesta nada comprobarlo –dijo, mientras se levantaba a buscar el inalámbrico y me lo lanzaba por el aire–. ¡Toma, marca! Yo te lo dicto.

–Vaaale...

–Marca primero el código provincial.

–Vale: nueve, siete, seis...

–Y ahora: dos, dos, uno, uno, seis, tres.

Repetí en voz baja los números mientras los marcaba.

–Veintidós... once... sesenta y tres...

Justo fue en ese momento cuando caí en la cuenta. Se me encendió la bombilla. Ese tintineo, como de vieja caja registradora, que suena en el cerebro cuando accede a una información enterrada en lo más profundo del disco duro.

–Espera, espera... repite el número –le pedí.

–Veintidós, once, sesenta y tres –confirmó Toñín, mientras sonaba el primer tono de llamada.

Me llevé la mano libre a la frente.

–¿Qué te ocurre? –preguntó el chico.

–Dígame –dijo una voz, de hombre anciano, al otro lado del hilo telefónico.

–¿Hola? ¿Con quién hablo? –pregunté, sin pensar.

–¿Con quién hablo yo? –preguntó a su vez el hombre, de muy mal talante–. ¡Venda lo que venda, no quiero nada! ¿Se entera?

–No, si no vendo nada. Creo que me he confundido. Disculpe.

–¡Mejor así!

Colgué. Miré al chico. El cosquilleo estomacal se había convertido en un hormiguero efervescente.

–Maldita sea... –dije–. ¡Estamos equivocados, Antonio! No es un número de teléfono. ¡Es una fecha!

El chico alzó las cejas.

–¿Una fecha?

–¡Una fecha importantísima! Veintidós, once, sesenta y tres. Veintidós de noviembre de mil novecientos sesenta y tres. ¿No te suena?

–Pues no. ¿Debería sonarme?

–¡Es el día en que mataron al presidente Kennedy!

Matar a PPK

Toñín se me quedó mirando, con los brazos en jarras.

–¿Me estás diciendo... que mi madre mató a Kennedy?

–¿Eh? ¡No, hombre, no! No seas burro. Tu madre ni siquiera había nacido cuando Kennedy murió. ¡Pero por fin encontramos algo que tiene cierto sentido!

–¿Sentido? Yo no le veo el sentido...

–Claro que sí: después de llamar nuestra atención sobre *Chacal,* donde se narra el atentado a un presidente de Francia, ahora encontramos la fecha del atentado a un presidente de los Estados Unidos.

Toñín abrió la boca de par en par.

–¡Ostras...! Ya lo pesco: la cosa va de eso, de asesinar presidentes.

–Yo diría que sí, que por ahí van los tiros. Nunca mejor dicho.

–¿Y adónde nos lleva eso?

–Aún no lo sé. Tenemos como siguiente pista el saldo final de la cartilla de ahorros, la cifra resultante tras el último ingreso.

El hijo de Elisa volvió a comprobarla.

–Dos mil ochocientos siete euros, con dieciséis céntimos. Según tu teoría, eso significa: veintiocho de julio de 1916 –dijo Toñín, mientras realizaba una búsqueda de Google en su *smartphone*–. Pues no aparece nada significativo en esa fecha –anunció, segundos después–. Europa estaba inmersa en la Primera Guerra Mundial y... es el día de la fiesta nacional del Perú. Pero eso es algo que se repite todos los años, claro está.

El corazón me dio un vuelco.

–El Perú.

–Sí.

–Esto podría ser otra pieza del rompecabezas. ¿Recuerdas la canción que tu madre dejó sonando en el tocadiscos? *South American Getaway.*

Toñín me miró y parpadeó.

–Estoy un poco perdido... –confesó.

–Busca en Google el veintiocho de julio de 2016. Y añade «Perú».

–Pero... pero si aún no hemos llegado a esa fecha, Fermín. Falta un mes. No puede haber ocurrido nada todavía.

–¡Hazme caso, demonios!

A regañadientes, volvió a acariciar la pantalla de su teléfono. Esperó. Frunció el ceño al comprobar el resultado.

–Vaya. Mira por dónde, sí hay algo previsto. Ese día tomará posesión de su cargo el nuevo presidente electo del Perú, Pedro Pablo Kuczynski.

Sentí una inmediata sofocación.

Ahí estaba.

Era la solución. La casilla de llegada. El lugar y el momento en que todas las piezas encajaban. Palidecí tan intensamente que incluso Toñín se percató de ello.

–¿Qué ocurre, Fermín? De repente, tienes mala cara.

Me puse en pie y caminé por la habitación como el espantapájaros de *El mago de Oz.* Unos segundos más tarde, sentí que me mareaba. Tuve que apoyarme con las dos manos en el respaldo del sofá.

–¿Qué ocurre, dices? –mascullé por lo bajo–. O mucho me equivoco... o tu madre va a asesinar al presidente del Perú. Probablemente, el día de su toma de posesión.

III.
PERÚ

DOMINGO, 26

No por la pasta

En pleno vuelo, me despertó un codazo inmisericorde de Toñín. Al abrir los ojos, no sabía dónde estaba ni cómo me llamaba ni de qué color era el caballo blanco de Santiago.

–¿*Gue basa*? –farfullé–. ¿*Bor gué* me *desbierdas*? ¿Ya *hebos* llegado?

–No, no hemos llegado, Fermín. Faltan aún seis horas. Pero estás roncando.

–¿Yo? ¡*Gue* va!

–Que sí, hombre, que sí: roncabas como un gorila de lomo plateado. Por eso te he despertado. Todo el avión nos está mirando.

Sentía la boca más seca que la higuera de la que se colgó Judas. Y más amarga que la hiel del hígado de Prometeo.

–Pero si yo no ronco...

–Pues claro que roncas.

–Que no.

–¡Que sí! ¿Verdad que roncaba mucho, señora?

Toñín se dirigía a la pasajera situada a mi derecha, una japonesa de edad indefinida, de entre cuarenta y ochenta y ocho años. La mujer sonrió forzadamente.

–Sí, sí *lonca. Lonca* muuuy *fuelte.*

–¿Lo ves?

–Vaya... Pues no sabe cuánto lo siento. Debe de ser la atmósfera del avión. En los aviones, el grado de humedad es muy bajo y la tráquea se reseca –dije, señalándomela–. Pero, que conste, yo no ronco nunca.

–Si tú lo dices...

Consulté mi Longines de pulsera. Me desperecé torpemente.

–Seis horas todavía... estos viajes tan largos me matan. Y cada uno es peor que el anterior.

–¿Ya habías cruzado el océano otras veces, Fermín?

–Yo, no. Pero el padre de un amigo mío estuvo a punto de hacerlo, hace unos años. De todos modos, he padecido viajes mucho más largos que este. Por ejemplo, cuando fui al servicio militar. De Zaragoza a Cádiz, dieciocho horas en tren. Llegué muerto. Y eso que tenía veinte años.

Me sobrevino un bostezo de medio minuto durante el cual Toñín se revolvió en la butaca, girándose hacia mí. Luego, me habló bajo.

–Oye, Fermín... ¿seguro que esto que estamos haciendo no es un disparate? ¡Estamos volando hacia Lima basándonos en el saldo que dejó mi madre en su cartilla de ahorros! ¿En qué momento pensamos que se trataba de una idea sensata? Quizá nos hemos precipitado.

Un zumbido sordo me circulaba por el interior del cráneo.

–Cierto. Hay momentos en que creo que esto no tiene ni pies ni cabeza. Pero las piezas del puzle parecen encajar a la perfección. O hemos malinterpretado las pistas y estamos completamente equivocados... o tu madre está desde hace unos días en el Perú, preparando el asesinato del nuevo presidente. Ante esta posibilidad, había que actuar con rapidez.

–No veo que fuera necesaria tanta prisa. Según dices, no acabará con Kuczynski hasta dentro de un mes.

Pude sentir cómo las cabezas de un par de viajeros se volvían hacia nosotros.

–¡Chssst...! Baja la voz, insensato.

–Vale, vale... Pero ya me dirás cómo vamos a encontrar a mi madre en el Perú. ¡Es un país enorme!

–Si pretende matar a Kuczynski durante su toma de posesión, ha de hacerlo en Lima. Eso reduce nuestro escenario a la capital.

–Ya. Una ciudad de diez millones de habitantes, nada menos.

–Escúchame: si ella no quisiera que la encontrásemos, te aseguro que nos sería imposible. Es la mejor en su oficio. Pero recuerda que nos ha pedido ayuda. Nos ha dejado pistas que nos han permitido, al menos, deducir dónde está y lo que pretende. Confío en que nos siga dejando señales. Lo que ocurre es que esos indicios deben guiarnos solo a nosotros, y no a los malos.

–¿Quiénes son los malos?

–Sus clientes. Los que la han contratado para matar a PPK.

–¿Pepe Ca?

Chasqueé la lengua con disgusto.

–¿Qué te ocurre? ¿Estás lelo? ¡PPK! ¡Pedro Pablo Kuczynski! El presidente electo del Perú.

–¡Ah, ya! Sigue, sigue...

–Yo creo que ella, realmente, no quiere matar a PPK.
No quiere matar a nadie. Ya estaba retirada. Pero alguien
ha encontrado el modo de obligarla a volver a su antiguo
oficio y aceptar ese encargo.

–¿No crees que lo haga, simplemente, por dinero?

–¡Claro que no! –repliqué indignado–. Tu madre tiene
la vida más que resuelta. La razón por la que hace esto no
es el dinero. Eso, seguro.

–¿Por qué, entonces?

–Solo puedo imaginar un motivo por el que tu madre
volvería a apretar el gatillo. O, mejor dicho, dos: tú y tu
hermano. Y, dado que tú estás conmigo..., lo más probable
es que la moneda de cambio sea Álvaro.

Toñín me miró, preocupado. Pálido.

–O sea, piensas que han amenazado a mi madre con
matar a Álvaro si ella no acaba con ese... PPK.

–Sí, es lo que creo.

–¿Y qué hacemos? Tendríamos que avisarle, para que
tome precauciones...

–¿A quién? ¿A Kuczynski?

–¡A mi hermano!

–Ah... No creo que sirviera de nada. Dudo que Álvaro sea capaz de protegerse por sí solo de la amenaza de
alguien capaz de encargar el asesinato de todo un presidente de Gobierno. Ponerlo sobre aviso lo llevaría a com-
portarse de modo sospechoso, quizá a intentar huir, y eso

podría resultar fatal. Mientras no sepamos más, soy partidario de no decirle nada. En todo caso, no creo que corra peligro de momento, mientras aún esté lejos la fecha de la toma de posesión de Kuczynski.

–¿Por qué estás tan seguro de que ese será el día del atentado?

Me encogí de hombros.

–No, si no estoy seguro. Pero tu madre nos ha señalado esa fecha con las cifras de la cartilla de ahorros, así que, por ahora, hemos de suponer que ese es el día D.

–Sin embargo... supongo que sería mucho más fácil matarlo en otro momento. Ese día, las medidas de seguridad serán imponentes.

–Desde luego. Pero quien decide matar a un presidente no lo hace por acabar con la persona. Lo hace para enviar un mensaje a su país y al mundo entero. Asesinarlo el mismo día de su nombramiento, sin duda, emite un mensaje mucho más... contundente. Aunque no lo parezca, tiene sentido.

La libreta marrón

Dos horas más tarde, volví a despertar de otro típico sueño de avión: ruidoso y amargo. Un sueño con el que no descansas, pero que ayuda a que el viaje se haga más corto. Al abrir los ojos, vi que Toñín no estaba a mi lado, sino de charla con una pasajera de su edad, seis filas por detrás. Sin embargo, sí seguía allí la japonesa de edad indeterminada, que me miraba continuamente, sin disimulo alguno. Le lancé una sonrisa, a la que ella respondió con una inclinación de cabeza y siguió mirándome.

Me levanté para ir al lavabo y, al regresar a la butaca, saqué de mi maleta la libreta de tapas de hule.

Era la libreta de Elisa. La libreta de color marrón en la que ella anotaba todo lo importante: sus contactos, lugares seguros, proveedores, amigos y enemigos... todo. Justamente en el tiempo que pasamos juntos, digitalizó todos los datos para poder consultarlos con sus diferentes dispositivos. Y yo, sin que ella lo supiera, simulando deshacerme de la libreta, me la quedé como recuerdo. Su contenido me parecía tan asombroso que destruirla se me antojó un disparate. Allí había datos, nombres, fechas y lugares como para escribir tres novelas y rodar doce películas.

Y, ahora, confiaba en que también nos ayudase a seguir la pista de su dueña y encontrarla antes de que fuese demasiado tarde.

La libreta, de tamaño octavilla, tenía su información clasificada por países. Los conté: treinta y dos. Elisa tenía contactos en treinta y dos Estados diferentes, algunos ya desaparecidos, lo que me resultaba asombroso. Gente inaudita, en muchos casos: fabricantes artesanales de armas, compañeros de profesión, antiguos agentes secretos, falsificadores de documentos, funcionarios fácilmente sobornables y algunos otros diversos especímenes; por lo general, gentes poco o nada recomendables. Por supuesto, toda la información estaba encriptada de una forma sencilla pero eficaz, mediante la aplicación de dos claves alfanuméricas que yo recordaba a la perfección: una de ellas era la matrícula del primer coche que tuvo Elisa, un Land Rover Santana: TE-25794. La otra, una palabra imposible y algo ridícula: bananastán. Decía que la había sacado de una película de Robert Redford. La combinación de ambas, aplicada a las notas del cuaderno marrón mediante una técnica básica de criptografía, permitía desvelar la información que contenía.

Me puse a la tarea de desencriptar los contactos de Elisa en el Perú. No eran muchos, tan solo tres. Luego, descifré el contenido de la información y lo apunté en dos servilletas de papel; finalmente, me la aprendí de memoria y, acto seguido, rompí las servilletas en trozos pequeños y me deshice de ellos.

Cambio de rumbo

Minutos más tarde, faltando una hora para el aterrizaje, nos llegó por megafonía un mensaje del comandante del vuelo. Hablaba con un suave acento canario.

«Señores pasajeros, debo comunicarles que, debido a una amenaza que no nos han especificado, el aeropuerto Jorge Chávez, de Lima, ha sido momentáneamente cerrado al tráfico. Por esta causa, nuestro vuelo va a ser desviado al aeropuerto de la ciudad de Trujillo, donde efectuaremos una escala técnica a la espera de que las fuerzas de seguridad revisen las instalaciones y den el visto bueno para su vuelta a las operaciones. Según las previsiones, deberemos aguardar en Trujillo entre cuatro y seis horas. Lamento mucho las molestias que esta circunstancia les pueda ocasionar, pero, como ven, se trata de causas de fuerza mayor, totalmente ajenas a la voluntad de nuestra compañía. La tripulación de cabina tratará de solventar todas las dudas que ustedes les planteen. Les mantendré informados de cualquier novedad al respecto».

El anuncio del piloto derivó en una algarabía de comentarios.

Ni treinta segundos tardó Toñín en regresar a mi lado, con los labios fruncidos.

–¿Y esto?

–Ya ves... Una vez más, se demuestra que el hombre no está hecho para volar. En cuanto alzas los pies del suelo, debes estar preparado para soportar toda clase de contratiempos e incomodidades.

–Te veo muy tranquilo.

–Resignado. Poco hay que podamos hacer.

Saqué del respaldo del asiento delantero un mapa turístico del Perú, esquemático, pero en el que aparecían las principales ciudades del país. Lo extendí ante nosotros. Señalé Lima y, enseguida, localizamos Trujillo. También ubicada junto a la costa, al norte. Muy al norte.

–Está lejísimos de Lima –comentó Toñín.

–Sí. Lo cierto es que, en el Perú, todo está lejísimos. Y, sin embargo, Trujillo se encuentra relativamente cerca de Chiclayo.

–¿Y qué?

No pude evitar sonreír. La suerte, al parecer, se ponía de nuestro lado.

–Que Chiclayo es nuestro primer destino. ¡No! No preguntes. Ya te lo explicaré en su momento.

Aeropuerto Martínez Pinillos

Cuando manifestamos a la tripulación nuestra intención de apearnos en Trujillo, todo fueron pegas: que si no estaba previsto, que si nuestro título de transporte nos obligaba a finalizar en Lima, que si era imposible localizar nuestras maletas en la bodega... Por suerte, alrededor de una docena de pasajeros eran trujillanos y se negaron en redondo a aceptar la posibilidad de volar a Lima tras haber aterrizado en su propia ciudad; y como al menos uno de ellos resultó ser una persona influyente, bastó una conversación suya con el responsable de operaciones del aeropuerto para que nuestras absurdas pretensiones se volvieran enseguida perfectamente razonables.

Al lado de las instalaciones del aeropuerto Martínez Pinillos, nuestro Boeing 787 Dreamliner parecía un coloso de las nubes. Solo algunas avionetas y aparatos militares mitigaban la soledad de los hangares cuando nuestro avión se detuvo ante la única terminal de pasajeros.

Finalmente, abandonamos la aeronave dieciséis personas. Todos, salvo Toñín y yo, debían esperar que desembarcasen sus maletas. Nosotros éramos los únicos que viajábamos solo con equipaje de mano. Por eso, fuimos los primeros en llegar al control de pasaportes. Que, naturalmente, estaba vacío. Vacío de pasajeros y vacío también de personal.

Tras varios minutos de espera, un policía nacional de mediana edad se instaló en el interior de la cabina acristalada. Por su expresión, deduje que había abandonado otra actividad más placentera para acudir allí. Tomó nuestros documentos y los examinó detenidamente, con expresión grave. Tecleó algo en el ordenador que tenía a su alcance y miró con atención la pantalla de un monitor que solo él podía ver. Alzó la vista hacia Toñín.

–Señor Lobo... ¿Qué viene a hacer al Perú?

–Turismo.

–Ya. Turismo, ¿eh? ¿Cuánto tiempo piensa permanecer en el país?

–Tres semanas. Quizá cuatro.

–¿No lo sabe?

–No con seguridad. Si el Perú me gusta, me quedaré más tiempo.

El policía miró a Toñín. La foto del pasaporte. A Toñín. La foto. A Toñín.

–Diríjase allí, por favor –dijo, señalando a su izquierda–. Con su equipaje.

Un rótulo con fondo rojo rezaba: «Inspección de equipajes».

–¿Para qué?

–Adivine.

Toñín me miró sin descomponer el gesto, tomó su maleta y echó a andar.

–Usted puede pasar –me indicó el guardia, señalando a la derecha, mientras me devolvía mi pasaporte, tras haberle estampado un sello de color fucsia.

–Él y yo viajamos juntos.

–¿Son parientes?

–Es... mi ahijado.

–Puede esperarlo en el vestíbulo de llegadas.

–¿Tardará mucho?

–Eso nunca se sabe.

Asentí. Al agarrar la maleta, me di cuenta de que Toñín se había llevado la mía. Por un instante, pensé que se había confundido, quizá llevado por el nerviosismo, y estuve a punto de advertírselo. Sin embargo, algo me dijo que no se trataba de un error. Intuí que Toñín se había llevado mi maleta a propósito en lugar de la suya. Y eso hizo que se me encogiese el estómago como un calamar asustado. Si se había llevado mi maleta era porque transportaba en la suya algo que no pasaría una inspección.

Tratando de tragar saliva sin lograrlo, tomé la maleta de Toñín y me dirigí a la salida. Despacio. No. Ni despacio ni deprisa. Como si no ocurriese nada. Así...

Justo al atravesar la puerta automática rotulada «Sin retorno», eché una ojeada atrás, por encima de mi hombro. Toñín ya no estaba a la vista.

Apenas cuatro o cinco personas deambulaban por el vestíbulo de llegadas. Estaba claro que no se esperaban otros vuelos en las próximas horas. Al fondo, vi unos lavabos y me dirigí al de caballeros. Elegí la última de las tres cabinas, entré, eché el cerrojo, coloqué la maleta de Toñín sobre la tapa del inodoro y la abrí.

Metí las manos entre la ropa y, casi de inmediato, tropecé con algo inesperado. O quizá no tanto.

Se trataba de una pieza fabricada en polímero de alta densidad, de color gris medio y fácilmente reconocible: la corredera de una pistola. Pronto hallé, una tras otra, el resto de las partes del arma. Por supuesto, se trataba de la Glock, la pistola indetectable de Elisa. Indetectable por los rayos X, pero perfectamente detectable en cualquier registro manual de equipajes.

Toñín había reaccionado con rapidez e inteligencia al llevarse mi maleta. De no haberlo hecho así, ahora estaría metido en un buen lío. Estaríamos metidos los dos en un buen lío.

Daewoo Tico

Tardó más de media hora en salir. En ese intervalo, apare-
cieron los otros pasajeros del vuelo que también habían
desembarcado en Trujillo aprovechando la escala técnica.
Hicieron sendas llamadas a familiares o conocidos que vi-
nieron a buscarlos en autos particulares. Tras ello, volví a
quedarme prácticamente solo en el vestíbulo del aeropuerto.
Aproveché para cambiar moneda. Mil euros, por los que me
dieron un montón enorme de nuevos soles. Casi cuatro mil.

Durante ese tiempo de espera, cayó la noche.

Por fin, cuando en España los relojes marcaban las tres
de la madrugada y tan solo las ocho de la noche en Perú,
por una puerta exclusiva para personal autorizado, hizo
Toñín su reaparición, tan sonriente.

–Ya está, Fermín. Podemos irnos.

Lo miré, un tanto sorprendido.

–Yo diría que no te han apretado mucho las clavijas.

–¡Qué va! Incluso me han invitado a un té. Eso sí, me
han examinado hasta el último calzoncillo.

–Querrás decir, hasta el último de mis calzoncillos.

Toñín me miró con expresión de absoluta inocencia.
Me señaló su maleta con la mirada.

–¿Ya la has abierto?

–¡Pues claro que la he abierto! –masculé–. ¿Cómo se te ocurre, maldito insensato? ¿Sabes el problema que habríamos tenido si te la encuentran? ¡No es un arma cualquiera! Hasta el más tonto de los policías se da cuenta al momento de que se trata de la pistola de un profesional.

–Ya... bueno, lo siento. Me pareció una buena idea. El caso es que no ha ocurrido nada. Ya estamos en el Perú, hemos pasado el control y tenemos una pistola. Eso está bien, ¿no?

Me mordí los carrillos para no contestar con un exabrupto.

–Venga, vámonos.

Había un solo taxi en la parada. Como si nos estuviese esperando a nosotros. El auto era un Daewoo Tico, de color amarillo, muy pequeñito. El taxista, en cambio, era enorme. Parecía mucho mayor que su vehículo.

–¿Les llevo adónde?

–A un buen hotel. Céntrico, si es posible.

–Posible, es. ¿El Libertador, les parece? En la mismísima plaza de Armas está.

–Supongo que sí. ¿Queda muy lejos?

–¡Qué va, señor! Acá, en Trujillo, nada queda lejos. No es Lima, esto. Tomamos avenida Mansiche, Salaverry después y, en quince minutos, allá estamos. Derecho todo. Treinta lucas.

–¿Treinta dólares? –exclamé.

–No. No, señor. Treinta cocos, no. Treinta soles nuevos.

–Ah, bueno... Vamos, entonces.

De modo incomprensible, el hombre logró acomodar nuestras maletas en la minúscula cajuela del Tico, a nosotros en el asiento trasero y, lo más difícil, acomodarse él mismo tras el volante de aquel carrito tan chiquitín.

Enfilamos, en efecto, la avenida Mansiche. Primero carretera, luego calle de arrabal y, más adelante, jirón de ciudad, con semáforos cada vez más frecuentes y edificios cada vez más modernos, conforme nos acercábamos al centro de Trujillo.

Me gustó la plaza de Armas por su inesperada amplitud, con sus edificios más vistosos pintados como tartas de boda (blanco y albero, blanco y celeste, blanco y magenta), la catedral en un extremo, la municipalidad en el opuesto, palmeras altísimas en su zona peatonal, el monumento a la libertad en el centro... En cambio, no me gustó que, justo cuando entrábamos en ella desde el jirón Almagro, Toñín buscase mi oreja para susurrarme:

–Nos están siguiendo.

–¿Qué...? ¿Estás seguro?

–Un Toyota gris. Creo que nos sigue desde que salimos del aeropuerto.

–Figuraciones tuyas.

–Ah, bueno. Eso será. Qué alivio.

Miré hacia atrás. Vi el Toyota. Carraspeé.

–Por favor, chófer, ¿podría dar un par de vueltas completas a la plaza antes de dejarnos en la puerta del hotel? Es tan bonita que me gustaría contemplarla en detalle...

El gordo frunció el ceño.

–Cómo no. Aunque se aprecia mejor de día, ¿eh?

La maniobra me sirvió para confirmar que Toñín tenía toda la razón. Un Auris gris plata nos siguió a diez metros de distancia durante todo nuestro absurdo recorrido y solo nos rebasó cuando, finalmente, nos detuvimos ante la puerta del hotel Libertador.

Mal asunto.

El gigantesco taxista nos ayudó a sacar las maletas. Mientras Toñín y yo nos dirigíamos a la recepción del hotel, con el rabillo del ojo pude ver cómo el hombre permanecía en pie, las manos en los bolsillos, como asegurándose de que, en efecto, nos hospedábamos allí.

Era el Libertador un cuatro estrellas, de los de ujier en la puerta, situado en un antiguo edificio rehabilitado, grande, aunque de solo tres alturas, pintado de rojo inglés y en el que se habían preservado algunos detalles de arquitectura colonial, como las portadas en blanco o los grandes miradores de madera oscura, de tal modo que no desentonase de las otras grandes construcciones de la plaza.

No pude evitar fijarme en el detalle de que, unos metros a la izquierda de la entrada principal, dos militares, armados y en traje de campaña, permanecían en actitud vigilante. Quizá fuera una medida de seguridad habitual en un país que no había terminado de pasar la página negra de una época especialmente convulsa, pero no pude evitar la mala sensación de estar metiéndonos en la boca del oso.

Enkanta

El amabilísimo recepcionista tenía una nariz de dimensiones incaicas. De algún modo, me recordó a Burrull, el de Tarragona. Con abrumadora eficacia, nos dio la bienvenida, anotó nuestros datos personales y nos adjudicó la habitación 130. Primera planta.

–Estoy reventado –murmuró Toñín, mientras avanzábamos por un interminable corredor enmoquetado–. En cuanto pille la cama, voy a dormir doce horas seguidas.

–Y yo –le confesé–. Pero me temo que tendremos que esperar todavía un rato para eso.

–¿Por qué?

Hablé tan bajo como pude.

–No nos podemos quedar aquí, Antonio. Tenías razón, alguien nos ha seguido desde que hemos puesto pie en el Perú. Sea quien sea, tenemos que intentar despistarlo de inmediato.

–¿Y qué hacemos?

–Tú, sígueme. Y tranquilo, que estás en manos de un profesional.

Llegamos a nuestra habitación. Encendí las luces y el televisor, subiendo el volumen lo bastante como para que pudiese oírse desde el pasillo con la puerta cerrada.

–Y ahora, vámonos.

–¿Así, sin más?

–Sin más.

Antes de salir, colgué en el exterior de la puerta el cartelito de «No molestar». Por gestos, le indiqué a Toñín que aguardase sin rechistar.

En lugar de usar el ascensor, localizamos una escalera de servicio que nos llevó hasta las cocinas del restaurante, situadas en la planta sótano. Las cruzamos de parte a parte entre las miradas sorprendidas de pinches y camareras, y buscamos una salida de emergencia hacia la calle lateral.

–Vale. Estamos fuera –dijo Toñín, con la voz trémula, al vernos ambos sobre la acera del jirón Orbegoso–. ¿Y ahora?

–Desde el taxi he visto un hospedaje para mochileros no muy lejos de aquí. En aquella calle –dije señalando la primera perpendicular.

–¿No sería mejor buscar algo en un barrio alejado del centro?

–Si te persiguen, hay que procurar siempre hacer lo inesperado. Cuando descubran que no estamos en el Libertador, pensarán que hemos huido lejos.

–Y, por eso, es mejor que nos quedemos cerca, ¿no?

–Por eso, y porque estoy muerto de sueño. No creo que pueda seguir en pie ni media hora más.

–Tienes razón. Yo tampoco.

A cinco minutos andando, en el jirón Independencia, dimos, en efecto, con una especie de albergue juvenil, el hospedaje Enkanta, ideal para nuestros propósitos. Más cutre, imposible.

–No me quedan camas libres en habitaciones para compartir –nos advirtió el dueño–. Tengo una de solo dos plazas, pero es más cara.

–Nos la quedamos –dijo Toñín, de inmediato.

–¿Es imprescindible identificarse? Lo cierto es que nos han robado la documentación –mentí, poniendo cara de angelote cincuentón.

El hombre, un mestizo rubio de bote con camisa hawaiana, se alzó de hombros.

123

–Para una sola noche, lo puedo dejar correr. Eso sí, el pago es por adelantado. Y no admito plástico, solo efectivo.

–De acuerdo –acepté–. ¿Cuánto es?

Señaló una tabla de precios grapada directamente en la pared situada a su espalda. Indicó la cantidad mayor de cuantas figuraban en el listado. Hice el cálculo. Equivalía a unos quince euros.

–¿Cada uno?

–No, no: ambos. Es el precio de la pieza. Incluye la wifi.

Muy cerca, en un pequeño patio interior que hacía las veces de cafetería, se sentaba con una taza de infusión entre las manos una muchacha de algunos veinte años. Muy linda. Por el color de sus ojos, habría jurado que era uruguaya pero, claro, me podía equivocar. Toñín le dedicó una de sus demoledoras sonrisas. Ella le respondió con otra, falsamente ruborizada.

–Vamos, Romeo...

La habitación era sencillísima y más estrecha que el pasillo del hotel Libertador. Dos literas, un lavabo y, en un rincón, una barra para colgar la ropa.

Nos pareció maravillosa.

Nos arrojamos sobre las camas sin quitarnos ni los zapatos.

Diez minutos después, dormíamos como lirones.

LUNES, 27

Una sonrisa

Desperté a las seis de la mañana, con el amanecer. No porque nos llegase la luz del día, pues el cuarto carecía de ventanas, sino por el ruido que otros huéspedes comenzaron a hacer al levantarse y usar los lavabos y las duchas comunitarios.

Calculé que había dormido nueve horas de un tirón. Menos de lo previsto, pero más que en cualquier otro momento de los últimos años y suficiente para recuperar buena parte de mi personalidad, tras el interminable día anterior de treinta y una horas, a consecuencia del cambio horario. Toñín se revolvía en la litera superior, haciendo crujir y bambolearse la estructura de madera que soportaba las dos camas.

—¿Estás despierto? —le pregunté.

—Desde hace media hora, al menos.

—Entonces, baja aquí con tu maravilloso teléfono móvil y conéctate a la wifi. Tenemos que decidir cómo llegar a Chiclayo.

Toñín obedeció al punto, tras bostezar ruidosamente. Yo seguía vestido con la ropa de ayer. Él, sin embargo, vestía pijama. No sé en qué momento se había cambiado.

–Tienes que decirme por qué vamos a Chiclayo –me dijo, en lugar de darme los buenos días.

Miré a nuestro alrededor, como si no me fiase de que alguien, de algún modo, nos pudiese estar escuchando.

–Creo que es lo que habrá hecho tu madre. No sé si seguirá allí, pero seguro que es el primer sitio al que fue.

–¿Cómo lo sabes?

–Deja de preguntarme cómo lo sé. Yo no sé nada con seguridad. Pero la conozco bien. Y creo que estoy en lo cierto.

Toñín suspiró, con fastidio.

–Vaaale, don misterioso.

Pronto llegamos a la conclusión de que la mejor opción era viajar en bus. Solo cuatro horas de trayecto y sin la necesidad de identificarse.

–Además, la estación de la compañía Cruz del Sur está bastante cerca –me informó Toñín, tras consultar Google Maps–. Podemos ir andando desde aquí en unos veinte minutos. ¿Qué te parece?

–Hecho.

–¿Reservo billetes por Internet?

–No. Los compraremos en taquilla y pagaremos en efectivo. Cuanto menos rastros dejemos, mejor.

Cuando salíamos del Enkanta, nos cruzamos con la chica de ayer y Toñín intercambió con ella una nueva sonrisa. Al verla de nuevo, ahora con luz de día, la muchacha me pareció aún más hermosa que la noche anterior. Sospechosamente hermosa. Quizá no lo era tanto. Quizá, simplemente, me estaba volviendo paranoico.

Eché un vistazo en dirección a la plaza de Armas. A la puerta del hotel Libertador había parado un coche de la policía, con las luces del techo encendidas.

Echamos a andar sin mirar atrás. Como tendría que haber hecho la mujer de Lot.

Cruz del sur

El Perú no es España, así que no es tan fácil encontrar bares continuamente mientras caminas por la calle. Sin embargo, dado que nos hallábamos en la zona más céntrica y turística de la ciudad, sí encontramos en nuestro camino varios hoteles y, finalmente, optamos por desayunar en la cafetería de uno de ellos, que nos transmitió una buena sensación. Se llamaba hotel El Brujo.

Debo decir que nada en su interior hacía referencia a su nombre.

El *buffet* tenía buena pinta: zumos, abundante fruta recién cortada, bollería del día, fiambres de otro día, huevos cocinados de diversas maneras, tostadas, bizcochos, mermeladas y jaleas, café e infusiones...

Creo que lo probamos absolutamente todo. Nos hacía falta reponer fuerzas. No habíamos tomado bocado desde la comida que nos sirvieron el día anterior a bordo del avión. Al menos, yo. Porque estoy casi seguro de que Toñín algo se había comido por la noche, aunque no quisiera admitirlo.

Tras media hora de saqueo gastronómico, pagamos y continuamos adelante. Y, apenas veinte minutos más tarde, nos deteníamos ante la fachada azul de la estación de autobuses de la compañía Cruz del Sur.

Antes de entrar, echamos varios vistazos precavidos.

Ningún uniforme a la vista. Ningún Toyota plateado aparcado en las inmediaciones. Nada sospechoso.

–Todo parece en orden. Vamos allá.

Compré en taquilla billetes para Chiclayo de clase VIP, los más caros, por un precio casi ridículo, una fracción de lo que costarían en España.

Faltaba media hora para la salida. De una máquina expendedora sacamos dos botellines de agua mineral San Luis y nos sentamos a esperar. Aunque nada hicimos por llamar la atención, yo tenía la sensación de que todo el mundo nos miraba.

Por fin, con puntualidad militar, llegó nuestro bus, un moderno autocar de dos pisos. El conductor, un tipo bajo, con bigote Groucho y gafas de cristales espejados, nos examinó de arriba abajo antes de dejarnos subir al piso superior, donde Toñín y yo ocupamos los primeros asientos. Lo más exclusivo del vehículo. El resto del pasaje se acomodó en el piso bajo.

–¡Semidirecto con destinos Chiclayo y Piura! –bramó el hombre antes de cerrar la puerta, para asegurarse de que nadie se había confundido.

En cuanto el motor se puso en marcha, lo hizo también el aire acondicionado, de características antárticas.

A punto de salir de la estación, el chófer tuvo que frenar con cierta brusquedad porque un carro policial apareció por el fondo de la avenida Amazonas a toda traca, con las luces encendidas y la sirena aullando. Por un instante, se me encogieron el estómago, el hígado y la vesícula biliar. Pensé que venían a por nosotros y allí terminaba nuestra aventura peruana.

No fue así, sin embargo. Los de la Nacional pasaron de largo y nuestro bus se incorporó a la circulación en sentido contrario. Aun así, no conseguí respirar profundamente hasta que dejamos atrás la capital de La Libertad y el paisaje semidesértico sustituyó por completo a las construcciones, cada vez más toscas, de los arrabales de Trujillo.

Tampoco hasta ese momento cambiamos palabra Toñín y yo.

–¿Realmente crees que nos buscan las autoridades? –me preguntó él, cuando ya habíamos dejado atrás el casco urbano y circulábamos por la carretera Panamericana–. Por ahora no hemos hecho nada malo. ¿No serán figuraciones nuestras?

–Ojalá lo sean –le respondí–. Pero yo creo que algún tipo de alerta saltó en el sistema cuando aquel policía del aeropuerto introdujo tus datos en el ordenador. No siempre, pero sí a veces, los servicios de inteligencia hacen bien su trabajo. Si tu madre entró en el país con su pasaporte verdadero y está fichada de algún modo, tu apellido y tu procedencia habrán encendido una luz roja en alguna parte.

Toñín dibujó un gesto de contrariedad.

–Entiendo. Tal vez debería conseguir documentación falsa, entonces.

Me volví hacia él. Parecía hablar en serio.

–Tú has debido de ver un montón de películas de espías, ¿verdad?

Nihil

Tras la primera hora de trayecto, el paisaje nos mantenía hipnotizados. Idiotizados. Sedientos. Sobrecogidos. En cierta medida, nos recordaba a nuestro desierto particular, el de los Monegros: polvo, niebla, viento y sol, que cantaba Labordeta. La diferencia era que, mientras el desierto aragonés, pese a ser el mayor del sur de Europa, es un desierto doméstico, limitado, abarcable por la imaginación, el erial peruano se nos antojaba internacional, ilimitado e inabarcable por los sentidos y aun por la mente: *nihil maximus*. Ante nosotros, a nuestro alrededor, el polvo lo ocupaba todo hasta más allá de un infinito jamás interrumpido por árbol alguno. Cierto que, a nuestra izquierda, a no mucha distancia, aunque no alcanzásemos a verlo, sabíamos del mar; pero el mar no suponía el final del desierto, sino el comienzo de otro (un desierto azul, de ondas y espuma, diría el poeta) mayor que ningún territorio imaginable. El vacío líquido entre la costa del Perú y la de Nueva Zelanda, sin un palmo de tierra firme de por medio.

Pensando en ello, comprendí a los agorafóbicos.

Nuestra velocidad de crucero no superaba los setenta por hora.

Transcurrida la primer mitad del viaje, corríamos el riesgo de quedar aturdidos, desamparados por la monotonía. La Panamericana, pese a su ampuloso nombre, no pasa de ser lo que en España llamamos una carretera nacional, de un solo carril por sentido. Y huía de nosotros como una línea gris oscuro que enlazase este mundo nuestro con una dimensión desconocida e inalcanzable.

En ese momento asfixiante en el que aún nos hallábamos a medio camino del más remoto de los destinos, Toñín despertó de una larga cabezada, se frotó los brazos para desentumecerlos y se encaró conmigo.

–Oye, Fermín... –me susurró al oído de repente, haciéndome dar un respingo–, no quiero ponerme pesado, pero aún no me has dicho con claridad por qué vamos a Chiclayo.

Miré a mi alrededor para asegurarme de que seguíamos siendo los únicos pasajeros de la parte alta del bus.

–Ya te dije: confío en encontrar allí a tu madre.

–¿Por qué?

Me fastidia dar explicaciones, no lo puedo remediar. Pese a eso...

–Suponiendo que ella ya tenga definido su plan de acción, lo primero que necesita es un arma adecuada a las circunstancias. Y su armero de confianza en esta región del mundo vive en Chiclayo. Con un poco de suerte, si el arma es difícil de conseguir o hay que fabricarla ex profeso, quizá ella se encuentre todavía allí, esperando que se la entregue.

Toñín sonrió.

–¡Eso sería estupendo! ¿Sabes dónde encontrar a ese fabricante de armas o lo que sea?

–Lo sé, si no ha cambiado de domicilio –me señalé la sien–; lo tengo aquí anotado.

–Ah. Pero... ¿cómo lo has averiguado?

¿Lo mando a la porra o se lo digo? –me pregunté en silencio.

–Por la libreta de tapas de hule.

Nada dijo Toñín. Solo se me quedó mirando, esperando que continuase. Lo hice a regañadientes.

–Es la agenda de tu madre. Era, quiero decir. La agenda de sus años... como profesional. Ya me entiendes. Entre otras cosas, ahí figuran todos sus contactos.

El chico asintió levemente.

–Esa agenda... la tienes tú.

–Así es.

–¿Cómo te hiciste con ella?

–¿Y a ti qué te importa?

–Comprendo. ¿Le puedo echar un vistazo?

–Ahora, no. Está dentro de mi maleta –mentí, una vez más, pues la llevaba conmigo–. Además, no entenderías nada. Todo está escrito en clave.

–Oh. Vaya...

Se encogió de hombros y a mí me pareció extraño que no insistiese. Extraño y sospechoso.

El bus de Cruz del Sur seguía devorando millas y más millas de desierto. Cuando habíamos superado las tres horas de viaje y atravesábamos una minúscula población llamada Mocupe, el conductor accionó el intermitente y cruzó la vía para estacionar a la izquierda, en una paradera sin siquiera marquesina. Enseguida resoplaron los frenos de aire y, justo después, el motor diésel dejó de rugir.

Toñín y yo miramos a nuestro alrededor.

El lugar nos pareció un Trujillo paupérrimo y en miniatura, aunque solo fuera por el hecho de que el pueblo se disponía en torno a una plaza de armas en la que se alzaban la iglesia (de rarísimo aspecto y pintada de amarillo natillas) y la municipalidad. Aún no lo sabíamos, pero, a ojos de un europeo, todas las ciudades peruanas se parecen entre sí y la principal diferencia entre unas y otras radica en el tamaño de su plaza de armas, que suele estar en consonancia con el tamaño de la propia villa.

En todo caso, fue un verdadero alivio para nuestra vista recuperar la perspectiva, tras doscientos minutos de infinito: el fondo de una calle, la anchura de una plaza, la silueta de unos paisanos; el enfoque corto, vaya. Decir adiós por un rato al horizonte lejanísimo y tembloroso, decir hola a las fachadas de las viviendas, a los colores vivos de los comercios; recordar, después de tanto sol, que cada cosa tiene su sombra.

Al comprender que nos habíamos detenido, Toñín y yo nos precipitamos a la zona inferior del autobús.

—¿Cuánto tiempo hay de parada? —le pregunté al chófer.

—Unos quince minutos, señor.

—Pero... ¿quince minutos peruanos o quince minutos internacionales?

—Eso mismo, señor —respondió el hombre, sonriendo.

—¿Nos da tiempo de tomar una cerveza?

—Pues claro está que sí, señor.

Descendimos del bus y corrimos hacia un bar cercano y chiquitín que ostentaba el pretencioso nombre de New Star. No conocían la cerveza sin alcohol, así que pedimos dos Inka Kola, el refresco nacional.

–¿Aún no lo han probado? Es muy bueno, ya verán –nos aseguró el dueño del garito, mientras nos servía dos vasos de un brebaje amarillento y burbujeante.

Yo estaba muerto de sed y di un largo trago, dejando que el gas carbónico me arañase la garganta sin piedad. Toñín hizo lo propio y, después, nos miramos.

–¿Qué les parece? –nos preguntó el hombre del bar.

–Pues... realmente... no sé cómo expresarlo...

–Entiendo. Les parece horrible, ¿no?

–Sinceramente, sí.

–Suele pasar. Yo creo que hay que ser peruano para que te guste la Inka Kola. Y ustedes no lo son.

–No.

–¿Y de dónde son?

–De otro país –dije, antes de que Toñín se fuera de la lengua.

Pese al sabor dulcérrimo de la Inka Kola, nos bebimos hasta la última gota. Luego, compramos otros dos botellines de agua mineral para resistir la última etapa del trayecto. Esta vez, de la marca Cielo.

–Anda, volvamos al bus, no nos vaya el chófer a dejar en tierra –le indiqué a Toñín.

–¿Cómo nos va a dejar en tierra? Somos sus dos únicos pasajeros de clase VIP. Seguro que nos espera.

Pagamos un minúsculo puñado de soles por las consumiciones.

Cuando salimos del bar, nuestro autobús había desaparecido.

Mocupe

Lo más curioso es que, en un primer momento, no nos percatamos de ello. Sí me extrañó que el vehículo estuviera estacionado unos metros más allá de donde lo dejamos y encarado en la dirección contraria. Pero el conductor, con sus gafas de espejo y su bigotazo recortado, estaba al volante.

Cuando Toñín y yo nos asomamos a la puerta, él nos miró espantado.

–Pero ¿qué hacen ustedes aquí? ¡Su bus ya partió, señores!

–¿Cómo...? Pero si está usted aquí...

–Mi compañero y yo nos damos relevo en este punto y así cada uno vuelve a su ciudad de partida. Este autobús viene de Piura y va camino de Trujillo. El suyo ha salido ya hace unos minutos.

–¡Pero usted nos dijo que podíamos ir al bar! –exclamó Toñín.

–Mi compadre ha llegado con algo de adelanto y tenía prisa por marchar. Yo creía que ustedes ya habían regresado al bus.

Lo cierto es que protestamos muy poco. Por un lado, porque estábamos anonadados ante el hecho de vernos allí perdidos, en aquel pueblito infinitesimal, lejos de todo. Por otro, porque de inmediato llegaron las promesas de que podríamos continuar nuestro viaje con la siguiente expedición, que llegaría en unas dos horas (a lo sumo, tres, nos aseguró el chófer). Nuestras maletas nos estarían aguardando en la estación de la compañía en Chiclayo.

–Tres horas... –susurró Toñín cuando el bus partió rumbo a Trujillo sin nosotros.

–Quizá solo dos.

–¿Vamos a buscar un sitio donde comer?

–Vamos.

Todos los comercios de Mocupe se distribuían en dos de los lados de la plaza de Armas y a lo largo de las márgenes de la Panamericana. A una cuadra de la carretera, ya no había nada más que viviendas. Todas ellas parecían a medio construir o a medio derribar.

Vimos un local que se anunciaba como restaurante-cevichería, pero se trataba de un chamizo de aspecto tan lamentable que renunciamos de momento a degustar el plato estrella de la gastronomía peruana. Optamos por una de las dos pollerías que localizamos en la plaza. Se llamaba La Zamorana, y, aunque sus dueños ignoraban dónde estaba Zamora e incluso dónde estaba España, el local parecía limpio y olía deliciosamente a pollo asado.

Nos sentamos en una de las cinco mesas y pedimos el plato de la casa. Al poco, nos sirvieron medio pollo para cada uno y una fuente de patatas fritas que en España se habría considerado suficiente para ocho personas.

Al final, no pedimos postre, pero sí café; y resultó ser magnífico. Similar al café de puchero gallego.

Sin embargo, el menú tenía sorpresa final.

Entre la comida y el café, había entrado en el local un muchacho espigado, de la edad aproximada de Toñín y facciones indígenas, vestido con tejanos y un polo rojo de Ferrari más falso que un billete de medio dólar. Se acodó en la barra y pidió una chela. Como le sirvieron una cerveza Cusqueña, deduje el significado.

Cuando estábamos a punto de pedir la cuenta, el chico, que nos había estado observando con indolencia, se acercó hasta nosotros.

–Hola, ¿son forasteros?

Yo asentí.

–¿Turistas? –insistió él.

–Más o menos. ¿Querías algo?

–Quería saber si me ayudarían a salir de Mocupe. No es un buen lugar para alguien de mi edad. No hay chamba aquí.

–No sé si te entiendo, chico. ¿Qué necesitas, exactamente?

–¿Eres lenteja? Necesito plata, pe. A la firme. Todo el mundo necesita plata, ¿no?

Toñín y yo nos miramos de reojo. Tras unos segundos de silencio, saqué la cartera y le tendí un billete de veinte soles.

El joven se me acercó y me miró, sonriendo.

–¿Veinte lucas, me das? ¿Tan solo eso? Veo que tienes mucho más.

–Oye, verás...

En ese momento, el chico sacó del bolsillo trasero de los tejanos una navaja automática de grandes dimensiones y, en un instante, me colocó la punta de la hoja justo encima de la nuez. Estaba muy afilada y me cortó ligeramente la piel del cuello.

–Deja la plata sobre la mesa –me ordenó–. Y levanta las manos, viejo.

Muy lentamente, obedecí. El muchacho sonreía.

Cuando alargaba la mano izquierda para hacerse con mi cartera, se oyó un extraño sonido de cerrojo. Y, a continuación, la voz de Toñín.

–Si tocas esa billetera, despídete de tener hijos –dijo, con una calma que ponía el vello de punta.

El ladronzuelo lo miró, perplejo. Toñín mantenía la mano derecha oculta, debajo de la mesa. El navajero, de pronto, comprendió. Abrió unos ojos muy grandes.

–Tranquilo –susurró–. Tranquilo, ¿eh?

–Estoy muy tranquilo –corroboró el hijo de Elisa, en apariencia frío como el mármol–. Y sí, amigo, te estoy apuntando exactamente ahí. Justo donde estás pensando.

–Es un farol, pe.

–Yo nunca juego de farol.

Alzó la mano oculta, en la que sujetaba la Glock, y le apuntó a la frente.

El otro tragó saliva, levantó ambas manos y, con un gesto del pulgar acompañado por un chasquido metálico, recogió la hoja de la navaja dentro del mango.

–Creo que he cometido un error –confesó.

–Un error imperdonable.

–Vaya que sí. Harto lo siento. Echale tierrita, doctor.

Toñín se mantuvo impasible un largo rato. No parpadeaba. No le temblaba la mano del arma. Jamás lo había visto así. Ni lo habría imaginado.

–Lárgate –dijo, finalmente.

–Al toque, nomás.

El muchacho se dirigió a la puerta del establecimiento. Justo cuando iba a salir, se volvió de nuevo hacia Toñín, que le seguía apuntando.

–¿Es una Glock? Pero no es una Glock de plástico.

Toñín, sorprendido, tardó en responder.

–Modelo 26.

–Sin embargo, al jalar de la corredera ha sonado como si fuera de plástico. ¿Nueve milímetros?

–Nueve Parabellum.

–¡Ajá! Bacán, amigo.

El ladronzuelo asintió y salió.

Yo procuré que no se me notase el suspiro de alivio.

Tan solo unos minutos más tarde, aparcó en la paradera el siguiente autobús de Cruz del Sur con dirección a Chiclayo y Piura. Cuando subíamos a bordo, Toñín echó una mirada amplia, que abarcaba la plaza de Armas por completo.

–¿Buscas a alguien?

–No, ya no. Pero en cuanto lleguemos a Chiclayo, recuérdame que intentemos conseguir munición del 9 Parabellum. Ya me dirás de qué sirve una pistola sin balas. Salvo para asustar a un pelagatos.

Chiclayo

Consultando Google, descubrimos que Chiclayo tiene casi exactamente la misma población que Zaragoza. Sin embargo, al tratarse de una ciudad horizontal, de casas bajas, ocupa una extensión muchísimo mayor.

En cuanto empezamos a circular entre las primeras construcciones, a las afueras de la ciudad, bajé al piso inferior a hablar con el chófer.

–Disculpe, ¿dónde hacen parada estos buses en Chiclayo?

–La estación de nuestra compañía está en avenida Bolognesi. Harto céntrico.

–El caso es que mi amigo y yo... necesitaríamos bajarnos antes. Cerca del centro, pero... antes de llegar al destino. ¿Me explico?

Mientras hablaba, deslicé junto al salpicadero un billete de veinte soles, el mismo billete que no se había llevado el navajerito de Mocupe. El conductor alargó la mano con la velocidad de la lengua del camaleón.

–Ustedes no llevan equipaje en la bodega, ¿cierto?

–Cierto.

–En ese caso, no les será difícil apearse en cualquier semáforo cerrado. Yo les indicaré.

Le hice un gesto de agradecimiento y, tras veinte minutos de circular por calles cada vez más concurridas, aunque todas ellas de aceras igualmente estrechas, nos detuvimos ante un semáforo rojo en la confluencia de Bolognesi con 7 de Enero.

–Si siguen por ahí –dijo el chófer, señalando la perpendicular–, llegarán a la catedral. Lo que buscan todos los turistas.

–Gracias, amigo. Hasta la vista.

–O hasta nunca, lo que antes ocurra.

Nos apeamos y permanecimos quietos hasta que nuestro autobús se perdió a lo lejos. Quietos y observando en derredor.

–¿Y esto? –preguntó Toñín.

–Simple precaución. Por si acaso nos estuviesen esperando en la estación de autobuses.

–¿No te parece un poco exagerado? Con todo lo que nos ha ocurrido, no veo fácil que aún nos sigan la pista.

Yo seguía mirando alrededor.

–El chico del bar. El de la navaja.

–¿Qué pasa con él?

–Tienes que aprender a ser menos confiado. ¿Cuánta gente de su edad, en un pueblo pequeño del Perú, crees que sería capaz de reconocer al primer vistazo una Glock y suponer que es de plástico por el sonido de la corredera?

Toñín me miró, casi alarmado.

–Pudo ser una casualidad. Un ladronzuelo aficionado a las armas de fuego...

–Claro. Y yo soy el Arcipreste de Hita. ¡Venga, hombre...! Tú sigue confiando en las casualidades y verás dónde terminamos. Ese chaval no era lo que aparentaba. Y no entró en el restaurante para quitarme la cartera.

–¿Estás seguro?

–¡Claro que no! Yo nunca estoy seguro de nada. Pero si algo he aprendido en esta vida es a no fiarme de las apariencias. Anda, vamos...

–¿Adónde?

–Tengo una dirección. Tomemos un taxi.

–¿Y nuestras maletas?

–Olvídate de nuestras maletas. Si tengo razón, la poli nos estará esperando en la estación de autobuses. Caerán sobre nosotros como buitres si aparecemos por allí.

–Y si no la tienes, nos quedamos con lo puesto.

–No quiero correr el riesgo. Ya nos compraremos ropa conforme la necesitemos.

Mototaxi

La ciudad estaba atestada de mototaxis. Básicamente, consisten en una motocicleta de 125 cc modificada con un eje trasero de dos ruedas sobre el que se dispone un asiento doble cubierto por un toldo. Las hay a millares por todo Perú.

Enseguida localizamos un paradero en el que varias de ellas esperaban a encontrar cliente aparcadas en batería. Apenas nos acercamos, se nos aproximaron tres conductores, a cuál más joven y dispuesto.

—Necesitamos ir a avenida de Venezuela —les indiqué—. Cerca de la confluencia con la Panamericana. ¿Sabéis dónde queda?

Los chicos se miraron entre sí, inquietos. Uno de ellos se retiró, haciendo gestos de disconformidad.

—Está lejos —valoró uno de los otros—. Y no es una zona muy recomendable para turistas. ¿No prefieren un agradable paseo por el centro?

—¿Nos tomas por turistas, causa? —dijo entonces Toñín, mirándolo fijamente.

Los dos chicos vacilaron.

—Yo les llevo por cincuenta —dijo el que aún no había hablado.

—Cuarenta —ofertó el primero, sonriendo—. Ida y vuelta. Me llamo Conrado.

La puerta azul

En efecto, nuestro destino estaba lejos del centro.

Una vez a bordo del mototaxi, enfilamos por 7 de Enero en dirección al centro. Al principio, era una calle estrecha, de casas multicolores y poco comercio, pero, tras recorrer seis u ocho cuadras, empezamos a descubrir hotelitos y hostales, señal de que nos adentrábamos en la zona más turística. De pronto, sin previo aviso, apareció a nuestra izquierda el lateral de la catedral, tan amarilla y blanca, tan limpia y atildada que parecía recién terminada de construir. Fue una visión fugaz, sin embargo, pues dejamos atrás la plaza de Armas para seguir adelante en dirección norte. Dos o tres intersecciones más allá, la calle dobló su anchura y su animación, ofreciendo comercios variados, restaurantes, bares y cafés. También peluquerías. Y ópticas, muchas ópticas. Así como los colombianos parecen preocuparse en especial por su dentadura, yo empezaba a pensar que la obsesión de los peruanos era disponer de una vista lo más clara posible.

Después de otras dos manzanas, los comercios casi desaparecieron. A partir de allí, solo casas, almacenes, solares... Algo que a Toñín y a mí nos llamaba mucho la atención era la telaraña de conducciones eléctricas que nos sobrevolaba continuamente. En España, en Europa, los cables se esconden bajo tierra. Allí, todavía no. Cuelgan de las fachadas y cruzan por encima de las cabezas de los viandantes en una madeja de hilos negros y brillantes que se acentúa en las confluencias entre calles importantes.

Al atravesar una avenida más amplia, de doble sentido, nuestra vía cambió de nombre y de personalidad. Circulábamos ahora por Próceres, siempre en sentido norte y, definitivamente, los pequeños negocios habían dado paso a las viviendas, hasta conseguir un cierto ambiente residencial. Muy de vez en cuando, un edificio nuevo, de tres o cuatro plantas, rompía la sensación de encontrarnos en la España de mediados del siglo xx. Pero lo hacía tan solo por unos segundos. Luego, de inmediato, volvíamos a las filas interminables de casitas individuales, con su garaje al costado, cada una con su estética propia y su color. La vegetación de las aceras parecía cosa de cada cual, por lo que se alternaban los aligustres con los tilos y estos con cactus altos como un hombre o, simplemente, con la nada.

–¡Ya estamos cerca, pe! –exclamó al fin nuestro taxista, que había permanecido mudo hasta ese momento–. ¡Este jirón es Venezuela!

Señaló la calle perpendicular y giramos por ella a la izquierda.

Toñín y yo nos miramos en silencio. La cosa iba de mal en peor.

Venezuela era una calle amplia, pero sin pavimentar; una suerte de ancha pista de *motocross* donde socavones del tamaño de cráteres lunares le ganaban la partida al terreno horizontal. De cuando en cuando, nuestro mototaxi debía sortear inmensos y malolientes barrizales. La basura y los escombros empezaron a formar parte permanente del paisaje urbano. Y, conforme avanzábamos, las construcciones en situación de derribo se hacían más y más habituales, así como los solares pendientes de edificación.

Nuestro mototaxista se había anudado al cuello un pañuelo con el que se cubría boca y nariz y así podía defenderse mínimamente del polvo y de los aromas indeseables. Nos ofreció otros dos, pero los rechazamos elegantemente tras comprobar que habían sido usados innumerables veces desde su último lavado.

Conforme nos acercábamos a la variante de la Panamericana que rodea la ciudad por su norte, crecía la presencia de camiones de gran tonelaje que iban o venían entre destartalados centros logísticos o inconcebibles talleres mecánicos o de recauchutado de neumáticos, levantando a su paso polvaredas de dimensiones saharianas.

En uno de esos talleres, se concentraban docenas y docenas de mototaxis como el nuestro.

—Cuando se me empana el motocarro, lo traigo acá —nos indicó Conrado—. En ningún otro lugar de Chiclayo los entienden mejor.

—¡Si me compro un mototaxi, lo tendré en cuenta! —le dije.

Pero lo más insólito llegó cerca de nuestro destino, cuando, en medio de una zona tan destartalada que parecía haber sido bombardeada recientemente, apareció un edificio pequeño, aislado, de dos plantas y buen aspecto, pintado en blanco y azul.

—No puedo creerlo —murmuró Toñín, cuando pasamos por delante—. ¡Es un colegio!

IEP UNICIENCIA   **145**

PRIMARIA-SECUNDARIA

Un colegio minúsculo e insólito, al que no podíamos ni imaginar desde dónde acudirían los alumnos y que era como un oasis en medio de aquel caos posapocalíptico. Y aunque por allí no había casa ni tapia que no estuviese apedreada ni careciera de su grafiti obsceno, el colegio Uniciencia aparecía inmaculado. Como si todos se hubiesen puesto de acuerdo en que la educación y la cultura merecían el respeto que se les negaba a todas las demás cosas de este mundo.

Uno de esos detalles que me reconcilian con el ser humano. En especial, con el ser humano latinoamericano.

—Allá tienen ya la Panamericana, pe —nos dijo nuestro conductor, poco más tarde, señalando al frente—. ¿Dónde quieren que los deje?

—Vamos al número cuarenta y dos, cero, dos.

—Aquí es difícil orientarse por la numeración.

—Talleres Godoy. Casa de dos plantas. Hace esquina. Y tiene un gran portalón metálico de color azul —dije, resumiendo la información hallada en la libreta de Elisa.

—¡Ajá!

El chico aceleró, tras un asentimiento con la cabeza. Tres minutos después nos deteníamos ante una casa grande de color gris, rodeada por una tapia alta hecha con bloque de arlita y que respondía perfectamente a la descripción. Su planta dibujaba una esquina achaflanada entre la calle Venezuela, allí carente de bordillos, aceras y farolas, y otra perpendicular, apenas perceptible, que quizá no figuraba ni en el plan urbanístico de la ciudad. Junto a la puerta principal, de barrotes de hierro y cristal, disponía de otra, mucho mayor, metálica, pintada de azul brillante y capaz de dar paso no ya a un camión, sino incluso a una cosechadora. Ambas permanecían cerradas. Si realmente aquello era un taller mecánico, no parecía que mantuviese actividad alguna.

–Tiene que ser esa, pe –dijo el conductor de nuestro mototaxi, deteniéndose en las inmediaciones.

–Sin duda. Espéranos aquí –le dije, entregándole los cuarenta soles acordados–. Si en veinte minutos no hemos salido, puedes irte.

–¿Me voy, sin más, o también llamo a la poli?

–¿Tú crees que la poli acudiría hasta aquí por algún motivo?

–No.

–Eso imaginaba yo. No te molestes, pues.

Toñín y yo descendimos del mototaxi y nos acercamos a la puerta pequeña, la situada en el chaflán. No me pasaron desapercibidas las cuatro cámaras de vigilancia que remataban la tapia. Eran pequeñitas, muy discretas, pero se dejaban ver si sabías dónde mirar.

–¿Quién es? –preguntó a través del interfono un hombre con voz de barítono, después de que yo oprimiese el botón de llamada durante medio minuto.

–Compañía del gas de Tucumán.

Era la contraseña que figuraba en el cuaderno de Elisa. Claro que podía haber cambiado con el tiempo y que yo estuviese haciendo el ridículo.

–¿Perdón?

–¡Ejem! Compañía del gas de Tucumán –repetí–. Venimos a revisar el contador.

Toñín me miró y sacudió la cabeza. Entonces, la voz grave dijo:

–Adelante.

Sonó una chicharra, la puerta se abrió y entramos.

El interior de la vivienda, desde luego, poco tenía que ver con su exterior. Resultaba fresca, amplia, moderna y cómoda. Rozaba el lujo, con muebles elegantes, cuadros de firma y electrodomésticos de última generación, empezando por un televisor de pantalla plana de medidas similares al *Guernika* de Picasso, colgado de la pared del salón principal. Del taller mecánico que se anunciaba fuera, ni rastro.

Quien salió a recibirnos era un hombre más que maduro, rondando los sesenta, alto, enjuto, de pelo corto y canoso, con los ojos muy negros. No costaba nada adjudicarle la voz que nos había hablado a través del portero automático. Vestía un extraño mono de trabajo de color gris, de aspecto militar, impecable.

–Buenas tardes –saludé, tendiéndole la mano–. ¿El señor Godoy?

El hombre tardó en responder, pero, finalmente, asintió. Me dio un apretón firme.

–El mismo. Soy Darwyn Godoy. ¿Y usted es...?

–Fermín Escartín. De España. Este muchacho es Antonio Lobo.

–Lobo... –repitió Godoy con aire evocador–. ¿Guardas algún parentesco con... Elisa Lobo?

–Soy su hijo. Su hijo menor.

Darwyn frunció el ceño para examinar a Toñín mientras también le estrechaba la mano, con aire desconfiado.

148 –Te pareces a tu madre, muchacho... –se volvió hacia mí–. ¿Puedo preguntarles cómo han dado conmigo, señor Espadín?

—Escartín. Le hemos localizado gracias a la base de datos de Elisa, por supuesto. Pero no se preocupe, no hay peligro de que caiga en malas manos.

Godoy ladeó la cabeza.

—Si usted lo dice... En fin, ¿qué se les ofrece? Debe de haber una buena razón para que hayan venido hasta aquí. Nada menos que desde España.

—La razón es bien sencilla: estamos buscando a la madre de Antonio.

—¿A Elisa? Cielos. ¿Acaso ha desaparecido?

Era mal actor. Se le notaba a la legua que la noticia no lo había sorprendido en absoluto.

—Así es. Y tenemos razones para pensar que se encuentra en el Perú. Confiaba en que hubiera pasado por aquí en los últimos días.

—¿Por aquí? ¿Por esta casa? ¿Por qué razón había de hacerlo?

—Como cliente.

Darwyn cruzó los brazos sobre el pecho y esperó que yo continuase hablando. Pese a que teníamos a la vista un precioso sofá de cuero azul, no nos invitó a sentarnos.

—Pensamos que Elisa ha tenido que aceptar un trabajo contra su voluntad. Suponíamos que habría venido a encargarle... algún tipo de material.

Godoy nos miró detenidamente sin siquiera pestañear, moviendo solo los globos oculares. Tras un silencio tan largo que llegó a ser incómodo, se puso en movimiento. Con un gesto de la mano, nos indicó que lo siguiésemos.

Nos hizo pasar a una sala contigua decorada como biblioteca, con miles de libros alineados en estanterías de madera oscura. En un rincón, un globo terráqueo solo un poco menor que el original. En el centro, sobre una espectacular alfombra, una mesa baja con tapete verde rodeada por tres chéster de dos plazas. Toñín y yo ocupamos uno.

–¿Qué quieren tomar?

–Una Coca-Cola, por favor –murmuró Toñín–. Fría, a poder ser.

–¿Tiene cerveza sin alcohol?

–Por descontado.

Del enorme globo terráqueo, que resultó ser un mueble-bar, sacó Godoy las bebidas, los vasos y un cubo metálico con hielo absolutamente trasparente picado en trozos irregulares.

Sobre la mesa había varias cajas con puritos canarios de diversos tamaños. De los que se fabrican en La Palma. Me ofreció, pero decliné la invitación. Él sí se encendió uno, de los mayores, con un mechero Ronson de oro. De oro macizo, seguramente.

A través de la primera nube de humo, miró a Toñín.

–Lo cierto es que sí. Tu madre pasó por aquí hace unos días.

El chico abrió la boca, aparentemente sorprendido.

–¿Habla en serio?

–¡Te lo dije! –le recordé, con satisfacción–. No confiabas realmente en que estuviésemos siguiendo los pasos de tu madre. Pero ya ves que sí.

–Oh, sí. Fue una grata sorpresa –continuó Godoy–. Sabía que llevaba varios años retirada y pensaba que ya no volveríamos a vernos. Resultó un estupendo reencuentro, después de tanto tiempo.

Se ponía soñador, el tipo.

—¿Vino sola? —pregunté.

—¿Cómo? Eeeh... sí, sola. ¿Por qué?

—Creemos que alguien la acompaña y le impide comunicarse libremente con nosotros. Por eso nos ha dejado varios mensajes en clave.

—Mensajes en clave, ¿eh? Como los verdaderos espías, los del siglo veinte. Sin embargo, aquí vino sola, ya le digo.

Ese detalle no me terminaba de encajar.

—¿Y no le dejó ningún... mensaje para nosotros? Ella debería contar con que acabaríamos llegando hasta aquí.

Godoy se alzó de hombros.

—Esteee... pues no. Nada me dijo. Tampoco mencionó la posibilidad de que ustedes dos aparecieran por acá.

—¿Y usted sabe dónde se encuentra ella ahora?

—Por supuesto que no. Elisa no tiene por costumbre dejar pistas sobre su paradero. Sin embargo, hay algo claro: tiene que volver por acá a recoger su encargo. ¿Cuándo? No lo sé.

—¿Qué encargo?

Godoy dio una larga calada a su cigarro. Meditaba si responder o no.

—Vino para pedirme un arma cara y muy sofisticada. Un fusil de precisión Remington Navajo D5, con ciertas modificaciones. Y doce balas.

—¿Solo doce balas?

—Solamente. Teniendo en cuenta que la mitad de ellas deberá emplearlas en la prueba y calibrado del fusil, seguro que se plantea la típica acción de oportunidad única, donde hay que acertar a la primera. El Navajo es un fusil de un solo tiro. Normalmente, no hay ocasión para un segundo disparo. Y jamás para un tercero. Por eso, con seis proyectiles siempre hay munición de sobra.

–¿Qué alcance tiene esa arma? –quiso saber Toñín.

Godoy afiló la mirada.

–El máximo es superior a dos mil metros. Pero si el blanco es pequeño y no se puede fallar... yo no lo emplearía a más de mil metros de distancia. Mil doscientos, como máximo.

–¿Cuándo vendrá Elisa a llevárselo? –pregunté.

–El pasado jueves le dije que necesitaba diez días para conseguirlo y modificarlo. Así que vendrá por aquí cuando ella lo considere oportuno, a partir de finales de esta semana. Pero le di ese plazo para cubrirme ante cualquier imprevisto. De hecho, ya tengo su encargo preparado.

Suspiré con satisfacción.

–Bueno, al menos, ya la hemos localizado. Tarde o temprano, tu madre volverá aquí. Y la estaremos esperando –miré entonces a Godoy–. Confío en que usted nos avise cuando Elisa aparezca por aquí.

Darwyn dio una calada profunda a su purito.

–Sí, por supuesto. Ningún inconveniente. Me dejan su número de celular y listo, Espartín.

–Escartín.

–Como sea.

ESMA

Todavía permanecimos más de dos horas en la casa de Godoy, que se empeñó en que nos quedásemos a cenar.

Precisamente allí, esa noche, invitado por aquel traficante de armas, tomé mi primer ceviche en tierras del Perú; y debo decir que lo encontré delicioso.

—¿Le gusta?

—Mucho —reconocí—. Nunca he sido muy amigo del pescado crudo, pero se nota a la legua que este es fresquísimo.

—A veces lo olvidamos, pero en esta ciudad tenemos el mar a tiro de piedra. Aunque la playa más cercana a Chiclayo está en Pimentel, el pescado me lo traen a diario de Bausares, un pueblito pesquero algo más al sur. ¿Saben? Estuve hace un tiempo en España y me llevaron a conocer Benidorm. Hace cincuenta años, al parecer, tenía el mismo aspecto que uno de estos pueblitos nuestros. A veces sueño con hacer de Bausares un nuevo Benidorm, repleto de hoteles y rascacielos, al que acudan turistas de todo el mundo. De momento, voy comprando todas las casas que quedan vacías en primera línea de mar. Por ahora, son baratas. Más adelante, quizá me traslade a residir allí y me presente a la alcaldía.

Tras la cena, mientras Toñín permanecía al margen con cara de pocos amigos, Godoy y yo dimos cuenta de media botella de pisco, lo que nos soltó definitivamente la lengua. Yo conté anécdotas de algunos de mis casos como detective. Incluso el muy reciente de Amador, el de Tarragona, el hombre con dos familias.

En un momento dado, la conversación derivó por caminos políticos. Salieron a relucir los últimos presidentes de nuestros dos países: Toledo, Aznar, García, Zapatero, Humala, Rajoy... Nuestro anfitrión tenía muy mala opinión de todos ellos. No salvó a ninguno y, de pronto, poniéndose en pie, se palmeó el pecho. Su dicción se había vuelto estropajosa.

–No me digas que no que te has preguntado por qué voy vestido así en mi casa, con este mono militar.

–Ya que lo dices... algo sí me pica la curiosidad.

–¡Es un mono de trabajo de suboficial de la ESMA!

Cerré los ojos, tratando de poner palabras al acrónimo. La ESMA, la ESMA...

–¡La Escuela de Mecánica de la Armada, demonios!

Me quedé blanco al instante. Sobrio en un solo suspiro. La Escuela de Mecánica de la Armada fue el más famoso centro de detención y tortura de la dictadura argentina de Videla.

–Eres... argentino.

–¡No, diantre! –exclamó Godoy–. ¡Soy paraguayo! Pero me alisté en el ejército argentino y estudié en la ESMA. Allá obtuve el grado de sargento mayor, el título de tornero fresador y aprendí a modificar armas. Pero no pienses mal, condenado gallego. Salí de Buenos Aires en el setenta y dos. Nada tuve que ver con... con todo aquello. Con los vuelos de la muerte, con las desapariciones, con los robos de niños. ¡Nada de nada! Nada. Para entonces, yo ya no estaba allí...

Viéndole cerrar los ojos y sacudir la cabeza como para aplacar viejos remordimientos, yo no estaría muy seguro de eso, pero la primera norma de cortesía de cualquier invitado es no poner en duda las afirmaciones de su anfitrión. Y sonreír siempre.

Mentiras

A partir de ese momento, el ambiente se enrareció y pronto dimos por terminada la velada.

–Seguidme a la planta superior y os indicaré la habitación donde podéis pasar la noche –nos sugirió Godoy, que se había abierto la cremallera del mono hasta el ombligo, mostrando un torso peludísimo.

Toñín, sin embargo, agitó las manos.

–Gracias por la oferta, señor Godoy, pero Fermín y yo preferimos no molestarle. Nos iremos a dormir a un hotel.

Aquello me dejó perplejo.

–¿Cómo...? Pero, hombre, Antonio, ya es muy tarde y no me parece bien despreciar el ofrecimiento del amigo Darwyn...

–Son las diez de la noche. No es tan tarde.

Godoy se echó a reír.

–No sé si será tarde en España, pero aquí sí lo es. Y más en este barrio.

–¿Qué quiere decir?

–Que yo no saldría a la calle a esta hora.

–Quizá podría usted acercarnos al centro en su coche.

–Podría, pero no lo voy a hacer. Los llevo al centro y, luego, regreso yo solo hasta aquí, ¿no? Ni lo sueñes.

–Podemos pedir un taxi.

Con una nueva carcajada, Godoy nos arrojó un teléfono y nos facilitó los números de tres compañías. No dimos con ninguno que aceptase venir a buscarnos allí a esas horas.

–Ya ven –rezongó el paraguayo–. No podemos presumir de buena fama en esta zona. Yo ya les he hecho el ofrecimiento de pasar aquí la noche.

–Un ofrecimiento muy generoso...

–Que preferimos rechazar –me cortó Toñín, tajante.

–Muy bien –aceptó Godoy–. Seguro que encuentran la manera de llegar hasta un buen hotel, ya verán. Ustedes, los españoles, son tan listos... Yo les recomiendo el Aristi. No es el mejor, pero está bien de precio.

Se le notaba molesto, y con razón. Sin llegar a mostrar su enfado, sin violencia pero con firmeza, dos minutos más tarde Darwyn nos ponía de patitas en la calle.

Cuando la puerta de su casa se cerró a nuestras espaldas, yo sentí que la camisa no me llegaba al cuerpo.

–¿Me vas a explicar qué mosca te ha picado, Antonio? Te he seguido la corriente porque imaginaba que tendrías una buena razón para rechazar la oferta de Godoy.

–La tengo.

–¡Pero esto es una temeridad! Ya me dirás qué hacemos ahora.

–Lo primero, acostumbrar la vista a la oscuridad.

–No sé cómo, porque aquí no hay más luz que la de las estrellas. ¿Es que no conocen las farolas en esta ciudad?

–En el centro, sí. En esta parte, no.

Estuve a punto de lanzar un grito, pero, por suerte, reconocí a tiempo la voz de Conrado, que había hablado apenas a tres metros de nosotros.

Cuando conectó la luz del faro, distinguimos su mototaxi aparcado junto a la gran puerta azul. El chico, que dormitaba hasta ese momento sobre el asiento trasero de su vehículo, acababa de despertar. Se frotó los ojos y sonrió.

–¿Dónde quieren que les lleve ahora? Les recuerdo que han pagado ida y vuelta al centro de la ciudad.

–¿Por qué nos has esperado? Te dije que te fueras. Aunque me alegro mucho de que sigas aquí.

–Bueno... Pensé que tarde o temprano me necesitarían. Y este es un barrio peligroso para los extranjeros.

–¿Para ti no lo es?

–No tanto. Yo soy uno de ellos. Vamos, suban al toque, nomás.

Toñín y yo no tardamos ni tres segundos en acomodarnos en el asiento trasero. Conrado puso en marcha el motor de dos tiempos con un contundente pisotón al arranque.

–¿Adónde, pe?

–Nos han recomendado el hotel Aristi. ¿Sabes dónde está?

–Claro. En Miguel Grau con Salaverry. Les llevo.

–No –dijo Toñín.

–No, ¿qué? –pregunté, con fastidio.

–No vamos a ese hotel.

–Pero ¿qué te pasa? ¿Por qué no?

–Es el hotel que nos ha recomendado ese tipo. Y no me fío ni un pelo de él. Llévanos a otro hotel, Conrado.

–¿A qué viene esto? –lo increpé–. ¿Desde cuándo das tú las órdenes aquí?

–Me dijiste que tenía que aprender a desconfiar.

–¡Pero sin pasarse! ¿Qué es lo que te pasa con Godoy?

–Luego te lo explico.

Conrado me miró, dubitativo, hasta que asentí con la cabeza.

—Realmente, a mí me gusta más el Gloria Plaza —dijo el muchacho, entonces—. Está en la misma zona, pero es más moderno y bonito que el Aristi. También tiene tres estrellas. Y siempre podrán presumir de que han estado en la Gloria. ¡Je!

—Adelante, pues. Llévanos a ese.

—¡Al toque!

Gloria Plaza hotel

Los dos largos paseos en mototaxi hacia y desde los arrabales de Chiclayo nos habían cubierto con una pátina de lo más polvorienta, así que la recepcionista del hotel Gloria Plaza (una rubia de bote con aspecto de espía soviética) nos miró con disgusto y reprobación cuando atravesamos la puerta del establecimiento. Sin embargo, todos sus prejuicios se esfumaron cuando saqué la cartera y fui depositando sobre el mostrador, uno tras otro, seis hermosos billetes de cincuenta soles.

—¿Cree que podría darnos una habitación de inmediato y dejar los trámites del registro para mañana? Estamos muy muy cansados.

—Cómo no, señor —sonrió la rusa que, sin embargo, tenía acento porteño—. ¿Dos camas o matrimonial?

—Dos camas. ¿Tienen servicio de lavandería urgente?

—Sí, señor. Los precios son...

–Me dan igual los precios. Mande a alguien a recoger nuestra ropa dentro de diez minutos, por favor.

–Muy bien, señor. Habitación trescientos trece. Aquí tiene la llave.

La mentira (bolero)

Lo primero que hicimos tras depositar toda nuestra ropa en la bolsa de la lavandería fue ducharnos concienzudamente. Primero, lo hizo Toñín; después, yo. Una delicia. Me habría quedado bajo el agua caliente el resto de la noche. Quizá debería haberlo hecho, porque cuando, al fin, salí del cuarto de baño envuelto en una toalla y rodeado por una beneficiosa nube de vapor, el hijo de Elisa me esperaba, muy serio, sentado en su cama y arropado con un albornoz que llevaba bordado el emblema del hotel en el bolsillo del pecho.

–¿No te parece que el mejor invento de la civilización moderna es la ducha de agua caliente?

–Eso y la guillotina –contestó él.

Intenté una mirada dura sobre Toñín. Al ir sin gafas, me quedó mal.

–¿Me puedes explicar qué te ocurre? –le pedí–. No has podido ser más desagradable con Godoy. Y no lo entiendo. A mí no me ha parecido un mal tipo. Nos ha invitado a cenar, nos ofrecido dormir en su casa, te ha regalado una caja de balas para la Glock y, finalmente, parece que nos avisará cuando tu madre vaya a recoger el rifle que le encargó.

Toñín bajó la vista y la arrastró por el suelo de la habitación mientras hablaba.

–No lo hará –dijo.

–¿Cómo lo sabes?

El chico parecía dudar si contestarme.

–Nos ha engañado, Fermín. Desde el primer momento.

–¿Por qué dices eso?

Se frotó los ojos antes de responder.

–Mi madre... no va a ir allí a recoger nada. Mi madre no estuvo la semana pasada en casa de Godoy ni le ha hecho ningún encargo. Ese tipo nos ha mentido como un bellaco desde que pusimos el pie en su casa.

Me quedé mirándolo, con cara de pasmarote.

–A ver, Antonio... ¿Por qué dices que tu madre no ha ido a ver a Godoy? ¡Claro que sí! Las pistas que hemos seguido nos han conducido hasta allí y él nos lo ha confirmado.

–¡Te digo que miente! Mi madre no está aquí, en Perú.

Aquello cada vez me gustaba menos. Traté de mostrarme tranquilo.

–Explícame de qué estás hablando. Y hazlo... ¡ya!

Por fin, alzó la vista y me miró de hito en hito.

–Fermín, escúchame bien: mi madre... mi madre no está en este país. Sigue en Europa. Está de crucero. Por las islas griegas, concretamente.

–¿Qué demonios...? –exclamé, tras un vacío de vértigo, mientras pensaba que Toñín había perdido la cabeza–. ¿Las islas griegas? ¡Pero...! ¡Las islas griegas! ¡No, hombre, no! ¿Qué diablos iba a hacer tu madre en las islas griegas?

Toñín resopló. Se le veía apurado.

–Oye, Fermín... Sé que te vas a enfadar conmigo, y con toda razón. Pensaba contártelo más adelante, pero... creo que ha llegado ya el momento de confesar.

–¿Confesar? ¿El qué?

–Que todo es mentira.

Como no sabía qué decir, dejé que el silencio hablase por mí. Por fin, continuó Toñín.

–Todas las pistas que nos han conducido hasta aquí: el libro de *Chacal*, la canción que sonaba en el tocadiscos, las cifras de la cartilla de ahorros con la fecha de la muerte de Kennedy... no fueron mensajes en clave dejados por mi madre. Todo aquello... lo preparé yo.

–No –negué–. No... No me fastidies...

–Lo siento mucho. Te he utilizado.

Sentí como si el eje de la Tierra se bambolease violentamente. Vi una silla junto al armario y corrí a sentarme en ella. El corazón me latía irregularmente.

–¿Me has utilizado? ¿Cómo que me has utilizado? ¿Para qué?

–Te he utilizado para venir aquí, al Perú. Estaba seguro de que relacionarías bien todos esos datos y me propondrías este viaje para intentar ayudar a mi madre. Pero todo ha sido un truco. Como te digo, mi madre no está aquí.

–Está... en un crucero por las islas griegas, ¿no?

–Eso es. No le había comprado nada por su último cumpleaños, así que le regalé un crucero de tres semanas por el Mediterráneo. No sospechó nada.

Supongo que se me estaba poniendo una estupenda cara de idiota.

–U... un momento. ¿Le regalaste a tu madre un crucero? Eso cuesta un dineral. ¿De dónde sacaste la pasta?

–¡Por Dios, Fermín! ¿Qué más da eso? Eres especialista en hacer las preguntas equivocadas. El dinero no es un problema. Tú mismo dijiste que mi madre había ganado mucho a lo largo de su vida; en efecto, así es. Gracias a ella, dispongo de mucho dinero propio. Y, además, figuro como titular o autorizado en todas sus cuentas bancarias.

Me di cuenta de que estaba mirando a Toñín con la boca abierta.

–Pero, entonces, entonces... a ver..., ¿tu madre no ha desaparecido? ¿Nadie la está obligando a matar al presidente Kuczynski?

–Bueno... realmente, sí. Pero ella no lo sabe.

Sentí un pinchazo a la altura del plexo solar.

–¿Cómo que no lo sabe? ¡Pero...! ¿Me estás tomando el pelo? ¡Sí! ¡Me estás tomando el pelo, por supuesto! ¡Tu madre está en el Perú! ¡Dime que está en el Perú, por Dios!

–Lo siento, no es así. ¿Quieres que hablemos con ella, para que te convenzas? En Europa es de madrugada, pero si quieres asegurarte de que está bien, la llamamos ahora mismo.

La habitación entera había empezado a girar. En el sentido contrario al de las agujas del reloj, nada menos.

–Sí. Llámala –exclamé.

–¿Estás seguro?

–¡Hazlo!

Toñín tomó su teléfono, pulsó dos teclas y me lo pasó. Al cabo de unos segundos, oí el tono de llamada. Sonó seis veces. Luego, me llegó una voz perezosa. Era ella. La reconocí al momento.

–¿Elisa? Elisa, oye, no, mira, no soy Toñín. Soy Fermín. Te llamo desde su teléfono... ¿Eh? ¡No! No, no, él está bien, perfectamente. Es que... es que... nos hemos encontrado esta tarde, andando por la calle y... bueno, le he preguntado por ti y me ha dicho que... que estás de viaje. Y, de repente, va y dice, ¿por qué no la llamamos? Y yo le he dicho, digo ¡venga! Y por eso... ¿Eh? ¿Tan tarde? O sea, ¿tan pronto? Madre mía... no me había dado cuenta. Es que... es que... hablando hablando, ya ves, se nos han hecho las tantas. Estarías durmiendo, claro... ¡Cuánto lo siento! ¿Dónde? ¡Uf...! El nombre es feo, pero seguro que el sitio es bonito. Que lo pases bien... Bueno, ya hablaremos cuando vuelvas a Zaragoza, ¿vale? Dos semanas todavía, ¿eh? Pues, nada, disfruta y descansa... Lo mismo digo... Adiós, adiós.

Colgué y le devolví el teléfono a Toñín, que me miraba con ojos de reo de lesa majestad.

–Estaba durmiendo en el camarote de su barco –dije–. En Grecia son las cinco de la mañana. Dentro de unas horas van a desembarcar en Katakolon.

–¿Qué es eso?

–Un pueblo. Cerca de Olimpia.

–Ah.

Dejé pasar medio minuto en silencio.

–O sea... que cuando la llamabas y me decías que no podías localizarla, que tenía el teléfono apagado y eso... simplemente, fingías. Tú has sabido todo el tiempo dónde estaba.

–Sí, claro.

–Y entonces... me has traído hasta el Perú engañado.

–Sí. Eso es lo que intento decirte. Veo que, por fin, lo has entendido.

–¿Puedes decirme por qué? –aquí elevé el tono, sin darme cuenta–. ¿Puedes explicarme qué rábanos hacemos aquí tú y yo? ¿Eh? ¿Puedes?

Toñín había vuelto a enterrar la vista en la moqueta.

–Debo matar al presidente Kuczynski y no tengo muy claro cómo hacerlo. Esperaba que me echases una mano.

Suplantación

Recuerdo que calmarme me costó un importante esfuerzo. Entre otras maniobras, tuve que tumbarme en el suelo y colocar los pies en alto, sobre la cama, para que la sangre afluyese en cantidad suficiente a mi maltratado cerebro. Finalmente, con la promesa por parte de Toñín de contarme la verdad, toda la verdad y nada más que la verdad, me senté en la única silla de la habitación y me dispuse a escuchar. Me prometí a mí mismo no intervenir hasta que él hubiese terminado de contar su historia al completo; pero no estaba seguro de conseguirlo.

–En realidad, la cosa es sencilla, Fermín. Muy aproximadamente, es como tú habías sospechado. Mi madre recibió el encargo de unos desconocidos de matar al presidente Kuczynski. Como imaginaban que su respuesta sería negativa, desde el primer momento la presionaron amenazando con hacer daño a mi hermano Álvaro y su familia. Que, por cierto... no viven en Boston, como te dije, sino aquí, en Perú. En Arequipa. Él se casó con una peruana. Laura, se llama. El niño sí se llama Rudolph.

Me llevé las manos a la cabeza. Ahora entendía algo que no me cuadraba hasta ese momento: por qué los malos habían elegido a Elisa, que llevaba años retirada del oficio, para cometer el atentado. Con su hijo viviendo en el país, resultaba mucho más fácil extorsionarla para aceptar el trabajo.

–Continúa –le ordené–. Todavía no entiendo por qué nosotros estamos aquí mientras tu madre anda de crucero por el Peloponeso.

–Sí, eso... Bien. El caso es que... mamá no llegó a leer los mensajes de esos tipos ni a aceptar su encargo. No sabe que Álvaro está amenazado. No sabe nada. Nada de nada. Su nivel en informática, redes sociales y comunicaciones no pasa de discreto. Hace tiempo que tengo jaqueadas sus cuentas de correo y leo todos sus mensajes antes que ella.

–Y eso fue lo que hiciste en este caso, ¿no?

–Sí. Pero esta vez no dejé que ella lo viera. La suplanté. Yo respondí al mensaje como si fuera mi madre. Y respondí que sí, que aceptaba el encargo.

–No es posible... –exclamé desolado. Luego aspiré una agónica bocanada de aire–. ¿Es que has perdido el juicio, botarate...? ¡Bueno! ¡Qué estupidez de pregunta! ¡Pues claro que has perdido el juicio! ¡Por completo, lo has perdido!

Por momentos, me faltaba la respiración.

–Pensé que, de este modo, al menos conseguía ganar tiempo –continuó explicando, el insensato–. Estábamos en marzo. Tenía cuatro meses por delante para encontrar una solución.

–Pero no encontraste la solución.

–Según se mire...

–¡Solo tenías que acudir a la policía y denunciar el asunto! ¡Esa era la solución!

–No me pareció una opción razonable.

–¿Por qué? –exclamé.

Toñín me miró fijamente. Mientras hablaba, fue levantando uno a uno los dedos de la mano derecha.

–Primero, temía por la vida de mi hermano y su familia. Segundo, hablar con la policía suponía, seguro, una investigación a mi madre y a su pasado, de consecuencias imprevisibles. Y tercero...

–Termina. Tercero, ¿qué?

–Lo cierto es que quería hacerlo.

Parpadeé.

–Hacer ¿qué?

–Matar a PPK.

Abrí los brazos de par en par.

–¿Por qué? ¿Es que te ha hecho algo malo?

Toñín tomó una gran bocanada de aire antes de volver a hablar.

–Mira, Fermín... yo estudio INEF en Huesca porque es lo que mi madre quiere que haga. Pero mi verdadera vocación... es la de asesino a sueldo.

–¿Qué? –chillé.

–Lo debo de llevar en los genes, porque siento que es lo mío, Fermín, te lo aseguro. Y este encargo me daba la oportunidad de estrenarme en el oficio. De entrar por la puerta grande en el club de los profesionales del gatillo.

Me quedé cuajado. Completamente. Yo creo que, si Toñín me hubiese demostrado que yo era hijo natural de Julio

Iglesias, no me habría provocado mayor estupefacción. Durante un buen rato, no supe ni qué decir. El chico aprovechó mi perplejidad para seguir ahondando en su disparate.

–Entonces fue cuando pensé en ti. Yo no sé cómo se prepara un atentado profesional. Y menos, a todo un presidente. A mi madre no podía pedirle consejo porque se habría olido la tostada. Pero tú fuiste su novio durante un tiempo, la conoces bien, sabes cómo trabajaba. Si creías que la estábamos buscando, tratarías de imaginar todos sus pasos para conseguir encontrarla, incluido su posible plan para matar a PPK. Y yo podría tomar nota de todo y obrar en consecuencia. Así que, primero, saqué a mi madre de escena regalándole el crucero. Y luego, preparé las falsas pistas... y te llamé. Y funcionó. Por eso estamos aquí.

–Sí, aquí estamos... ¡Aquí estamos, maldita sea mi estampa ladrona!

Yo me había llevado las dos manos a la cabeza. Y las había dejado allí.

A continuación, lancé entre dientes una maldición que abarcó a la mitad de los personajes del Antiguo Testamento.

Toñín, por su parte, se dejó caer de espaldas en su cama. Habló mirando al techo.

–Hasta que llegamos aquí, todo estaba saliendo a las mil maravillas. Mi plan funcionaba como un reloj. Pero, amigo, desde que pusimos el pie en el Perú, todo se ha torcido. Primero, en Trujillo, cuando la poli, o quien fuera, empezó a seguirnos nada más echar pie a tierra. Y ahora, aquí, con este tipo, Godoy, que debería ser uno de los nuestros, pero que nos ha mentido desde el primer momento. Lo que no entiendo es qué pretende. Si mi madre no ha venido, ¿por qué nos dijo que había estado con ella? ¿Qué gana con mentirnos?

Y, tras esa pregunta, Toñín abrió las manos, como diciendo: «Eso es todo». Mientras, yo seguía en estado de choque.

–Bueno... Aunque todo esto no es más que una gigantesca insensatez, no se puede negar que has sido un tipo resuelto e ingenioso –admití, por encontrar algo positivo en todo aquello–. Y, ahora, tratemos de pensar con claridad y de tomar buenas decisiones en adelante, para salir con bien de este embrollo.

–Estoy de acuerdo. Y desde mi punto de vista, hay un primer punto incuestionable: si queremos salvar a mi hermano y a su familia, tenemos que asesinar a Kuczynski.

–¡Que no! –la exclamación me salió del alma. A partir de ahí, me puse muy firme–. Escúchame bien, Antonio: ¡No vamos a matar a PPK! No, no y no. O sea, no. ¿Te ha quedado claro?

–Pero..., es que no nos queda otra, Fermín. Si no lo hacemos, los malos matarán a mi hermano y a su familia.

–Eso es lo que tenemos que evitar. ¡Eso! ¡Pero no vamos a matar a Kuczynski!

–¡Hala! ¿Por qué no?

–¡Porque no, caramba! Porque tú y yo no vamos por ahí matando presidentes.

–¡Yo, sí! Vaya, todavía no, pero si quiero convertirme en un asesino a sueldo de prestigio, tendré que empezar en algún momento. Y esta parece una buena ocasión. La motivación personal es importante. En este caso, no se trata tan solo de dinero...

–¡Tú te callas la boca! ¿Estamos? Y lo primero que deberías aprender es que, en todos los oficios, se empieza por abajo. Ningún asesino a sueldo ha empezado matando presidentes.

–¿Que no? ¿Y qué me dices de Lee Harwey Oswald? Kennedy fue su primera diana.

–¡Oswald no cuenta!

–¡Porque tú lo digas!

–¿Pero es que aún crees que a Kennedy lo mató Oswald, ignorante?

–¿Quién, si no? ¿La CIA?

–¡Pues claro que sí!

–¡Vamos, hombre! ¡La teoría de la conspiración! ¡A estas alturas!

–¡Antonio!

–¿Qué?

–Me pones de los nervios, de verdad. ¡De los nervios! Si no fuera porque tenemos la ropa en la lavandería, ahora mismo me largaba de aquí con viento fresco.

La noche de Chiclayo

Un instante después, pensé que me daba igual tener la ropa en la lavandería y abandoné la habitación, dando un portazo.

Cuando bajé a recepción envuelto en la toalla de baño, la recepcionista rubia estuvo a punto de pulsar el botón de alarma, pero logré detenerla agitando en la mano otro abanico de billetes de banco.

–Tranquila. Escuche, necesito un traje.

–El suyo estará limpio y planchado mañana por la mañana.

–Necesito un traje ya. Urgentemente. ¿Puede conseguirme uno?

Resultó que el director del hotel vivía en el propio establecimiento, en una de las suites de la última planta, y tenía aproximadamente mi talla. Cuando la chica lo llamó, se apresuró a prestarme unos pantalones y una camisa. Suficientes para huir de allí.

–¿Adónde va? –me preguntó, con cierta preocupación, al verme marchar.

–No sé. Por ahí. Necesito tomar el aire y pensar. He tenido un mal día, ¿sabe? Uno de los peores de mi vida.

–Tenga cuidado. Esta no es una ciudad especialmente peligrosa, pero hay que saber dónde se mete uno, caballero. A ver si, además de un mal día, va a tener una mala noche.

El aire fresco me hizo bien. Solo con pisar la calle, ya sentí que me encontraba algo mejor, aunque seguía furioso con Toñín como no recordaba haberlo estado jamás con ninguna otra persona. Me había engañado vilmente para obligarme a cruzar medio mundo, estábamos metidos en un lío de características internacionales por su culpa y él seguía empeñado en que la solución más sencilla y factible a todo aquel embrollo era volarle la cabeza al presidente Kuczynski. ¡Fantástico!

Los alrededores del hotel estaban prácticamente desiertos y, aunque eché a andar sin rumbo, la intuición y los destellos de lejanos rótulos luminosos me fueron orientando hacia la zona más céntrica y animada de la ciudad.

No debía de tener muy buen aspecto, vestido con ropas que no eran las mías, caminando por las aceras de Chiclayo como un alma en pena y maldiciendo sin parar entre dientes. Por supuesto, todas las personas con las que me cruzaba se apartaban prudentemente de mi camino.

Tras unos minutos de caminata, acerté a pasar ante un hotel más pretencioso que lujoso, El Sol, en cuyos bajos funcionaba un pequeño casino de juego. Me pareció el refugio ideal para mi desazón. Sentí un impulso irrefrenable que creía tener ya dominado.

–Fermín, necesitas jugar a la ruleta –me susurré a mí mismo.

Dominó

Lo confieso, hay una época de mi vida de la que no me siento orgulloso: la que va de los diez a los cincuenta años, más o menos. Y, dentro de ella, me avergüenza especialmente el período en el que estuve enganchado al juego.

Empecé por el bingo. En realidad, creo que no me aficioné por el juego en sí, que siempre me ha parecido una estupidez, sino más bien por los canapés de ensaladilla rusa que ofrecían a los clientes en aquella sala todas las tardes, a la hora de merendar. Fui una vez, acompañando a unos amigos de mi exmujer, y ya no lo pude dejar. ¡Qué ricos eran, los condenados! Me refiero a los canapés, no a los amigos. Tras varios meses de acudir allí a diario, en los que perdí mucho dinero y gané muchos kilos de peso, me di cuenta de que necesitaba ayuda urgentemente. Me puse en manos de la asociación de ludópatas anónimos El Rey de Bastos. Tras realizarme un test de ludopatía en el que obtuve una estupenda nota, me sometieron a terapia de deshabituación. Me aconsejaron cambiar el bingo por el dominó, que causa efectos mucho menos devastadores. Así, durante todo el siguiente año estuve jugando cada tarde por parejas con tres sepultureros jubilados en una taberna cercana al cementerio de mi ciudad. Es cierto que adelgacé (la ensaladilla rusa de aquel tugurio era deplorable) y ahorré dinero, pues solo tenía que pagar los cafés y las copas de los cuatro el día que perdía la partida, que era siempre. Sin embargo, pese a esos beneficios, la terapia no funcionó. No conseguí rehabilitarme. En los dos años siguientes, cambié el dominó por la lotería, la lotería por el póker, el póker por las carreras de galgos y, finalmente, los galgos por la ruleta. La ruleta me cautivó, y en apenas tres meses estuve a punto de perder hasta el falso Picasso que tengo colgado en el cuarto de baño. Por suerte, el casino de mi ciudad (único establecimiento que disponía de ruleta) quebró, echó el cierre y, de un día para otro, yo volví a convertirme en una persona normal.

Pero la ruleta es como la primera novia: siempre la recuerdas joven y atractiva, y el tiempo te lleva a olvidar sus defectos y recordar solo su sonrisa. Esa maravillosa sonrisa redonda, de treinta y seis dientes rojos y negros.

Ganar a la primera

Entré. Era un casino mínimo, algo siniestro, tapizado de azul, surcado de destellos de colores y de fluorescencias de luz negra, ideales para perturbar el buen sentido de los jugadores.

Localicé la ruleta que, por supuesto, era americana, de las de doble cero. Odio la ruleta americana, pero, a falta de ruleta europea, siempre es preferible a la ruleta rusa. Cambié quinientos soles en fichas y aposté doscientos a los doce últimos. Es una apuesta que me gusta. Se paga tres a uno.

Algo dentro de mí deseaba perder. Perder los quinientos soles y dejarlo estar. Perder y marcharme, tan contento. Pero salió el 29 y me vi de repente con novecientos soles en la mano. Era lo peor que me podía pasar: ganar a la primera.

A partir de ahí, seguí apostando poquito a poco, de cincuenta en cincuenta. Perdiendo, siempre perdiendo. Perdí hasta la cuenta del dinero que perdía. Pero me daba igual. Lo estaba pasando bien y, por un rato, me olvidé de que estaba a miles de kilómetros de mi casa maquinando asesinar al presidente electo del país. En ese aspecto, objetivo cumplido.

El dinero vuela rápido cuando te lo juegas.

Veintidós minutos después de ganar mi primera apuesta, tenía en la mano mi última ficha de cincuenta soles. Lo cierto es que me encontraba mucho mejor. La arrojé sobre el tapete verde y fue como soltar un globo y dejar que buscase las nubes. Pretendía apostar por el 24, que es mi número de la mala suerte, pero cayó entre el 23 y el 24. El crupier, que era un chaval imberbe, vestido con camisa blanca y pajarita verde, me miró.

–¿Qué número, señor?

–Eeeh... veintitrés.

–Gracias, señor –dijo, colocando la ficha correctamente–. No va más.

Hizo girar la ruleta con una mano y arrojó la bolita con la otra. La espera. El susurro. El sonido cantarín (plinc, plinc) de la bolita saltando entre los escaques, en busca de la casilla definitiva.

Tengo la costumbre de dar la espalda a la mesa de juego tras mi última apuesta y echar a andar, como si no me importase haber perdido definitivamente. Pero siempre con el oído atento a la voz del crupier. También aquella vez.

–¡Veintitrés! Rojo, impar y pasa.

Me detuve. Giré sobre mis talones y regresé despacio junto a la mesa.

–Anda. ¡Si he ganado!

El chico puso a mi alcance fichas por valor de mil ochocientos soles. Le di cien de propina. Pero yo sabía que no me podía permitir el lujo de ganar. Cuando has estado enganchado, lo estás para siempre. Crees que controlas, pero no controlas. Tenía que perder. Necesitaba perder.

–Otra vez –dije, entre dientes.

–¿Señor?

–Todo al veintitrés.

–¿Está seguro?

–¡Demonios, tira de una vez!

–¡Sí, señor! ¡No va más!

Algunos de los clientes del casino se acercaron, atraídos por la curiosidad. Contuvieron la respiración durante el recorrido de la bolita y lanzaron exclamaciones casi infantiles cuando esta, contra toda lógica, volvió a caer en el veintitrés. Empecé a sudar, a causa del desconcierto.

Esta vez le di como propina al crupier los mil doscientos soles del pico y coloqué los sesenta mil restantes de nuevo en el veintitrés.

–¿Una vez más todo al veintitrés, señor?

–Sí. Solo una vez más.

El chico sonrió. Estaba a punto de sentenciar «rien ne va plus», cuando apareció corriendo, sofocadísimo, el jefe de sala.

–Lo siento, señor –me dijo jadeante–, pero no podemos aceptar su apuesta. Este es un casino modesto. Si volviese a ganar, haría saltar la banca. Tendríamos que pagarle más de dos millones de soles. Simplemente, no los tenemos.

–Ah, no se preocupe, no voy a ganar. ¿Sabe cuál es la probabilidad de que salga el mismo número tres veces seguidas?

–Claro que sí, señor: ahora, que ya ha salido dos veces, una sobre treinta y ocho, como en todas las tiradas de ruleta americana. No podemos asumir el riesgo.

Reí con ganas.

–¡Pero, no, hombre! Le hablo de la posibilidad combinada de las tres tiradas. Es minúscula y usted lo sabe.

–Crea que lo lamento. No puedo dejarle apostar.

–Mire, yo solo quiero jugar. No tengo ningún interés en ganar. Si sale de nuevo el veintitrés, volveré a apostarlo todo. Hasta que lo pierda. ¿Le parece bien?

–Comprenderá que no me fíe de su promesa. Si le dejo jugar y obtiene usted un premio de dos millones, podría cambiar de opinión, hacer quebrar el casino y enviarnos a todos los empleados a la cola del paro.

–Pero no lo voy a hacer, se lo garantizo.

–Eso es lo que dice usted ahora. No puedo permitirlo.

Aquella insistencia me debió de cruzar algún cable en la cabeza.

–Déjeme apostar, se lo ruego.

–No puedo. No insista.

Noté cómo se me apretaban las mandíbulas, sin poder evitarlo.

–En ese caso, tendré que llamar a la policía.

El jefe de sala arqueó una ceja, sacó su celular y me lo tendió, con gesto desafiante.

–Aquí tiene. Marque. Es el ciento cinco.

A partir de ahí, los recuerdos se vuelven destellos inconexos, como fuegos de artificio. Tengo una imagen de mí mismo arrojando el celular del jefe de sala al interior de un acuario después de haberle atizado con él en la cabeza, a dos tipos grandes acercándose a mí, yo saltando por encima de las mesas de juego, un auto de la policía frenando en la puerta del casino con las luces azules girando enloquecidas, dos agentes que me amenazan con sus porras y me esposan, un viaje corto en el asiento trasero del coche patrulla y, por fin, me veo a mí mismo arrojado con fuerza al interior de un calabozo en el que ya hay un hombre gordo, un hombre cojo y un hombre enano que me miran, sorprendidos. Fin.

MARTES, 28

Derecho a una llamada

−¡Aver, reclusos! ¿Quién de entre los presentes o ausentes no ha hecho o efectuado aún o todavía la llamada de telefonía fija o celular a la que tiene derecho por ley u orden?

Era la tercera vez que el carcelero nos insistía. Yo ya me había preguntado a quién podría llamar. Desde luego, no iba a llamar al insensato de Toñín. Y tampoco a Elisa, para chafarle su maravilloso crucero por el Mediterráneo.

−Yo todavía no lo he hecho, agente. Creo... que no voy a llamar a nadie, gracias.

Mi respuesta pareció crispar al guardia.

−¡Pues claro que sí! ¡Sí o sí! ¡No me pongas nervioso, gallego! Tienes que llamar, porque así lo decreta la ley y así lo dice el señor fiscal. Los cuerpos policiales y sus miembros, cual el aquí presente que te habla, tenemos que ser escrupulosos o impolutos con los derechos de los detenidos o reos: no se les puede pegar o golpear y deben hacer una llamada por red terrestre o celular. Como en los Estados Unidos de Norteamérica del norte. ¿Queda claro?

–Pero es que...

–¡O haces esa maldita llamada o te arranco la cabeza!

–Vale. Llamo.

Lo cierto es que, tras toda una noche allí retenido, una idea había empezado a rondarme la cabeza en las últimas horas de reclusión. Resultaba descabellada, pero quizá funcionase.

–Quiero hablar con España. El problema es que no sé el número de memoria. ¿Podría llamar antes a información internacional?

–Negativo. La suma o adicción de ambas llamadas daría el resultado de dos. El detenido tiene derecho a una llamada, no a dos ni a ninguna otra cantidad de comunicaciones diferente de uno. Imposible.

–¿Y si me pueden comunicar directamente desde información con el número que les solicite?

El agente frunció el ceño unos segundos.

–Considero: eso sí sería reglamentariamente correcto u oportuno, pues se trataría de una única llamada individualizada o personal.

Me sacó del calabozo y me condujo a un despacho con puerta acristalada. Sobre una mesa, había un aparato negro y grande como un gran escarabajo y de una época solo un poco posterior a Graham Bell, quien, como todo el mundo sabe, ya no es oficialmente el inventor del teléfono, sino un maldito usurpador de la fama de Meuci.

Marqué el ciento tres, por indicación del agente.

—Información —dijo una voz femenina, dulce como la panela.

—Verá, señorita, necesitaría contactar con la Jefatura Superior de Policía de Barcelona, España. Pero no sé el número.

Imaginaba que recibiría como respuesta una catarata de inconvenientes rematada por una rotunda negativa, pero, apenas quince segundos más tarde, oí de nuevo la voz de la telefonista.

—¿Quiere tomar nota del número o prefiere que le pase directamente?

Sentí un calambre de esperanza.

—¡Páseme, por favor! Sí, sí, páseme directamente.

Oí unos cuantos clics y, poco después, ante mi asombro, el tono de llamada. Un timbrazo, dos, tres...

El corazón me dio un brinco. ¡La diferencia horaria! No la había tenido en cuenta.

—¿Qué hora es? —le pregunté al guardia, que me miraba desde la puerta del despacho con nulo interés.

—Las siete de la mañana antes del meridiano. Y sereno.

Hice el cálculo. En España eran las dos de la tarde. ¡Huy...! La hora de comer.

El teléfono seguía emitiendo el tono de llamada. Seis... siete...

De repente, alguien descolgó.

—Jefatura. Dígame.

—¡Oiga! Oiga, mire, llamo desde el Perú. Necesito hablar con el inspector Souto. Eduardo Souto. Es muy importante.

—¿Pregunta por Soutiño? No sé si se acaba de marchar a casa... A ver, un momento, que voy a mirar.

Eduardo era el hijo de Damián Souto. De pronto, pensé que, igual que su padre me ayudó tantas veces en el pasado, en tantos asuntos misteriosos, ahora quizá Eduardo pudiese echarme una mano. La espera duró casi dos minutos. Al fin, una voz distinta a la anterior me llegó por el auricular.

–Diga.

–¿Eduardo? ¿Eres tú? Soy Fermín. Fermín Escartín.

Durante los dos segundos que tardó en contestar, se me paró el corazón.

–Hombre, Fermín, ¿qué pasa? No imaginaba que fueras tú. Como me han dicho que la llamada era del Perú... ¿o lo han entendido mal?

–No, no, es correcto: estoy en el Perú.

–¿Y qué haces allí, tan lejos?

–Es largo y complicado de explicar. Y también es grave. Mira, sin rodeos: me preguntaba si tú no tendrías algún contacto aquí, en la policía peruana. Alguien de confianza, ya sabes...

Esta vez, la pausa fue algo más larga.

–Yo, directamente, no. Pero hemos hecho varias operaciones conjuntas con los peruanos; sobre todo, los de inmigración y estupefacientes... Seguro que a través de alguno de mis compañeros damos con alguien... ¿Y dices que se trata de un asunto grave?

–De la mayor gravedad.

–¿Puedes explicarme?

–No, Eduardo, no puedo. Lo siento.

–Entiendo. No puedes hablar, ¿eh? Pero sí puedes decirme cómo ponerme en contacto contigo, si lo necesito.

–Es fácil: estoy en Chiclayo. En los calabozos de una comisaría... ¡Oiga! ¿Qué comisaría es esta?

–La del norte, también llamada del Norte, por estar situada en el centro de la ciudad –me respondió el guardia.

–Ya lo he oído –me dijo Eduardo–. Calabozos de la comisaría del Norte en Chiclayo, Perú.

–Justo. Y si me echan de aquí, supongo que me devolverán mi teléfono móvil. Tu madre tiene el número.

–De acuerdo.

–No me falles. Si todo sale bien, te espera un ascenso.

–Caramba. ¿Así de importante es la cosa?

–Así de grave.

Cuando colgué, el agente de la policía me miraba con otra cara.

–¿De veras ha hablado y conversado con un inspector de policía de Barcelona, España? –me preguntó asombrado, tratándome de usted por vez primera.

–Pues sí. Se trata del hijo de un viejo amigo.

–Ya veo y oigo y huelo que está usted más que muy bien relacionado.

–Bueh... se hace lo que se puede.

–Espero que no me tenga en cuenta ni a favor ni en contra los gritos o berridos que le he propiciado antes con anterioridad. Eran órdenes. Y las órdenes superiores son sagradas y perimetrales.

–Lo sé. No se preocupe, me hago cargo. Por cierto, me llamo Fermín Escartín.

Le tendí la mano, que él me apretó con entusiasmo.

–Toribio Chang –se presentó–. ¿Y usted cree que, si alguna vez u ocasión voy a España, la odiada madre patria, su amigo ese de Barcelona... me podrá conseguir entradas para ver al Barça?

–Yo creo que sí.

–¡Santa María de los Valles de Chiclayo! –exclamó Chang, alzando los brazos al cielo. O, más bien, al cielorraso de escayola.

Dio un par de alegres saltitos y, después, ambos lanzamos varios vivas a Lionel Messi.

Y, tras aquella maravillosa confraternización futbolera, llegó el momento de sacarle rendimiento práctico.

–Tengo y debo conducirle o reintegrarle de vuelta al calabozo, Fermín. Espero que lo acepte y comprenda o entienda.

–Naturalmente. Pero óigame, Toribio, ¿cuánto tiempo cree que tendré que pasar aquí antes de que me lleven ante el juez?

–¡Huy! No solo no lo sé, sino que, además, lo ignoro por completo. El máximo legal superior admitido por la ley es de veinticuatro horas o un día, lo que antes ocurra, pero a veces se alarga o eterniza de manera superior. O viceversa.

–Entiendo...

Dos horas más tarde, mientras jugaba una interminable partida a piedra, papel y tijera con mi compañero de celda enano, el agente Chang se asomó al ventanuco de nuestro calabozo.

–Escartín, el comisario quiere verle.

–Cuidado –fue todo lo que me dijo el enano.

Me condujo Chang por pasillos extrañamente siniestros, ascendimos algunos tramos de escaleras, cruzamos dos puertas de seguridad, doblamos dos veces a la derecha y una a la izquierda. Visto desde fuera, el edificio de la comisaría no daba la sensación de ser tan grande.

Por fin, nos detuvimos ante la puerta del despacho del señor comisario. Octavio Medardo Escobedo Vargas, rezaba el rótulo junto al marco. Chang abrió la puerta un palmo.

—¿Da su permiso, señor comisario?

—Adelante.

—Traigo al detenido español.

—Gracias, puede retirarse, agente. Espere fuera. Usted, pase y cierre la puerta.

El tipo aparentaba algunos años menos que yo, vestía uniforme y llevaba gafas oscuras. Me dio muy mala espina desde el primer momento. Había dos sillas de confidente frente a su mesa, pero no me hizo la menor indicación para que me sentara. En cuanto cerré la puerta, empezó a hablar.

—He estado ojeando los informes relativos a su detención. Según los testigos, acababa de ganar una cierta suma de dinero jugando a la ruleta. ¿Cierto?

—Cierto, señor comisario.

—No sé si sabe que la dirección del hotel El Sol, propietaria del casino, ha interpuesto una denuncia contra usted por comportamiento incívico.

—Algo así imaginaba.

—Me he permitido negociar con ellos la retirada de la denuncia a cambio... de que usted renuncie a esas ganancias.

Casi se me escapó la risa.

—¿Sesenta mil soles a cambio de retirar una denuncia? Permítame decirle que es usted un habilísimo negociador, comisario. Pero... mire, por ese precio, creo que prefiero ir ante el juez y explicarle mi situación, a ver qué opina él.

El comisario intentó disimular su contrariedad sin lograrlo ni por asomo. Estaba claro que tenía previsto que parte de ese dinero acabase en su bolsillo.

—Mire, Escartín, vamos a hacer una cosa: de momento, voy a retenerle aquí el máximo legal de veinticuatro horas. Usted se lo piensa mientras tanto. ¿Le parece?

—Me parece bien, señor comisario.

—Como si le parece mal. Solo era una pregunta retórica. ¡Toribio, apártelo de mi vista!

Comandante Morel

El suboficial brigadier Rolando Valdiviezo abre de par en par la puerta del despacho de su superiora.

—¿Da su permiso, mi comandante? —pregunta reglamentariamente.

La comandante Morel tiene la mirada puesta en un cuadro de investigación colocado sobre un caballete de madera. Lleva casi diez minutos ensimismada, repasando en silencio aquel jeroglífico de nombres, lugares, fechas y flechas relacionales, apoyada en una de las esquinas de su mesa de trabajo, cruzada de brazos. Sacude ligeramente los hombros al oír la voz de su subordinado.

—Adelante, Rolando. ¿Qué ocurre?

–Verá... Seguramente no será importante, pero acabo de sentir un pellizco.

La comandante y el brigadier llevan casi cuatro años trabajando juntos, codo con codo. Han desarrollado un cierto lenguaje particular que les permite ahorrar saliva en grandes cantidades.

Entre ellos, un pellizco no es sino un detalle difícil de encajar, incluso difícil de explicar. Un ruido molesto, un canto de grillo. Un chispazo de la intuición. La comandante ha enseñado al suboficial a fiarse de su sexto sentido como una poderosa arma para realizar su trabajo.

–¿De qué se trata?

–¿Conoce usted a Gerardo Casorrán? Un teniente de la Sección Segunda –la mujer asiente–. Había yo bajado al sótano para sacar un café de la máquina. Mientras estaba allí, Casorrán ha pasado dos veces preguntando en voz alta si alguien conocía al capitán de la comisaría Norte de Chiclayo.

Morel frunce el ceño.

–¿Y qué?

–Ya... ya sé que es algo muy leve, pero... Casorrán es de padres españoles, está al tanto de lo que ocurre en España y por eso ha hecho varias veces de enlace con la policía española en operaciones conjuntas.

–No te sigo, Rolando.

El suboficial alza un informe que trae en la mano.

–El caso es que he pensado: españoles y Chiclayo. ¿Dónde he oído yo esa combinación hace muy poquito tiempo? **185**

La comandante se pone en pie, toma el informe y lo lee de arriba abajo en veinte segundos. Habla el dossier de dos españoles que aterrizaron en Trujillo el pasado domingo. Uno de ellos era hijo de una asesina profesional y se dispuso un seguimiento del que se escabulleron a la primera. Con mucha fortuna, al parecer, se los volvió a localizar camino de Chiclayo, en un bus. Pero, de nuevo, se esfumaron.

—Todo parece tomado por los pelos —valora Morel, arrugando la nariz—. En conjunto, tu pellizco no puede ser más leve, Rolando. Pero como no cuesta nada comprobarlo, vamos a ello.

—A la orden.

Salen ambos del despacho. Ella delante, con su caminar impetuoso. Se dirigen a la Sección Segunda. Desde la puerta del departamento, la oficial le hace un gesto a Casorrán, que acude de inmediato y se apresura a explicarse.

—Es solo un favor entre colegas, comandante. Hay que llevarse bien con los españoles porque tenemos muchas operaciones conjuntas, tanto bilaterales como a través de Interpol.

—No te estoy echando nada en cara, Gerardo. Solo dame los datos, por si coinciden con uno de nuestros casos.

—Bien, bien... Verá, por lo visto, un colega de mi contacto en España tiene aquí a un amigo detenido en la comisaría Norte de Chiclayo. Yo solo buscaba a alguien que conozca al capitán comisario para... bueno, ya sabe, para intentar echarle un capote, si es posible. Nada más.

—¿Y qué? ¿Has conseguido algo?

—Nada todavía, la verdad. El capitán Escobedo no parece tener amigos por aquí.

Morel alza las cejas y lanza una carcajada corta.

–¿Hablamos de Octavio Escobedo? ¡Por favor! Ese no tiene amigos ni aquí ni en ninguna parte –sentencia la comandante–. Pero yo, al menos, lo conozco. Fuimos compañeros de promoción. ¿Cómo se llama ese español detenido?

–Fermín Escartín.

–¿En serio?

–Aunque parezca raro, por lo visto es su verdadero nombre.

–Muy bien. Yo me ocupo del asunto personalmente. Dile a tu amigo de España que no se preocupe, que lo suyo está solucionado. A ti, gracias, Gerardo. Puedes regresar a tu puesto.

La oficial y su ayudante se miran de reojo. Ella señala el informe. Escartín es uno de los apellidos que figuran en él.

–Buen pellizco, Rolando. En toda la diana.

Regresan ambos al despacho. La comandante, pensativa, se acerca a la ventana y contempla el tránsito de la calle Manuel Olguín. Ver pasar a las personas, los carros y los mototaxis la ayuda a tomar decisiones.

Berta Morel es una mujer alta, grande, rubia, que ya no cumplirá los cincuenta y dos y calza un treinta y ocho. Durante toda su carrera como oficial de la Policía Nacional ha demostrado ser una mujer inteligente, pero, sobre todo, un espíritu rebelde. Sus superiores nunca han sabido qué hacer con ella ni cómo aprovechar sus capacidades. Desde hace cuatro años está destinada allí, en la sede de la Interpol en Lima, donde le han permitido ocupar un despacho amplio al que llaman la Sección Séptima, le adjudicaron como único ayudante al eficaz brigadier

Valdiviezo y le dejan hacer lo que quiera. Ella misma decide sus investigaciones (generalmente, varias al mismo tiempo), que pueden tener por objeto los asuntos más variados. Se vale de cualquier fuente de información, desde la prensa diaria hasta documentos oficiales que para muchos otros resultan confidenciales, y dispone de una notable autonomía.

Tras unos minutos, Morel va hacia su mesa y descuelga el teléfono.

–Dalia, ponme con la comisaría del Norte de Chiclayo. Quiero hablar con el comisario Escobedo.

–Enseguida.

Mientras su jefa espera la llamada, Valdiviezo ha comenzado a reunir todo el material correspondiente a la investigación en la que ha surgido el nombre de Escartín y lo ordena rápida y eficazmente.

–¿Qué sabemos de esta tal... Elisa Lobo? Todo empieza por ella, por lo visto.

–Nacionalidad española, siempre sospechosa, nunca detenida. Durante años, considerada una asesina a sueldo «con criterio».

–De las que no aceptan cualquier trabajo.

–Así es. No se le ha podido probar nada, pero los crímenes que se le adjudican con más probabilidad son de delincuentes. Ajustes de cuentas entre criminales y cosas semejantes.

–Vaya... una asesina buena –ironiza Morel.

188   –Interpol España piensa que podría haberse retirado del oficio. No hay constancia de ninguna intervención suya desde 2008. Y tiene ya cincuenta y nueve años.

–Una jovencita, pe –sonríe Morel–. ¿Ha hecho algún trabajo aquí, en Perú?

–No, que nosotros sepamos. Ni siquiera nos consta que haya visitado jamás el país. Pero sí tiene familia acá. Uno de sus hijos vive en Arequipa. Casado con una peruana y con un hijo de cuatro años.

–¿Y ella nunca ha venido al Perú? Es muy raro que una abuela no visite jamás a su nieto.

–Puede que haya entrado con documentos falsos. Sea como sea, no nos consta.

–Pero, entonces, ¿por qué la tenemos clasificada R?

–A petición de la DINI. Hace dos meses pasaron una lista de seis personas, todas extranjeras, para que fueran incluidas en control de fronteras. Elisa Lobo era una de ellas. La primera de la lista, en realidad.

Suena entonces el teléfono interior. La comandante descuelga, se aclara la garganta y le pide a Dalia que le pase la comunicación con Chiclayo. Utiliza un tono jovial.

–Octavio, soy Berta Morel. ¿Cómo te va, causa?

–¡Bertita Morel! ¡Cuánto tiempo! Ya ves, yo sigo en provincias, ahora por la maravillosa Lambayeque. ¿Por dónde andas tú?

–En Lima. En Interpol. Bueno, más o menos.

–Ya en la capital, ¿eh? Vaya, siempre ha habido categorías.

–No solo eso, Octavio. Estoy justo enfrente del hipódromo de Monterrico. De cuando en cuando, me voy a hacer unas apuestas y a almorzar al Jockey Club.

Los dientes del comisario se pueden oír rechinar a través de la línea.

–¡Qué envidia! Pero, claro, para eso eras la más lista de nuestra clase.

–Va, deja de darme jabón, pata. Escucha, te llamo porque sé que tienes detenido en tu comisaría a un español, un tal Escartín.

–¡Pasu mare! Estás bien informada, ¿eh? Un poco más y te enteras antes que yo.

–Es mi trabajo. Oye, ¿podrías guardármelo a buen recaudo hasta que yo vaya por ahí? Su nombre aparece en una investigación que llevo entre manos y me gustaría interrogarlo.

–Cuenta con ello. Tendría que soltarlo ya, pero hablaré con el fiscal para que lo mantenga a la sombra un tiempo más.

–Te lo agradezco.

–No es necesario, lo hago con gusto, corazón. Y estooo..., ¿cuándo tenías pensado venir por Chiclayo?

–Mañana mismo, pero no sé a qué hora. A lo largo de la mañana, imagino. Tengo que consultar los horarios de los vuelos.

–¿Cómo? ¿Todavía no han puesto un avión militar a tu disposición?

–¡Je...! Estoy en ello.

–Ya tardan. ¡Ja, ja! Oye, Bertita, ¿qué tal si te invito mañana a comer? Tenemos acá una cevichería que no la hay mejor en toda Lima. O, si lo prefieres, nos acercamos a Pimentel y que nos preparen un buen pejerrey a lo macho.

Morel suspira en silencio.

–Ya veremos, Octavio, ya veremos. Dependerá del trabajo.

—Mujer, comer siempre habrá que comer, ¿no? Oye, ¿tú sigues soltera?

La comandante se lleva la mano libre a los ojos e inspira hondo.

—Sí, Octavio, sigo soltera.

—¡Casualidad! ¡Igual que yo!

—Hombre, tú seguirás... divorciado de tu segunda mujer, digo yo.

—De la tercera, ya. Pero divorciado es prácticamente lo mismo que soltero. ¡Ja, ja, ja! Tú ya me entiendes...

—Demasiado te entiendo. Ahora tengo que dejarte, lo siento. Nos vemos mañana, Octavio.

—Bien, bueno... Hasta mañana, mi comandante. ¡Ja!

Tras colgar el auricular, la oficial sonríe con el recuerdo ya lejano del interés que Escobedo mostraba por ella cuando estudiaban en la academia de la policía de Chorrillos. Luego, se vuelve hacia su ayudante.

—¿Podemos recapitular lo que tenemos de este asunto, Rolando?

El brigadier asiente y toma posesión de la silla de confidente, frente a su jefa. De una carpeta de gomas irá sacando papeles y colocándolos sobre la mesa, conforme menciona su contenido.

—Está todo muy reciente y un tanto embarullado, pero creo haber establecido ya la sucesión de los acontecimientos. Como le decía, el pasado mes de abril, la DINI nos solicitó una alerta de fronteras para seis individuos de distintos países. Como no es algo habitual, hice un rastreo por mi cuenta y me encontré con que los seis de la lista están considerados asesinos profesionales. Entre ellos estaba Elisa Lobo.

–¿De quién partió la solicitud?

Rolando sonríe.

–No fue fácil, pero conseguí saber que la firmaba un tal Edgardo Corberó, del Tercer Gabinete.

Berta frunce el entrecejo.

–Tercer Gabinete se ocupa de la seguridad del presidente. Y estamos a cuatro semanas de hacer el relevo presidencial. ¿A qué te suena eso?

–Quizá... temen un atentado y esos seis tipos son sus principales sospechosos.

–Justo. Es la explicación más obvia.

–De ser así, dispondrán de información que desconocemos, porque asesinos profesionales hay más que estrellas en el cielo. Si se centraron solo en esos seis, será por algo.

–Estoy de acuerdo. Lo raro es que hayan metido en la lista a esa española, Lobo. Dices que lleva años retirada del oficio.

–Así es. Yo creo que la incluyeron por tener familia en Perú.

–¿Tener un hijo viviendo en Arequipa la metió en la lista de sospechosos? No lo entiendo.

–Yo tampoco. Sin embargo, los de la DINI tendrían sus razones, imagino.

–¡Vete a saber si no van dando palos de ciego! –exclama Morel despectivamente.

–La alerta de fronteras no ha dado resultados todavía. Ninguno de los seis sospechosos ha entrado en el país, pero... el pasado domingo, un vuelo Madrid-Lima de Iberia tuvo que ser desviado a Trujillo por un aviso de bomba en el Jorge Chávez y dieciséis pasajeros aprovecharon la escala técnica para bajarse allí. El guardia de control de pasaportes estuvo listo. Recordó el apellido Lobo y, aunque no se trataba de Elisa Lobo, sino de Antonio Lobo, uno de sus hijos, igualmente decidió activar la alerta. Según su informe, el chico, de dieciocho años de edad, viajaba acompañado de un hombre que dijo ser su padrino. Fermín Escartín.

—Al que ahora tenemos detenido en Chiclayo.

—Exacto.

—Este Antonio no es el hijo que vive aquí de fijo, claro.

—No, no. El de aquí se llama Álvaro. Veinticinco años. Su mujer se llama Laura Chicote, viven en Arequipa con el hijo de ambos, Rudolph, cuatro años.

—¡Qué nombre tan feo!

—Los compañeros de Trujillo dispusieron un seguimiento a Lobo y Escartín, pero los perdieron a las primeras de cambio. Simularon alojarse en el hotel Libertador y a la mañana siguiente habían desaparecido. En un golpe de suerte, un colaborador civil los localizó de camino a Chiclayo, viajando en bus. Pero de nuevo se escabulleron. Los colegas de Chiclayo los esperaban en la estación de la compañía Cruz del Sur, pero ellos se apearon antes de llegar a destino. Por cierto, parece ser que el más joven, o sea, Antonio Lobo, exhibió en cierto momento una pistola Glock indetectable. Un arma muy poco usual.

Morel se acaricia el mentón mientras va fijando datos en su memoria, sacando conclusiones y planteándose nuevas preguntas.

—De modo que ya nos han dado esquinazo en dos ocasiones. No parecen un par de inocentes turistas. Me pregunto a qué habrán venido esos dos al Perú. Desde luego, no a visitar al hermano que vive en Arequipa. Si dejaron el avión en Trujillo y han terminado en Chiclayo, van hacia el norte, en dirección contraria. En fin, confío en conseguir mañana algunas respuestas, cuando hable con ese tal Escartín. Por cierto, ¿te apetece venir a Chiclayo?

–Lo que usted ordene, mi comandante. Ya sabe que no me gusta volar, pero, si hay que hacerlo, se hace.

Berta ríe con ganas.

–Me gustaría que vinieras, solo por ver la cara que pondría Escobedo al verte aparecer. Estoy segura de que cuenta con invitarme a comer en un restaurante de primera y aprovechará para tirarme los tejos. No me extrañaría que me propusiera convertirme en su cuarta esposa.

–Pero usted no está por él.

–¡Qué dices! –exclama Morel divertida–. Ni aunque fuese el último hombre vivo sobre la faz de la tierra.

–Entonces... ¿la acompaño?

Ríe de nuevo la oficial.

–No, hombre, no es necesario. Quédate aquí y trata de averiguar algo más sobre esa petición de la DINI.

MIÉRCOLES, 29

Comisaría del norte

Tras un vuelo algo turbulento, el Boeing 737 de Latam aterriza en el aeropuerto Capitán Quiñones a las 12:40. Una *pick-up* de la policía espera a la comandante para trasladarla a la comisaría del Norte. El vehículo inicia el recorrido abriéndose paso entre el tráfico a golpe de sirena.

–Disculpe, agente –le dice enseguida Morel al conductor–. No tengo ninguna prisa, así que, mejor, apague la sirena y acomódese a la marcha del tránsito.

–A la orden, señora. Sin embargo, el capitán Escobedo me insistió en que la condujese a la comisaría a toda prisa.

–Sí, ya lo imagino –suspira la mujer–. Pero no va a ser necesario.

Intentando contentar a uno y otra, el guardia apaga las luces, pero sigue manejando con rapidez. En apenas diez minutos, tras tomar primero San José y efectuar un giro prohibido hacia Francisco Cuneo, estacionan frente a la entrada principal del edificio de la comisaría, de dos alturas y pintado de un color espantoso: verde vómito del diablo, la tonalidad oficial de la policía nacional. Justo a su frente se abre un gran solar en el que yacen los restos de varios autos abandonados e incluso la cabeza tractora de un camión tráiler. Y por el costado derecho discurre curiosamente la calle Arequipa, aún sin pavimentar, convertida por obra y gracia de las lluvias de la pasada noche en un barrizal indescriptible, lo que no disuade de transitarla a docenas de conductores. Además del edificio, los terrenos de la comisaría abarcan toda una cuadra de forma triangular, en cuyo vértice se alza una intimidante garita de vigilancia.

Cuando la comandante Morel se apea del carro policial y lanza una mirada en derredor, tiene la sensación de que, por comparación, su lugar de trabajo en Lima es como el edificio de Naciones Unidas de Nueva York. No le extraña lo más mínimo que a Escobedo se le haya agriado el carácter acudiendo cada día a dirigir aquel lugar. Él, que tantos sueños y tantas ambiciones tenía cuando ambos estudiaban en la academia de Chorrillos.

Por suerte, Morel comprueba que el interior de la comisaría tiene mejor aspecto que el exterior y, sobre todo, que su entorno. El despacho de Escobedo es amplio, dominado por la foto del presidente Humala, que pronto será sustituida por la del electo Kuczynski. El ventanal asoma al patio posterior, en parte estacionamiento de vehículos y, en parte, almacenes de material. Con eso, la vista ya resulta más agradable que la de la calle. Y más apacible.

–¡Querida Bertita!

En la academia, era el único que se atrevía a usar el diminutivo con Morel. Lo hizo desde el mismo día en que se conocieron. Por un mal entendido compañerismo, Berta nunca le dijo que sentía deseos de estrangularlo cada vez que la llamaba así. Después de tantos años, nada parece haber cambiado. Él sigue llamándola Bertita y ella sigue reprimiendo sus deseos criminales cuando lo oye.

Escobedo se levanta de su sillón y se adelanta al encuentro de su antigua condiscípula con los brazos abiertos. Ella aguanta el envite e intercambian dos besos de cortesía.

–¿Cómo estás, Octavio?

–No tan bien como tú. Te veo espléndida. ¿Qué tal el vuelo desde la capital?

–Movido. Pero aquí me tienes, de una pieza.

–Oye, veo que te has retrasado y ya es más de la una de la tarde. ¿Qué te parece si nos vamos a comer algo y dejamos la faena para después?

Ella niega con una encantadora sonrisa.

–Prefiero hablar de inmediato con ese tal Escartín, si no te importa.

–¿Estás segura?

–Segura, sí.

Él se alza de hombros.

–Pues adelante. Ya sabes que no soy capaz de negarte nada.

–Empieza, entonces, por enseñarme el expediente de su detención.

Escobedo aprieta las mandíbulas.

–Por supuesto.

Poli malo, poli buena

Sinceramente, estaba empezando a preocuparme. Llevaba detenido más de treinta y seis horas y allí nada daba señales de que la situación fuese a cambiar. A primera hora de la tarde anterior habían soltado al enano, un trilero que se llamaba Quiterio, y me había quedado solo en aquel calabozo que ya no me olía a moho porque el olfato se me había acostumbrado.

La pasada noche, dos chavales con pinta de raperos habían estado un par de horas encerrados conmigo sin dirigirme la palabra, pero también los habían soltado. El guardia Chang no sabía nada y, además, tras terminar su turno del día anterior, no había regresado.

Las últimas horas parecían tener trescientos minutos. Llegó un momento en que deseé que la situación avanzase de algún modo. Simplemente eso, que cambiase, aunque fuese a peor.

Mis deseos se cumplieron cuando la puerta se abrió de par en par y dos agentes me sacaron a empellones de la celda y me condujeron a una sala de interrogatorios de la primera planta. Me sentaron ante una mesa de hierro y me colocaron unos grilletes en las muñecas.

Medio minuto después, entró en la pieza una mujer alta, muy rubia y bastante guapa, vestida de azul y blanco, como el uniforme del Real Zaragoza. Al intentar ponerme en pie, descubrí que los grilletes estaban unidos a la mesa por treinta centímetros de cadena que me impedían incorporarme.

–Soy Berta Morel, comandante de Interpol Perú. Vengo de Lima.

—Mucho gusto, señora. Perdone que no me levante.

Mi respuesta la hizo vacilar. Acabó sonriendo.

—¿Qué tal lo han tratado, Escartín?

—No me puedo quejar. Es cierto que el rancho de aquí debería estar prohibido por la Convención de Ginebra, pero, por lo demás, apenas me han torturado con las canciones de un tal Bruno Saravia, emitidas a todo trapo. Por lo visto, al señor comisario le encantan.

Tenía una bonita sonrisa, la comandante y, por lo visto, le encajaba mi sentido del humor. Tomó asiento al otro lado de la mesa, frente a mí.

—Si mando que le quiten los grilletes, ¿me promete portarse bien?

Hice como que me lo pensaba.

—¿La han enviado para interpretar el papel de poli buena? Si es así, déjeme decirle que lo hace muy bien. Y sí, claro está, le prometo comportarme como un caballero. Por desgracia, a mi edad eso ya no tiene mucho mérito.

Morel le hizo un gesto al guardia que permanecía en pie a su espalda. Me soltó las esposas y, luego, obedeciendo otra indicación de la comandante, salió de la sala.

Tenía también unos ojos preciosos, del color de la miel de romero. Me estuvo mirando con ellos más de un minuto antes de volver a hablar, mientras yo me frotaba las muñecas. Sabía lo que se hacía. Controlaba bien los tiempos. Una mujer inteligente, sin duda. Por supuesto, me pregunté qué habría venido a hacer allí. Seguro que su presencia no tenía nada que ver con el incidente del casino El Sol.

–Bien, dejémonos de juegos, Escartín. ¿Va a contarme por qué razón he tenido que volar desde Lima hasta aquí?

Parpadeé, algo confuso.

–¿Que se lo cuente yo? ¿Usted no lo sabe?

–No. Solo sé que tenía que hacerlo. Que se trata de algo importante. Pero reconozco que no tengo muchas más pistas.

–¿Me está diciendo que ha volado desde Lima guiándose solo por un presentimiento?

–Así es. Ahora necesito que me diga si he hecho bien o estoy perdiendo el tiempo con usted.

Los ojos de Morel me parecían más y más hermosos a cada momento. Estaban empezando a cautivarme. Y eso que no soy fácil de cautivar.

–Yo le diría... que ha hecho bien. Pero no sé si puedo fiarme de usted. Ya sé que no puedo fiarme del comisario Escobedo, eso lo tengo claro. ¿Es usted diferente, comandante?

Morel se mordisqueó el labio inferior. Lentamente. Fue como si me lo mordisquease a mí.

–Lo soy. Pero, evidentemente, nunca le diría lo contrario. Tendrá que fiarse de su propia intuición.

–¡Huy! Eso es arriesgado porque, generalmente, tengo la misma intuición que una rana, pero... si la alternativa es confiar en usted o seguir en manos del comisario... –ella contuvo una sonrisa–, la respuesta solo puede ser sí.

–Excelente decisión. Le escucho.

La miré una vez más a los ojos y ellos me dijeron que acertaba, que podía confiar en ella, que podía echarme en sus brazos para salir de aquella enojosa situación. En todo caso, ardía en deseos de contarle a alguien la inconcebible historia de mis últimos cinco días. ¿Por qué no a Berta Morel?

Y lo hice.

Poquito a poco, se lo conté todo. Calculo que tardé algo más de una hora, durante la cual la comandante sacó de su bolsillo una libreta y una estupenda pluma Parker (una 75 Sterling Vermeil) con la que tomó notas de cuando en cuando, mientras interrumpía mi relato con innumerables preguntas y alzaba las cejas infinidad de veces. Esto último me parecía estupendo, porque era en esos instantes, estando muy abiertos, cuando sus ojos del color de la miel lucían en todo su esplendor. También llamó tres veces a un subordinado suyo a través del móvil, para darle instrucciones o pedirle que hiciese diversas comprobaciones.

La última parte de mi relato la siguió de pie, claramente inquieta.

Cuando yo ya había concluido y ella tomaba sus últimos apuntes a toda prisa, se abrió la puerta y asomó la cabeza el comisario Escobedo.

−¿Qué, como va eso? Había reservado mesa en el Romana, pero a lo mejor ya no nos dan de comer. Se ha hecho muy tarde.

Berta alzó la vista. Exhibió un fingido gesto de desolación.

−Lo siento, Octavio, pero no va a poder ser. Tenemos que ponernos en marcha ya mismo.

−Pero...

−Necesito al menos cuatro agentes en dos carros de patrulla.

−¿Para qué esos cuatro rayas?

–Dos de ellos deberían ir al cuatro, dos, cuatro, cero de la calle Venezuela. Talleres mecánicos Godoy es el sitio, aunque creo que no reparan nada. Es la casa de un tal Darwyn Godoy, pero solo lo queremos como gancho para dar con Antonio Lobo. Si tus hombres encuentran a cualquiera de los dos, que los arresten.

–¿Sin orden judicial?

–De eso, encárgate tú, no voy a hacerlo todo yo, caramba. Pero que tus hombres vayan ya para allá, sin perder un segundo. Los otros dos, necesito que me lleven hasta el hotel Gloria Plaza. Bueno, a mí y al señor Escartín.

Así que de nuevo me vi en un coche patrulla, solo que esta vez no iba esposado. Recorríamos las calles de Chiclayo a tumba abierta, haciendo sonar la sirena, obligando a los transeúntes a girar la cabeza y a los vehículos a frenar a nuestro paso.

La cara que puso la recepcionista rubia cuando me vio entrar acompañado de los dos policías y de la comandante Morel habría sido para pintar un cuadro y colgarlo en el museo de los horrores.

–Hola. ¿Se acuerda de mí?

–Sí, claro que sí –respondió ella, con un hilo de voz y su acento uruguayo.

–¿Y se acuerda de que me acompañaba un muchacho cuando llegué aquí, anteanoche?

–Por supuesto.

–¿Qué ha sido de él? ¿Sigue hospedado en el hotel?

–No, no señor. Al día siguiente, o sea, ayer, después de desayunar, pagó el total de la cuenta y se marchó. Pagó en metálico.

—Ya... ¿Y dejó una dirección o dijo si se iba a otro hotel o algo?

—No, señor. Nada dijo. Pagó y se fue.

—¿No me dejó ningún mensaje, por si yo regresaba?

—Solo esto.

La chica me entregó un papel que reconocí al momento. Era el tique de la compañía de buses Cruz del Sur.

—Dijo que así podría usted recuperar su valija.

Aquello me dejó desconcertado.

—¿Lo acompañaba alguna persona? Quizá alguien que lo amenazaba de algún modo...

—Yo no vi a nadie. Para mí que se fue solo. Y por propia voluntad.

Me llevé la mano a la frente, falto de preguntas. En realidad, falto de respuestas, porque preguntas las tenía a montones: ¿qué demonios pretendía el insensato de Toñín?, ¿adónde había ido?, ¿por qué se había marchado sin mí y sin dejarme modo de localizarlo?

Sonó entonces el celular de la comandante Morel.

—Diga... Sí, al aparato... —tras escuchar un tiempo largo, chasqueó la lengua y bajó la vista—. Entiendo... Sí, sí, vamos para allá de inmediato.

—¿Más malas noticias? —le pregunté cuando cerró la llamada. Ella torció la mandíbula.

—Para nosotros, no lo sé. Desde luego, hay alguien para quien no son buenas —me confesó ella—. Era de la comisaría. Los agentes que hemos enviado a los talleres Godoy han visto al llegar abierta la puerta de la cochera, han entrado por ella en la casa... y han encontrado a un hombre muerto a tiros.

Sentí un escalofrío.

–Oh, no... ¿Le han dado la descripción?

–No. No han tocado el cadáver. Vamos hacia allí.

Ya nos retirábamos cuando la recepcionista llamó mi atención.

–Perdone, señor, pero... la ropa que lleva puesta es de nuestro director. Si quiere cambiarse, puedo darle su muda limpia y planchada. Su amigo, el joven, dejó también pagada la cuenta de la tintorería.

Muerto inesperado

Entrar de nuevo en la casa de Godoy, esta vez rebasando las cintas de plástico policiales, me produjo una extraña sensación. El sofá azul, la bola del mundo, los cuadros de las paredes, los muebles... Siendo los mismos, parecían otros, de otro tiempo, de otro siglo, imágenes de una pesadilla de la que solo había despertado a medias.

–¿Dónde está el cadáver? –preguntó la comandante nada más entrar.

–Hay una especie de almacén acorazado en la planta sótano –explicó el teniente encargado del operativo, un tal Morales–. El acceso estaba abierto, y dentro hemos encontrado el cuerpo del hombre con varios disparos. No tengo duda de que ha muerto tiroteado.

–¿Qué hay en ese almacén?

–Puede verlo usted misma: un verdadero arsenal.

Morel bajó despacio las escaleras que conducían a la

planta inferior. Yo lo hice tras ella. La puerta del búnker, acero de cuatro dedos de grosor, estaba entreabierta. Más allá, caído en el suelo, entre los estantes metálicos repletos de armas y cajas de munición, vimos a Darwyn Godoy. Su mono gris claro de la ESMA presentaba varias grandes manchas oscuras. No rojas como la sangre, sino negruzcas como la muerte.

Respiré con alivio. Por lo menos, no se trataba de Toñín.

Hacía tiempo que no me enfrentaba a la muerte. La tenía un tanto olvidada, tras siete años de infidelidades, traiciones, estafas y tonterías semejantes. Había llegado a pensar que el crimen cometido por Lorena, mi ex, sería ya mi último muerto. Pero no, ahí estaba la vieja Parca, de nuevo, cruzándose en mi vida.

Escruté el rostro exangüe de Darwyn Godoy, esperando que abriera los ojos, moviera los labios y me dijera qué había ocurrido allí, quién había sido lo bastante cruel y lo bastante loco como para matarlo a tiros en su propia casa. No lo hizo, claro está. Pero tuve la sensación de que lo intentaba desde el más allá, con todas sus fuerzas.

Desde el umbral, para no contaminar el escenario del crimen, echamos un vistazo al extraño almacén. Su contenido impresionaba: pistolas y revólveres, fusiles de asalto, lanzagranadas ligeros, subfusiles, varias ametralladoras medias... y, por supuesto, granadas de mano, munición y explosivos como para iniciar una guerra.

–¿Ha encontrado un fusil de precisión Remington Navajo? –le pregunté al teniente–. ¿Sabe de lo que le hablo?

–Sí. Un fusil de francotirador, ¿verdad? Tenemos que esperar al señor juez para inspeccionar a fondo el lugar del crimen, pero en el examen preliminar no he visto ninguna arma tan llamativa. Sin embargo, es difícil saber qué falta. Todo está ordenado, aparentemente intacto. Salvo que encontremos una lista de inventario, será complicado determinar si el asesino se llevó algo consigo.

Junto al búnker, se abría una sala amplia, con aspecto de garaje para dos autos. Contra una de sus paredes laterales se distribuía una zona de trabajo con banco, tornillo, panel de herramientas muy bien surtido y un torno de precisión. Un aparato caro y sofisticado, no destinado precisamente a realizar tareas de bricolage doméstico.

–¿El muerto es Darwyn Godoy? –me preguntó Morel.

–Era mecánico de armamento –le comenté, tras asentir–. Exmilitar del ejército argentino. Diplomado en la ESMA de Buenos Aires.

Ella me miró, seria.

Al fondo, una rampa conducía hasta una gran puerta de compás que permanecía abierta y daba acceso al exterior. A una zona polvorienta que en el futuro sería parte de la ciudad. Por ella habían entrado en la casa los policías.

–Creemos que el asesino pudo huir en un carro que estaría aquí guardado –nos dijo el teniente Morales.

–¿Ya habéis identificado el vehículo?

–No, señora. El muerto no tenía registrado ningún auto a su nombre.

Sobre el suelo, los neumáticos habían dejado dos marcas negras paralelas, tras una brusca arrancada. Me bastó medir con los pies la separación entre ambas.

–Por la anchura, podría tratarse de un Hummer –deduje–. No será difícil de localizar. No creo que haya muchos por aquí.

La comandante miró de nuevo al teniente Morales.

–He visto que en el exterior de la casa hay varias cámaras de seguridad. ¿Habéis encontrado las grabaciones?

El oficial negó.

–Todo en negro. El asesino parece que tenía conocimientos de informática. Ha borrado minuciosamente las dos memorias internas y se ha llevado consigo el disco externo con la copia de seguridad. No tenemos nada.

Berta gruñó por lo bajo algo ininteligible que terminó con un extraño piropo a Godoy, mientras contemplaba su cadáver.

–¡Vaya pájaro...! Vivía rodeado de miseria, pero debía de ganar plata a la firme. No hay más que ver lo que tenía acá montado.

–Supongo que se instaló aquí por la cercanía con la carretera Panamericana. Por si tenía que salir con prisa.

–Y tener un Hummer le ofrecía también la posibilidad de huir campo a través, si lo consideraba preferible.

Se nos aproximó entonces uno de los dos agentes, para indicarle a la comandante que otra comisaría debía llevar la investigación, por una cuestión de jurisdicciones.

–Ni hablar de eso –replicó ella, muy firme–. Llamad a los de la División Criminal y que se hagan cargo ellos directamente. Decid que se trata de una investigación nacional, no de un crimen local.

–A la orden.

Después de eso, se volvió hacia mí.

207

–Escartín... esto se ha puesto más feo que el patito del cuento. Aunque sea de modo circunstancial, ese ahijado suyo, o lo que sea, se ha convertido en sospechoso de asesinato.

Sentí que se me anudaban las tripas.

–Lo comprendo. Y lamento estar de acuerdo. Entiendo que, por ahora, sea su primer sospechoso.

–Por ahora, es mi único sospechoso. Voy a pedir orden nacional de busca y captura para él. Espero que nos facilite todos los datos que pueda y su descripción fiel.

–Claro, claro... cuente con ello.

A continuación, sin dejar de mirarme, tomó su teléfono móvil y, de nuevo, oprimió la tecla de la primera memoria de su agenda. Se puso de perfil y habló quedo, aunque yo le entendí todo.

–Rolando... Estoy bien, gracias, pero la cosa se complica. De momento, ya tenemos un fiambre. Te lo explicaré todo a la vuelta. Ahora, necesito que llames a la DIVINCRI de Arequipa. Supongo que tendremos algún contacto allí, ¿no? Hablo de alguien eficaz y de confianza... Ya, ya lo sé; pero seguro que eres capaz de dar con la persona adecuada. Cuando lo tengas, pídele que localicen a Álvaro Lobo y lo pongan bajo protección policial las veinticuatro horas. A él y a su familia. Nivel tres. Yo firmaré la petición. Gracias, te llamo luego... No, aún no sé si regresaré hoy a Lima, ya te diré. Chau.

–Gracias, comandante –le dije, cuando colgó.

–No me las dé todavía, Escartín. Si las cosas que me ha contado en la comisaría resultan ser ciertas, aquí se va a armar una como la del Morro de Arica.

Levantamiento

Durante la siguiente hora, se sucedieron los acontecimientos a velocidad de Gran Premio. Primero, llegó el forense, un tipo alto con cara de cadáver de sí mismo, que atendía por doctor Fonollosa. Poco después, lo hizo el juez de instrucción, bajo, cetrino, engominado, contrahecho, que cojeaba al caminar y, lógicamente, parecía permanentemente enfadado con el mundo y sus seis mil millones de habitantes. Se llamaba Melquíades Restrepo, pero nadie osaba dirigirse a él con otro calificativo que no fuera el de «magistrado».

Mientras yo me mantenía apartado, Morel habló con ambos durante un tiempo considerable. En ciertos momentos, me pareció que discutían. La conversación terminó de modo abrupto cuando a ella le sonó el celular. En cuanto contestó, se le contrajo el gesto. Y ya no pude ver más porque se colocó de espaldas a mí durante el resto de la conversación. Sin embargo, en cuanto colgó, me buscó con la mirada y se me acercó.

–La policía de Arequipa ha localizado el domicilio de Álvaro Lobo. Han acudido a su casa, pero no había nadie. Los vecinos dicen que no han visto a la familia desde hace al menos un par de días.

–Su hermano me dijo que era psiquiatra.

–Parece ser cierto. Han averiguado que trabaja en el hospital Goyeneche, pero lleva desde el pasado martes sin aparecer por allí. Por lo visto, está de vacaciones.

–¿Vacaciones previstas o imprevistas?

–Imprevistas. No le correspondían en estas fechas, pero el martes, a última hora, solicitó disfrutarlas de forma inmediata. Cuatro semanas. Eso nos lleva casi justo a nuestro día D.

–¿Día D?

–El de la toma de posesión de Kuczynski.

–¡Ah, ya...!

–No sé qué pensar. Todo parece indicar que los Lobo han huido apresuradamente de Arequipa. ¿O quizá se los han llevado a la fuerza?

La oficial llenó al máximo sus pulmones y, luego, soltó el aire lenta y ruidosamente.

–Conozco la sensación, comandante –le dije–. Toda investigación tiene ese momento inicial en que no hay otra cosa que preguntas. Hasta que, de pronto, como por arte de magia, surgen las primeras respuestas. Y las respuestas son como piezas de dominó: se empujan las unas a las otras hasta que caen todas.

–Y muere el payaso.

–¿Cómo?

–Una expresión de acá. Significa que todo termina.

Morel consultó su reloj. Pareció sorprendida.

–¡Las cinco y media! Ahora quizá sí deberíamos ir a comer algo –dijo–. Llevamos el día entero sin probar bocado. ¿Le gusta el ceviche, Escartín?

–Precisamente en esta casa comí anteanoche el mejor que he probado hasta la fecha –respondí, recordando la cena con Godoy.

–El capitán Escobedo ha mencionado una cevichería colosal, al parecer no muy lejos de la comisaría. Voy a llamarlo para que nos invite allí a una cena temprana.

–¿Que nos invite? –repetí, recalcando el «nos»–. Supongo que el comisario estará encantado de invitarla a usted, pero dudo mucho que ocurra lo mismo conmigo.

Morel rio.

–Seguro. Pero no quiero ir a cenar a solas con Escobedo. Ande, acompáñenos. No me obligue a rogárselo.

La propuesta de la comandante me hizo arrugar el entrecejo.

–A ver, a ver..., ¿me está pidiendo que le haga de carabina?

–No sé qué es eso.

–En la España más tradicional, es una amiga de la chica que la acompaña para asegurarse de que su novio se comporta decentemente. Casi siempre, por encargo de los padres de ella.

La comandante se echó a reír, de nuevo.

–En ese caso, así es: quiero que me haga de carabina, Escartín. Entre usted y yo, Escobedo tiene las manos muy largas y, seguro, proposiciones que ni puedo ni quiero aceptar. Todo me será más fácil si estamos tres en lugar de dos.

–Estoy convencido de que puede poner a Escobedo en su sitio usted solita.

–Claro que sí. Pero, en estos momentos, no estoy para según qué estupideces. Ande, venga conmigo. Comeremos buen pescado.

Así fue como, hora y media más tarde, me encontré paladeando mi segundo ceviche peruano entre Morel y Escobedo. Tal como la comandante había supuesto, el capitán no se tomó nada bien mi presencia y estuvo especialmente desagradable conmigo. Tanto que, a los postres, considerando que no tenía nada que perder, saqué el tema de mis ganancias en el casino del hotel El Sol.

—Olvídese de eso, Escartín —sentenció el comisario, enterrando la mirada en la mazamorra que estaba devorando.

—No veo por qué, Octavio —intervino entonces la comandante Morel—. He leído el atestado y los testigos coinciden en que Fermín había ganado ese dinero limpiamente. Luego, llegó la trifulca con el jefe de sala, pero eso es cosa aparte. Y estamos hablando de sesenta mil soles. Ninguna bagatela.

Escobedo chasqueó la lengua y abrió los brazos.

—Daaale, pe. No voy a discutir más la cosa. ¿Quiere el señor Escartín recobrar su dinero? No tiene más que pasar por el casino. Pero, entonces, no le puedo garantizar que no le interpongan una denuncia por los desperfectos del local.

—Seguro que los dueños de El Sol y yo podemos llegar a un acuerdo.

—Usted verá.

—De modo que, en realidad, no me han denunciado.

Escobedo gruñó.

—Todavía no.

—Usted me dijo que sí, comisario.

—¿Eso le dije? Quizá me adelanté. Serían mis deseos de verle en la cana, gallego. Ande, deje que termine de jamear tranquilo.

Mientras Escobedo se zambullía de nuevo en su plato con cara de pocos amigos, Berta Morel me miró de soslayo

y esbozó una sonrisa.

Empezaba a caerme bien, la comandante. Y viceversa, creo.

Sin rastro

Cuando abandonábamos el local, Berta recibió una nueva llamada en su celular. Se apartó de nosotros para contestar, pero igualmente nos llegó su contrariedad, que expresó con un tono metálico y seco. Al colgar, se vio en el compromiso de explicarse.

—Definitivamente, en Arequipa no encuentran rastro de Álvaro Lobo y familia. Nadie sabe cosa alguna de ellos. No comentaron sus planes con ningún vecino o amigo. Nadie los vio marcharse.

—Supongo que habrán cotejado las listas de pasajeros de los vuelos —intervino Escobedo.

—Los nacionales y los internacionales de las últimas setenta y dos horas. Ni rastro. Y el carro familiar sigue en la cochera, así que se han ido en bus o alguien les ha prestado un auto o han alquilado uno con nombre falso...

—Supongo —dije, entonces— que está contemplando también la posibilidad de que... los Lobo sigan en su casa.

Morel me miró.

—Que sigan allí y estén muertos, quiere decir. Sí, claro que lo he pensado. De momento, prefiero descartarla. Lobo dijo en su trabajo que se iba de vacaciones y hay que pensar que eso es lo que han hecho. La alarma de la casa está conectada, según su empresa de seguridad. Lo más razonable, por ahora, es pensar que han huido.

—Eso es cierto. En todo caso, si han muerto ya no se van a mover de ahí.

Salimos los tres a la calle. Hacía calor. Más de treinta grados.

—¿Qué piensa hacer ahora, Escartín? —me preguntó Morel.

—Lo primero, ir a recuperar mi dinero al casino El Sol. Todo el que pueda, al menos. Luego, pensaba pasar por la estación de buses de Cruz del Sur, a ver si aún conservan mi maleta.

—¿Y después?

—Después es un futuro demasiado lejano. Aún no lo he pensado.

La comandante carraspeó.

—Escuche, Escartín... ¿Por qué no viene conmigo a Lima? Voy a solicitar hacerme cargo de esta investigación y me gustaría contar con su ayuda. Parece claro que la pieza clave de todo este fardo es Antonio Lobo y usted lo conoce mejor que nadie. A él y a su madre.

—Tampoco tanto. Hacía siete años que no los veía —aquí introduje la pausa dramática que requería el momento, antes de continuar—. Pero sí, me gustaría colaborar para esclarecer este asunto. Yo convencí a ese chico para venir al Perú. Ahora no puedo desentenderme de lo que le ocurra. Acepto su propuesta. Voy con usted.

—Estupendo.

Me pareció oír rechinar los dientes del comisario Escobedo.

La voz de los muertos

Recuperé mi dinero y pagué seis mil soles por los supuestos destrozos en el casino. Todos contentos. También fui a buscar mi maleta a la estación de autobuses.

–El muchacho ya vino anteayer –recordó el encargado de la consigna–, y nos aseguró que usted vendría a recuperar la suya, más pronto o más tarde.

–¿Solo dijo eso? ¿No dejó ningún mensaje para mí?

–No, señor.

De nuevo, no podía entenderlo. Según él mismo me confesó, me había utilizado para dar sus primeros pasos en Perú. Y también sus primeros pasos como asesino profesional. Y ahora que su engaño había quedado al descubierto, simplemente había desaparecido.

No sé qué me reventaba más por dentro: que Toñín me hubiera engañado como a un idiota o que yo no me hubiese dado cuenta. Lo segundo, creo. Y esa misma tarde, a última hora, la comandante Morel y yo volamos a Lima.

Apenas habíamos dejado bajo nuestros pies las nubes de Chiclayo cuando Berta ya estaba volcada de nuevo en la investigación. Y, además, sin previo aviso, empezó a tutearme, cosa que me encantó.

–Me dijiste que Elisa Lobo está de viaje por el mar Mediterráneo.

–En un crucero por las islas griegas.

–¿Y cómo lo sabes?

–Me lo confesó Toñín. Y, de inmediato, hablé con ella por teléfono, ya te dije. Me contó que, a la mañana siguiente, iban a visitar Katakolon y Olimpia.

–Sí, pero... ¿cómo estás tan seguro de que se encontraba allí, realmente? ¿Oíste al fondo conversaciones en griego o algo así?

Morel podía ser muy cáustica si se lo proponía.

–Eeeh... tanto como eso, no. Simplemente, ella me confirmó lo que Toñín acababa de confesarme: que me había engañado, que su madre no sabía nada de este asunto y que él la había suplantado en el intercambio de mensajes con los malos. Todo encajaba. Y no creo que se hubiesen puesto previamente de acuerdo. ¿Por qué lo dices?

Berta reclinó unos grados el respaldo de su asiento. Habló sin mirarme.

–La voz de los muertos.

–¿Qué?

–Nuestro único fiambre por ahora, Darwyn Godoy, os dijo que Elisa había estado en su casa la semana pasada. Y que le había encargado un arma muy sofisticada, de la que os dio detalles concretos. Me pregunto: ¿por qué os iba a mentir? Inventando, además, una historia tan rebuscada como esa.

–No lo sé. Alguna razón tendría. Quizá pensó que así se ganaba nuestra confianza... No sé.

–El caso es que Godoy ha muerto y, como te digo, siento cierto respeto por los difuntos. «Palabra de muerto siempre está en lo cierto», decía mi abuela. Así las cosas... ¿Y si fue Elisa la que mintió cuando habló contigo?

–Pues...

–Imagina que está aquí, en el Perú. Ella sabe que Toñín y tú creéis que está de crucero por Grecia. No le resultaría difícil, en una conversación telefónica, simular que se encuentra allí. ¿No te parece?

No tenía respuesta clara para esa pregunta. Más que nada, porque yo ya me había planteado anteriormente esas mismas dudas, y las había descartado. Aceptarlas suponía admitir que Elisa también me había engañado, y yo, la verdad, aún no estaba preparado para eso. Que me hubiese dejado plantado era una cosa. Que me mintiese, otra muy diferente.

–Me parece improbable que Elisa esté en Perú –fue todo lo que conseguí responder con convicción.

–¿Por qué no volvemos a llamarla?

–¿Ahora?

–No, ahora no. Cuando lleguemos a Lima. O, mejor, mañana, desde el cuartel de Interpol. Nuestro equipo de localización no es muy bueno, pero, vaya, para determinar si habla desde Europa o desde aquí, yo creo que nos servirá.

Lima y Melville

Herman Melville, a través de Ismael, el protagonista de Moby Dick, relata que jamás ha llegado a una ciudad tan extraña y tan triste como Lima. La llama «la ciudad que nunca llora». La ciudad del cielo siempre blanco. La ciudad sin sol y sin lluvia. Lima se asoma al océano, pero lo hace desde lo alto, contemplándolo con soberbia y desdén. Los limeños, como su ciudad, creen estar a resguardo de la furia del océano, de sus galernas y tormentas; pero hay una leyenda que dice que un día el Pacífico se tomará justicia de ese desprecio, entrará por El Callao, que sí está a nivel del mar, y, trepando por las laderas de manera imparable, arrasará por completo la capital, no dejando de ella piedra sobre piedra, ahogando incluso su recuerdo.

Pero Melville afirma también, en otra de sus obras, «No hay necesidad de viajar, el mundo es Lima».

El tráfico

Yo ardía en deseos de conocer Lima, pero, al mismo tiempo, intentaba rebajar mis expectativas para no caer en la decepción. Lima me tenía fascinado e inquieto, como un adolescente en el tiempo previo al verano.

Pese a todas mis precauciones, nada podía prepararme para el primer contacto con la capital del antiguo virreinato del Perú.

Tras bajar del avión de Latam, la placa oficial de Berta nos abrió paso por dependencias del aeropuerto Jorge Chávez que habitualmente están vedadas al público, lo que nos permitió ganar unos minutos de tiempo con respecto al resto del pasaje. Realmente, no nos sirvió de apenas nada. Una vez que salimos al exterior y tomamos un taxi, nos vimos inmersos en el tráfico. Lo que los españoles llamamos un atasco. Pero aquello, Dios mío, no era un atasco, sino el atasco. El padre y la madre de todos los atascos. Lima vive inmersa en un embotellamiento permanente. Un tranco eterno. Los ciudadanos se han acostumbrado a él de tal modo que ya no lo sienten como tal y niegan la evidencia con total convicción.

Era de noche, como lo son la mitad de las horas de cada día en las cercanías del ecuador. Podrían haber sido las cinco de la madrugada, pero eran las ocho de la tarde. Parecía que los diez millones de habitantes de Lima estaban allí, en esa suerte de autopista urbana que une El Callao con el distrito capital. Diez millones de limeños a bordo de diez millones de vehículos. Buses, micros, combis, carros, rancheras, *pick-up*, cuatro por cuatro...

–¿Esto es así todos los días? –pregunté, incrédulo y angustiado.

–Esto es así todos los días a todas horas –respondió Berta–. El caos. Algún día, este monstruo de llantas y chatarra que no para de crecer se cerrará sobre sí mismo y moriremos todos aquí, de inmovilidad. Ese será el más que probable fin de Lima y no esa leyenda ridícula del tsunami que entrará por El Callao.

El apocalipsis no tocaba ese día, por suerte, y minutos más tarde (muchos minutos, eso sí, más de cien) nuestro taxi se detenía frente a la casa de la comandante Morel, sita en uno de los jirones de la Avenida Larco, en el distrito de Miraflores. Para algunos, lo mejorcito de la ciudad. Para otros, simplemente, el barrio de los turistas.

–Creía que me llevabas a un hotel.

Berta ni se inmutó.

–Si no estás aquí a gusto, mañana pensamos lo del hotel. Pero, de momento, esta noche la pasas en mi casa, ¿te parece?

Sonreí sin poder evitarlo.

–Me parece de perlas. Aunque, si el comisario Escobedo se entera, me odiará para siempre.

–Vaya cosa. Escobedo odia a todo el mundo. Y lo odia para siempre.

Era un chalet. Un chalet de dos plantas rodeado por edificios de ocho alturas, un verdadero superviviente, una especie inmobiliaria en peligro de extinción especulativa. Un chalet precioso, con la tapia pintada de ocre, su acceso al garaje rematado por dos filas de tejas, sus verjas de forja blanca defendiendo los ventanales, su puerta principal barnizada como el puente de mando de un velero y su jardín delantero rebosante de buganvillas de un tamaño impensable en Zaragoza. Me dejó maravillado.

–¿De veras vives aquí? –pregunté con admiración.

Morel asintió con un gesto con el que intentó restarle importancia.

–Me gusta este distrito. La casa se la compré a un familiar antes de que empezasen a subir los precios, estoy suelta en plaza, tengo un buen sueldo y gasto poco, así que puedo permitírmelo. Incluso podría irme a vivir a Barranco, mirando al mar. Es bonito, está de moda, hay muchos bares, muchos restaurantes, muchas galerías de arte, muchos franceses paseando por las calles..., pero no hay apenas comercio. A mí me gusta comprar lo que me apetece al momento, sin necesidad de tomar el auto.

–Entonces, te encantaría vivir donde yo vivo en España. Tiene justamente todo eso. Salvo el mar, que está a doscientos kilómetros.

La planta baja era un gran salón, con su chimenea y su biblioteca, muebles rústicos y una de las paredes, solo una, de piedra vista. En la planta superior se hallaban los dormitorios. El principal, con su propio cuarto de aseo, tenía en la puerta el nombre de Lima. Los otros dos, Buenos Aires y Montevideo, compartían baño completo. A mí me asignó el primero de estos.

Tras deshacer la maleta y tomar mi primera ducha en tres días, me puse unos pantalones chinos y una camiseta de algodón y bajé a la planta principal.

Berta llevaba ropa muy informal y estaba terminando de hacer unos huevos revueltos con verduras.

Mientras cenábamos, nos contamos esa parte de nuestras vidas que transita entre lo puramente personal y las primeras intimidades. No viene al caso. Al filo de la medianoche, decidimos acostarnos.

–¿Sueles levantarte en medio de la noche, Fermín?

–No siempre. En algunas ocasiones, sí. Ya sabes: la próstata empieza a hacer de las suyas. ¿Por qué lo dices?

–Esta es una casa antigua, calurosa. Yo soporto mal el calor, así que suelo dormir con la puerta abierta, para que corra el aire.

Tragué saliva.

–No... no estoy muy seguro de qué quieres decirme con eso.

–Simplemente que, si sales al baño en plena noche, no mires al pasar por delante de mi cuarto.

–¡Ajá! Prometido.

JUEVES, 30

A la mañana siguiente, cuando Berta tocó diana, hacia las siete y media, me di cuenta de que algo no iba bien. Estaba sudando, me sentía mareado y débil. Me senté en el borde de la cama, la cabeza entre las manos.

Berta despierta, se despereza, se ducha, se viste. Recuerda entonces que tiene a Escartín durmiendo en la pieza de al lado.

–¡Buenos días, Fermín! –dice abriendo la puerta–. Voy a hacer el desayuno. ¿Café o té?

Fermín lanza un gruñido que ella traduce por «café» y va a la cocina.

Cuando la cafetera ya borbotea, regresa a la habitación del detective y lo encuentra sentado en el borde de la cama, con la cabeza entre las manos.

La casa empezó a oler a café, mi aroma favorito, pero ni siquiera eso me alivió. Al poco, Berta volvió a abrir la puerta de mi cuarto.

–¿Te encuentras bien?

–Lo cierto es que no –respondí.

Se acercó y me puso la mano sobre la frente. La noté helada.

Se acerca, le pone la mano sobre la frente y la nota ardiente.

–Tienes mucha fiebre. Métete en la cama. Voy a llamar a un médico. Y a Rolando, para decirle que no me espere hoy por la oficina.

Fue un día extraño. Como si todo el trajín de las últimas jornadas hubiera desbordado el vaso de mi propia resistencia y mi organismo hubiese dicho por fin basta.

Tuve fiebre tan alta que desembocó en una tiritona incontenible. Sudaba a chorros y, en cierto momento, incluso perdí el contacto con la realidad, soñando delirios en los que se mezclaban Elisa Lobo, Lorena Mendilucueta y Berta Morel, que llegaron a fundirse en una única mujer. Desquiciante.

Por fin, hacia el mediodía, apareció un médico militar que me auscultó, me tomó la tensión e incluso me sacó una muestra de sangre que él mismo se llevó camino del laboratorio de análisis.

Berta no se separó de mí en todo el día. Como una madre. O como una amante solícita y preocupada. Estuvo pendiente de que me tomase a su debido tiempo la medicación recetada por el doctor. A media tarde, me preparó un caldito de gallina. Y, cuando me encontré mejor, me leyó los titulares del diario y comentamos juntos las principales noticias de la jornada.

A última hora del día, llegan los resultados de los análisis. No hay nada o, al menos, nada de lo que preocuparse. Un proceso febril inespecífico que ya va remitiendo con el paso de las horas. Quizá un virus de calabozo.

VIERNES, 1

A la mañana siguiente, la fiebre había remitido, aunque yo seguía hecho unos zorros. Berta, en cambio, amaneció espléndida. Aunque traté de disimular, mostrándome más animoso de lo que me sentía, Berta retrasó hasta media mañana nuestra salida de casa.

Al fin, a eso de las once, tras desayunar opíparamente, nos echamos a la calle, tomamos el metropolitano y después caminamos un buen rato hasta llegar a la central de Interpol en Lima.

Yo esperaba un edificio grande, moderno, atestado de funcionarios presurosos. Me encontré con un bloque de oficinas que, en conjunto, disponía de menos espacio que la comisaría del Norte de Chiclayo. Eso sí, al menos no estaba pintado del espantoso color verde que parecía identificar siempre las dependencias de la Policía Nacional.

* * *

El brigadier Rolando Valdiviezo (cuyo apellido, por supuesto, todos pronunciaban Valdivieso) me causó muy buena impresión, me recordó de inmediato al actor español Imanol Arias en sus películas de hace veinte años.

–Otros españoles también me lo han dicho –reconoció Valdiviezo–. Es un actor que me gusta mucho pero, sinceramente, no me reconozco en él, en absoluto.

–Quizá todos nos vemos a nosotros mismos de modo diferente a como nos ven los demás. Le aseguro que el parecido entre ambos es notable, Rolando.

Tras las presentaciones, Berta le pidió a su ayudante que realizase las gestiones para utilizar el equipo de localización de telefonía celular de la Cuarta Sección.

Nos autorizaron a hacerlo cerca de la una.

–¿Es buena hora para llamar a Europa?

–Yo creo que sí. Allí son las ocho de la tarde.

–Las ocho de la noche, quiere usted decir –apunto Valdiviezo.

–Allí decimos las ocho de la tarde. En tiempos del dictador Franco, España se situó arbitrariamente en el mismo huso horario que la Alemania de Hitler aunque, por situación geográfica, nos correspondería la hora de Inglaterra. El resultado es que en España llevamos un horario disparatado. Además de que nos gusta comer tarde y trasnochar mucho, el sol se pone tardísimo, sobre todo en verano y, más aún, en las regiones del oeste. Un día como hoy, en Galicia, anochecerá no antes de las diez y media. Y habrá luz en el cielo hasta pasadas las once.

–¿Y a nadie se le ha ocurrido cambiar eso? Hace ya más de cuarenta años que murió el dictador Franco, ¿no?

–Sí, pero es que... yo creo que nos gusta la luz. Nos encantan los días interminables. Poca gente en España prefiere el horario inglés.

–Están ustedes mal de la cabeza –consideró el suboficial.

Los técnicos de Interpol realizaron diversas conexiones entre mi celular y sus equipos y, tras varios minutos de comprobaciones, me pidieron que efectuase la llamada. Incluida Berta, éramos seis personas en aquella habitación. Todos se habían colocado sendos auriculares sobre las orejas.

–Adelante –me ordenó uno de los técnicos.

No me resultó difícil. La agenda de mi móvil seguía vacía, pero recordaba de memoria el número de Elisa. Hay cosas que nunca se olvidan.

Contestó después de once timbrazos, cuando la llamada estaba a punto de cancelarse por sí sola.

–¿Fermín? –preguntó, sin ocultar su sorpresa–. ¿Eres tú?

–Sí, soy yo. Hola, Elisa.

–¿Qué ocurre?

–¿Eh? No, nada, nada... Simplemente, como el otro día hablamos, después de tanto tiempo, y te llamé a aquella hora tan intempestiva... me he dicho, digo, a lo mejor Elisa quería decirme algo y no era buen momento...

Vacío.

–Pues no, Fermín, no quería decirte nada. Recuerda que me llamaste tú a mí, no yo a ti.

–Ah, sí, sí, sí, sí...

Segundo vacío.

–Bueno... ¿Qué tal estás?

–¿Yo? Bien. Bien, bien... perfectamente. Un poco más gordo, quizá. ¿Y tú?

–Ya te puedes imaginar, estando de crucero. Sufriendo a más no poder.

–¡Je! Ya. Entiendo...

Y tercer silencio. No se me ocurría cómo seguir la conversación. Lo hizo ella.

–¿Has vuelto a ver a Toñín?

–Pues... no, no he vuelto a verlo. Pero seguro que está bien. ¿Tú sabes algo de él? ¿Te ha vuelto a llamar?

–No. Aunque, en realidad, te recuerdo que él no me llamó. Fuiste tú.

–Vaya, es cierto. De modo que... no sabes por dónde anda tu hijo.

–Exactamente, no.

–Yo tampoco. ¿Y tú? ¿Dónde estás ahora? ¿Sigues por Olimpia?

–Ya no. Estoy intentando tomar un helado en una terraza de Atenas, con varios compañeros de crucero. No muy lejos de la Acrópolis. Aunque ya es de noche, hace un calor de miedo por aquí.

–A la fuerza. Porque allí son las... las... ¿Qué hora es allí?

–Una más que en España. Las nueve y diez de la noche.

–Es verdad. Y estooo... ¿Ya has visto el Partenón? ¿Es tan impresionante como dicen?

Elisa suspiró no muy discretamente.

–Sí, lo hemos visitado esta mañana, con la fresca. Muy... geométrico. Pero ya te lo contaré a la vuelta, ¿te parece?

—Me parece de perlas. Dijiste que regresabas dentro de dos semanas, ¿verdad?

—En principio, sí. Pero tal vez me quede por aquí unos días más, por mi cuenta. Esto es tan bonito y los griegos son tan guapos...

—Ya. Bien. Pero cuando vuelvas, me llamas, ¿vale?

—Cuenta con ello. Ahora te dejo, Fermín, que se me derrite el helado.

—Sí, claro, pero... oye, escucha... ¿tienes mi número?... Elisa... ¿Elisa?

—Ha colgado —anunció Valdiviezo, retirándose los auriculares.

Berta y los demás cuchichearon durante unos instantes.

—¿Qué? ¿Lo hemos conseguido? —pregunté—. ¿La habéis localizado? Yo creo que no estaba en Atenas. No sé, pero... el ruido de fondo era... Grecia es un país muy ruidoso, como España o quizá más...

Berta negó con la cabeza.

—No tenemos nada.

—¿Por qué? ¿Ha sido poco tiempo de conversación? He intentado hablar más rato, ya lo habéis visto, pero quizá ella se ha dado cuenta...

—No ha sido cuestión de tiempo —explicó Valdiviezo—. Lo que ocurre es que su amiga está usando un teléfono satelital.

—¿Qué?

—No utiliza la telefonía celular terrestre. No la podemos localizar ni siquiera aproximadamente. Podría estar en Atenas, en la Antártida o en la casa de enfrente.

–¿Cómo? ¿No se puede localizar la posición de un teléfono de satélite?

–Claro que se puede, pero no nosotros. Tendríamos que solicitarlo a la compañía. Lo más probable es que su amiga utilice la red Iridium, que es la más habitual. Iridium es estadounidense y, en parte, militar. No es fácil obtener su colaboración. No existiendo una orden internacional contra Elisa Lobo, no nos harán el menor caso. Y, aunque lo hicieran, tardarían días o semanas. Y también podría ser que su amiga utilice otra red, diferente de Iridium, con lo que solo perderíamos el tiempo.

Tras las palabras del suboficial, nos envolvió un silencio con aire de fracaso.

Berta lanzó una mirada general.

–Muchas gracias a todos.

De inmediato, con un gesto enérgico, a Valdiviezo y a mí nos indicó que la siguiésemos. Se dirigió a su despacho, la Sección Séptima. Se sentó en su sillón y permaneció en silencio por un tiempo muy largo. O, al menos, a mí se me hizo largo. El brigadier parecía acostumbrado a aquellas esperas.

–¿A alguien se le ocurre algo, maldita sea? –preguntó, por fin.

Valdiviezo mantuvo la mirada al frente. Ya me había yo dado cuenta de que era un tipo muy eficiente, pero escaso de iniciativa. No podía esperarse de él una idea para avanzar en la investigación. Así que levanté yo la mano.

–Estaba pensando que aún tengo la agenda de tapas de hule de Elisa. En ella figuran tres contactos aquí, en el Perú. Uno de ellos era Godoy, que está muerto. Quizá merecería la pena investigar a los otros dos. Vaya, mientras no tengamos otra pista más sólida, quiero decir.

Berta aceptó con un gesto.

—Me parece bien. ¿Ya sabes quiénes son esos tipos?

—Lo sé. Pero me gustaría volver a resolver la encriptación, por si metí la pata en su momento. Si me ayudáis, lo hacemos en quince minutos.

Me senté al teclado del único ordenador de la dependencia y, en efecto, apenas unos minutos más tarde, teníamos ya la información en estado legible.

—¡Ajá! Aquí viene el primero. O el segundo, después de Godoy. Se llama Guzmán Elbueno, Elisa lo califica de «fuera de la ley» y de «totalmente confiable». Al parecer, vive en Cuzco.

—Cusco, con ese —me corrigió Valdiviezo.

—¿Como Valdivieso?

—Valdiviezo se escribe con zeta, señor Escartín.

—Ya, ya lo sé. Pero usted lo pronuncia como si fuera con ese.

—Es la costumbre acá.

—Y yo me digo: si ya no pronuncian la zeta, ¿por qué la siguen utilizando? Escríbanlo todo con ese y así evitarán las confusiones.

—Es lo que hacemos: Cusco, Nasca, en lugar de Cuzco o Nazca.

—Ah, vaya... de modo que sí sabe usted pronunciar la zeta.

—Claro. Pero no me da la gana hacerlo.

—Porque es propio del español de España y eso está mal visto por aquí, ¿no es eso?

–Supongo que sí. No se enfade por ello. Hay mucha gente que no les ha perdonado lo de Pizarro.

–¡Pero si Pizarro era una malva! –exclamé, tratando de mostrarme irónico–. Les tenía que haber tocado el general Custer, como a sus compañeros del norte, para que supieran lo que es bueno.

–¡Por favor! ¿Pueden dejar ambos esta absurda discusión? –intervino la jefa Morel.

–A la orden...

–Y tú, estabas a punto de darme el otro nombre.

Sonreí encantadoramente.

–Ah, sí, sí... El tercer hombre vive aquí, en Lima y en los apuntes de Elisa está calificado como «agente en activo con amplios contactos». Aunque esa es una observación escrita hace muchos años, claro. Se llama Edgardo Corberó.

Berta y su subordinado se miraron, al momento.

–¿Dónde he oído yo ese nombre hace poco?

–El tipo del Tercer Gabinete de la DINI –recordó el eficacísimo brigadier–. El mismo que firmaba la petición de control de frontera para Elisa y los otros cinco pistoleros.

–¡Es verdad!

–Aun a costa de pasar por ignorante..., ¿alguien puede explicarme qué es la DINI?

–La Dirección Nacional de Inteligencia –me aclaró Valdiviezo–. Los servicios secretos.

Las tripas me caracolearon sin poder evitarlo.

–Huy, huy... qué poco me gusta tropezarme con James Bond y sus colegas. Espero que vosotros estéis en buenas relaciones con ellos.

–No precisamente –susurró Berta–. Además, aquí los servicios de inteligencia no gozan de buena fama. Sin ir más lejos, el año pasado el presidente de la república cerró la DINI durante seis meses.

–¿Que la cerró? ¿Por qué?

–Ineficacia, corrupción, partidismo... al parecer, se dedicaban a espiar a ciertos políticos, incluida la vicepresidenta Espinoza. La situación llegó a un punto tal que se volvió insoportable. Eran tantas las acusaciones y tan grande el desbarajuste que Humala optó por intentar hacer borrón y cuenta nueva. Durante ciento ochenta días, el Perú careció de Servicio Secreto, lo que debe de ser un caso único en el mundo. ¿Y sabes qué? No pasó nada. El país siguió funcionando.

–Y ahora aparece en la agenda de Elisa ese tal Corberó, que también está en el origen de este caso.

–Puede tratarse de una simple casualidad –apuntó el suboficial.

Berta se volvió hacia mí.

–¿Casualidad? ¿Tú crees en las casualidades, Fermín?

–Ni de casualidad.

A partir de ese momento, Morel entró en una especie de trance.

Se sentó en su sillón y reclinó el respaldo casi hasta la horizontal, mientras sujetaba una libretita en la mano izquierda y su pluma Parker en la derecha. Cerró los ojos y cualquiera podría haber pensado que dormía de no ser porque, de cuando en cuando, abría un ojo y tomaba notas en la libretita.

Durante más de diez minutos, mientras Valdiviezo archivaba informes y Morel pensaba y escribía, yo permanecí de pie junto a la ventana, contemplando el tránsito de la avenida.

De pronto, el suboficial pareció dar fin a su tarea y me hizo una seña. Sin embargo, se dirigió a Morel.

–Jefa, nos vamos al Starbucks del óvalo para no molestarla. Si nos necesita, contácteme en el celular.

Ella no dijo ni si ni no y siguió a lo suyo. Nosotros salimos del despacho y el brigadier cerró la puerta desde fuera como quien cierra la del cuarto de los niños a la hora de dormir.

–Hay momentos en que lo mejor es dejarla a solas. ¿Le apetece un café?

Cuando le dije que sí, pero que odiaba los Starbucks con toda mi alma, Rolando Valdiviezo me propuso a cambio un pequeño quiosco con veladores al aire libre en el centro del campus de la cercana Universidad de Lima.

Resultó ser un lugar agradable, tranquilo, verde, en el que estuvimos rodeados de jóvenes estudiantes que aún pensaban que la vida era básicamente justa y ecuánime y no ese crupier loco que reparte a manos llenas naipes que nadie se merece.

Allí descubrí la Inca Kola Zero, que me gustó un poco más que la original pero, aun así, me siguió pareciendo insoportablemente dulce. Yo creo que hay que tener paladar peruano para apreciarla.

En Lima es un poco tonto hablar del tiempo, porque siempre hace el mismo, así que las conversaciones banales deben versar sobre otros temas universales, como el fútbol o la política. Dado que ninguno de ellos es mi fuerte (mucho menos, si hablamos de fútbol o política peruanos), decidí contarle a Valdiviezo algunos retazos de mi vida. Él pareció mostrarse muy interesado desde el primer momento. Sin duda, porque así entreveía la posibilidad de corresponder relatándome su vida, cosa que hizo con entusiasmo en cuanto le dejé un resquicio.

Llevaba veintiséis años casado con la misma mujer y seguía enamorado de ella como el primer día, lo que me pareció inaudito y entrañable a partes iguales. No habían tenido hijos, pese a desearlo ambos, y esa era su principal frustración. Le pregunté por qué no optaron por la adopción y me dijo que lo intentaron, pero fueron declarados pareja no idónea. No entró en detalles, claro está. Se le iluminó la mirada cuando me relató que, de joven, soñaba con ser actor. Admiraba a Ricardo Darín e Imanol Arias. Mira por dónde, pensé, mientras me reafirmaba en su parecido con el actor español. Sin embargo, por contentar a su esposa, había renunciado a su vocación y se había presentado a las pruebas de acceso a Puente Piedra, la escuela de suboficiales de la policía. Confiaba en suspenderlas, pero, al contrario, para su propia sorpresa, las superó con buena nota. Tras graduarse como policía, había servido durante muchos años en la calle como patrullero (tombo, decía él) y lo habían herido dos veces. La primera, leve, un disparo del 22 en la pierna, una tontería. La última, diez años atrás, fue un golpe de machete en la espalda que a punto estuvo de mandarlo al otro barrio. Pasó dos meses hospitalizado y, después de eso, lo enviaron a oficinas. Su mujer estaba encantada con su nuevo destino, carente de riesgos, pero él se moría de tedio. Cuando, hace cuatro años, le ofrecieron ser el ayudante de Morel en un puesto fuera del organigrama general, aceptó sin pensarlo.

–Fue la mejor decisión de mi vida –concluyó.

Tras aquellas casi dos horas de confidencias, me pareció que empezaba a mirarme con cierto aprecio. Igual que yo a él.

Por fin, justo cuando yo acababa de invitar a la cuarta ronda de Inca Kola y, por tanto, nuestro índice glucémico se acercaba a la zona roja, Morel envió un escueto wasap al teléfono de su suboficial: «Volved».

A nuestro regreso, el respaldo del sillón de la comandante estaba en posición vertical. Igual que las arrugas de su entrecejo.

–Le he pedido al juez Restrepo que me adjudique la investigación del crimen de Godoy. Le ha parecido una absoluta irregularidad dirigir desde Lima un crimen cometido en Chiclayo, pero me ha dicho que sí. Es un asunto que no me interesa demasiado, pero está relacionado con el caso Lobo y trabajar en él nos permitirá hacer preguntas sin despertar sospechas y meter las narices en sitios que quizá no podríamos de otro modo.

Valdiviezo y yo nos miramos un momento. Él habló por los dos.

–Muy bien. ¿Por dónde empezamos, jefa?

Berta me miró como solía hacer ella: de frente y sin parpadear.

–¿Hasta qué punto puedo contar contigo, Fermín?

–A la firme, o como se diga aquí «totalmente».

–Me alegra oírlo. He hablado también con el coronel Forlán. Te vamos a proporcionar una acreditación de colaborador especial de Interpol. No te convierte en un policía ni puedes llevar armas, pero sí podrás solicitar la ayuda de los cuerpos de seguridad en caso necesario; y te permitirá husmear por donde quieras sin dar demasiadas explicaciones.

–Justo lo que me gusta. Gracias, jefa. ¿Y dónde se supone que voy a husmear?

–Me gustaría que fueras a Arequipa, a ver si es posible encontrar algún indicio del paradero de Álvaro Lobo, su mujer y su hijo. Uno de nuestros objetivos es proteger a esa familia, pero, claro, primero tenemos que saber qué ha sido de ellos. Los compañeros de allá no parece que se hayan tomado mucho interés en localizarlos, dado que, realmente, no se ha presentado ninguna denuncia de desaparición.

–Estoy de acuerdo.

–Buscaremos para ti un vuelo la mañana del próximo lunes.

–¿El lunes? ¿Podemos permitirnos no hacer nada durante el fin de semana?

–Acabas de pasar veinticuatro horas en cama. Y yo he tenido una semana más intensa de lo habitual. Necesito desconectar. Quizá a partir de la semana que viene ya no podamos hacerlo. Ahora, aún es tiempo.

Luego, señaló a Valdiviezo.

–En cuanto a ti, Rolando... Por mucho que aborrezcas volar, también tendrás que tomar un avión el lunes. En tu caso, hacia Cusco. Quiero que localices e investigues al hombre que figura en la agenda de Elisa Lobo.

–Guzmán Elbueno.

–Ese mismo. Y yo me dedicaré a hablar con ese tal Cordero y tratar de averiguar cuál es la implicación de la DINI en todo este asunto.

–Cordero no, mi comandante: Corberó. Edgardo Corberó.

–Sí, bueno, como sea... Espero dar con alguna información interesante. Esta tarde lo prepararemos todo y después os invito a cenar.

El suboficial alzó la mano.

–No sabe cómo lo siento, jefa, pero mi mujer y yo habíamos quedado en celebrar esta noche nuestro aniversario de bodas con una cena, precisamente. No puedo decirle que no. Los años pares, además, invita ella.

–Oh, vaya... por supuesto, debes ir con tu mujer. ¿Adónde te lleva? Lo digo para no coincidir. Supongo que resultaría violento.

–Vamos a la Rosa Náutica, en el espigón.

–Mirando al mar, ¿eh? Me alegra verte tan romántico, Rolando.

–Es un lugar que nos trae buenos recuerdos.

–En ese caso, Fermín y yo nos iremos al Panchita de Miraflores.

–Buena elección. Te gustará –me pronosticó Rolando.

Panchita y algo más

Acertó Rolando.

Me gustó mucho el ambiente, la comida (aunque en cantidad excesiva para los gustos europeos, eso sí), el local y los empleados del Panchita. Como peaje, tuve que mostrar mi constante admiración por la vida y los milagros de Gastón Acurio, a quien todos los peruanos consideran el mejor chef del mundo y de quien se conocen al dedillo todas sus vicisitudes personales. Al parecer, el joven Acurio marchó a estudiar cocina a Francia, a la famosa escuela Cordon Bleu, mientras su padre creía que le estaba pagando una carrera universitaria seria en España. En fin... menos mal que el éxito todo lo redime.La otra cosa que me sorprendió fue el hecho de que los peruanos no suelen acompañar habitualmente una comida de cierto nivel con agua, vino o cerveza, sino con combinados alcohólicos (algunos ciertamente estrafalarios), el rey de los cuales es el pisco *sour*. Por mi parte, cayeron tres esa noche. Y alguno más por parte de Berta Morel.

Supongo que esa fue la causa de que, tras la magnífica cena, optásemos por hacer el camino hasta su casa a pie y apoyándonos el uno en el otro, en un vano intento por mantener la verticalidad. Fue un paseo largo, pero muy agradable. Un par de tropezones me obligaron a sujetarla con fuerza por la cintura, para evitar que cayera de bruces al suelo. No me pareció que le desagradase la maniobra. Se empeñó en atravesar el parque de Miraflores, en lugar de rodearlo, cosa que consideré una temeridad a esas horas de la noche. En realidad, lo que deseaba era descalzarse y pisar la hierba húmeda. Una total redundancia, porque la hierba siempre está húmeda en Lima.Fue allí, en el parque, cuando, de forma imprevista, Berta Morel me empujó contra el tronco de un árbol muy grande y me besó por primera vez, en la oscuridad. Luego, se abrazó a mí, metió la cara en el hueco de mi hombro y permaneció así durante un rato muy largo. Me pareció que lloraba, pero no podría asegurarlo. Creo que fue entonces cuando fui consciente de que Berta Morel guardaba un puñado de secretos que, posiblemente, jamás me contaría.

Fin de semana

El fin de semana fue agitado, divertido, luminoso y festivo, como silenciosos fuegos de artificio. Fue como el paréntesis de una ecuación matemática, como el silencio que separa dos notas de violín, como la calma que antecede a la furia o la desazón que sucede a la tormenta, como el temblor del diafragma al paso de un tren, como el trazo de la estilográfica completando tu rúbrica, como el viento en las hojas de las palmeras del oasis, como el rayo de luna llena en las pupilas del hombre-lobo. Como la balada de Caín.

Lo cierto es que lo pasamos bien, Morel y yo. Tanto el sábado como el domingo nos levantamos pasado el mediodía y disfrutamos de Lima hasta después de la medianoche.

Fuimos al zoológico, al cine, montamos en metro para llegar a distritos donde no llegan los turistas, donde la vida no vale ni lo que pesa el alma. Miramos el mar hasta que el cielo lo cambió de color, corrimos por la playa, comimos en un chifa, paseamos por Barranco haciendo planes que nunca cumpliríamos. Admiramos pinturas que no comprendíamos y preguntamos su precio sin reír ni sonrojarnos. Compramos herramientas que jamás usaríamos, solo porque eran bellas, y bailamos al son de músicas que nos eran indiferentes. Tomamos helado en la plaza Mayor y té con frutas en el Hilton. Entramos en la catedral para ver la tumba de Pizarro y ese mural enorme en el que está dando a elegir a los trece de la fama entre la nada panameña y la gloria peruana.

Y nos besamos muchas veces, como si volviésemos a tener quince años; nosotros, que nunca tuvimos esa edad, la edad de la inocencia.

LUNES, 4

Arequipa

A primera hora, que no a primerísima, tomé hacia Arequipa un vuelo de Latam que me pareció harto caro en comparación con otros de Avianca o Peruvian que hacían el mismo trayecto en horarios algo más intempestivos.

Empezaba a resultarme sorprendente el trasiego aéreo de este país. Las principales ciudades están separadas, como es natural, por distancias americanas, que solo en avión es posible salvar en tiempos razonables. No hay muchas alternativas. La red ferroviaria es reducida y lenta; puede tener sentido para el transporte de mercancías y resulta muy turística, pero es ineficaz como medio de comunicación, salvo en contadísimos trayectos. Echarse a la carretera en auto o en bus supone dedicar toda una jornada a la mayoría de los desplazamientos. Así pues, el avión es la estrella de la movilidad peruana, representada por aparatos de gran tamaño, casi siempre abarrotados de pasaje, aterrizando y despegando continuamente en pequeños aeropuertos bautizados indefectiblemente con el nombre de un aviador militar. Con la excepción de Jorge Chávez, que fue un aviador civil.

Arequipa, la ciudad blanca, curtida en la permanente amenaza que supone el volcán Misti, me gustó incluso desde las nubes. Antes de aterrizar en el aeropuerto Rodríguez Ballón, ya tenía la sensación de que podía ser un buen lugar para vivir. Para mi gusto, solo le faltaba el mar.

Y, por descontado, es la patria chica de don Mario. Eso también cuenta. No todos pueden presumir de compartir ciudadanía con un premio Nobel.

Nada más salir al vestíbulo de la terminal de llegadas del aeropuerto, me hizo una seña un tipo vestido de paisano, pero al que se le notaba a la legua su condición de policía.

—El señor Escartín, ¿verdad? —me dijo, tendiéndome la mano.

—¿Cómo me ha reconocido?

—Me dijeron que se parecía al actor Jack Nicholson.

—¡Qué me dice! ¿De veras me parezco a Nicholson?

—Ni por asomo. Pero de los pasajeros de su vuelo usted es el que, sin parecérsele en absoluto, más se le parece. Por cierto, me llamo Martín Feliz, de la comisaría de Palacio Viejo.

—Encantando de conocerle, Martín. Supongo que le habrán hecho mil veces la broma de preguntarle si es usted feliz.

—Mil y una veces, con la suya. Naturalmente, siempre respondo que sí.

Salimos al exterior y montamos en un Toyota de color blanco, sin distintivo alguno.

–Mis instrucciones son llevarle a la vivienda del doctor Álvaro Lobo, pero hemos de pasar antes por la comisaría para recoger al cerrajero. Si quiere, podemos aprovechar para dar una vueltita completa a la plaza de Armas. Nos pilla de camino y merece la pena.

–Claro que sí. ¿Lo del cerrajero significa que tenemos permiso para entrar y registrar la casa de Lobo?

–Así es. Hace apenas una hora hemos recibido por fax el auto de un juez de Chiclayo, el magistrado Restrepo. ¿Lo conoce?

–Oh, sí. Un hombre ciertamente singular.

Yo ya conocía las plazas mayores de Chiclayo y Lima. Supuse que la de Arequipa sería otra más, simplemente hermosa. Me equivoqué. Lo cierto es que desembocar en ella resultó una grata sorpresa. Un chapuzón para los sentidos. Era diferente, bellísima, blanca, toda ella doblemente porticada, con un ambiente que se percibía especial desde el primer vistazo. Maravillosa. Arequipa escaló, gracias a su plaza de Armas, un peldaño más en mis preferencias.

Por el contrario, la comisaría de Palacio Viejo, a la que pertenecía Feliz, era un lugar infame. Situada en pleno centro histórico de la ciudad, era la casa más triste, pequeña y fea de su calle. Su fachada, un simple muro de bloques pintado de blanco y verde, con una puerta de piedra en el centro sobre la que campaba un rótulo de banderola con el emblema de la PNP. Sobresaliendo de la única planta, una garita de vigilancia que no habría desmerecido en un campo de exterminio nazi.

Por suerte, el cerrajero ya estaba listo cuando llegamos y apenas nos detuvimos allí un par de minutos. Al salir de la comisaría y durante el resto del camino, nos escoltaron dos agentes uniformados en motocicleta. Yo me sentía el ministro del Interior.

El domicilio de Álvaro se hallaba muy cerca, en Vallecito, una zona residencial lindante con el centro histórico. Ni diez minutos tardamos en llegar. Y, por cierto, la de Álvaro era una casa de primera categoría, una vivienda individual de magnífico aspecto, situada al fondo de una calle sin salida bordeada de catalpas. No pude evitar pensar que le iban bien las cosas; y eso no siempre es bueno.

Tocamos el timbre con insistencia sin obtener respuesta alguna, así que Feliz le hizo un gesto al cerrajero, un hombre menudo, con aspecto de roedor gigante y pies muy grandes. Abrió la puerta en un pispás sin dañarla. De inmediato, comenzó a sonar una alarma que el mismo tipo se encargó de acallar en menos de un minuto. Luego, se retiró.

Entraron primero los dos uniformados, pistola en mano, aunque no antes de que el silencio fuera la única respuesta a los gritos de los policías identificándose como tal y preguntando insistentemente si había alguien en la casa.

–¿Siempre toman tantas precauciones? –le pregunté a Feliz.

–Cuando vas a entrar en casas como esta, sí. Si metes la pata con según qué gente, te puedes buscar un lío –fue su sincera respuesta.

Unos minutos más tarde, los dos agentes declararon segura la vivienda. Supuse que habrían recorrido todas las habitaciones y, por tanto, eliminado la posibilidad de hallar intrusos, pero también de encontrar a la familia Lobo en estado de fiambre, que era mi principal temor esa mañana.

–Adelante –me indicó Feliz, cediéndome el paso bajo el zaguán.

Entrar en la casa de Álvaro me supuso una especie de *déjà vu* que asocié enseguida con la inspección a la casa de Elisa en Zaragoza, en el inicio mismo de toda esta peripecia. La misma sensación de ausencia premeditada, de trampa para osos, de bocamina infestada de grisú.

Todas las luces estaban apagadas, pero la corriente eléctrica no había sido desconectada. Disponía de persianas, al modo español, y estas se habían bajado, aunque no totalmente. Así, la luz que se filtraba por ellas bastaba para distinguir muebles y contornos sin necesidad de usar linternas. En la primera planta, un recibidor, sala de estar de concepto abierto, comedor, cocina, despensa, un baño y un aseo; además, un cuarto habilitado, al parecer, como sala de espera y un despacho con aspecto de gabinete profesional. La consulta privada del doctor Lobo, sin duda. Sus títulos académicos y sus diplomas colgaban de las paredes. El mobiliario: un gran archivador metálico, una estantería con vistosos libros médicos y una vitrina con objetos personales relacionados con la náutica: un sextante, una brújula de barco, un silbato de marinería, un telégrafo de puente, una campana de bronce... Mesa y sillón. Dos sillas de confidente y, algo curioso, un diván. Tal vez Álvaro era un psiquiatra psicoanalítico, de la escuela del doctor Freud, y tumbaba a sus pacientes en ese diván para que hablasen de sí mismos y de sus temores.

Al entrar en la cocina, comprobamos que el frigorífico funcionaba y estaba repleto de alimentos. Vimos carne, frutas, leche y quesos... La carne todavía se hallaba dentro de una bolsa de plástico rotulada «Mercado de San Camilo».

–Un mercado tradicional de puestos, muy lindo, cerca de acá –me indicó Feliz–. Un lugar digno de visita, se lo aseguro.

En el interior de la bolsa, cuyo contenido empezaba a presentar mal aspecto, encontré el tique de la compra. Puesto 40, decía. Y tenía fecha del 28 de junio.

–De modo que el martes veintiocho no solo aún estaban aquí –comenté en voz alta–, sino que hicieron una compra grande. Yo diría que, al menos, para una semana. Señal de que no tenían intención de ausentarse en breve.

–Y, sin embargo, ese mismo día, por la tarde, el doctor Lobo pidió en su lugar de trabajo disfrutar de vacaciones inmediatas –comentó Feliz, consultando sus notas–. En resumen: su marcha fue decisión precipitada. Quizá se fueron incluso ese mismo día. Desde luego, el jueves por la tarde ya no estaban aquí.

–Cierto. Y esa es una precisión importante: se marcharon entre la tarde del martes veintiocho y el mediodía del jueves, día treinta.

La pregunta era inevitable: ¿adónde fueron?

–¿Cómo es posible que nadie los viera salir? –se preguntó Feliz.

–Bueno... no me ha parecido una zona muy transitada. O quizá se fueron de noche. ¿Hay cámaras de vigilancia en los alrededores?

–En la calle, no. Quizá tengan un sistema de videovigilancia en la casa. Si lo hay, el módulo de control suele estar en la cochera. Voy a mirar.

Mientras Martín Feliz bajaba al garaje, yo decidí subir a la planta superior de la casa. Allí encontré justo lo que esperaba: dormitorio principal, con su cuarto de baño y su vestidor a la americana, cuarto del niño, otros dos cuartos, preparados para recibir invitados o futuros hermanitos para Rudolph, otros dos baños y una sala de juegos y lectura de tamaño importante.

Del estado del baño y el vestidor era fácil deducir que faltaban al menos dos maletas grandes, mucha ropa y los habituales útiles de aseo. O sea, todo aquello que uno se llevaría como equipaje al salir de vacaciones por un período largo. Y después, guiado por la intuición, eché un vistazo a los libros que se alineaban en la estantería del cuarto de juegos.

Y, sin mucha sorpresa, descubrí un ejemplar de *Chacal*, de Frederick Forsyth, colocado boca abajo.

Cusco

Aproximadamente a la misma hora que Fermín lo hace en Arequipa, Rolando Valdiviezo aterriza en el aeropuerto de Cusco y pronto comienza a sufrir las molestias del mal de altura. En su caso, eso se traduce en una náusea que le oprime el estómago mientras la boca se le llena de saliva dulce, que debe escupir para no empeorar los síntomas. Por suerte, la indisposición no es duradera y pasa pronto, pero se repetirá una o dos veces cada hora hasta su total desaparición, al día siguiente.

Rolando no ha querido molestar a sus compañeros de Cusco, así que nadie acude a recogerlo al aeropuerto. Al salir a la zona de llegadas, toma un taxi y le pide al chófer que lo lleve al distrito de Magisterial.

–Buena zona –indica el taxista–. No me importaría vivir allí.

Como Rolando no hace el menor comentario, el taxista calla hasta llegar al número 105 duplicado de Oswaldo Baca.

–¿Es aquí? –pregunta el policía.

–Aquí mismito, señor.

Tras pagar la carrera, Rolando baja del taxi y echa un detenido vistazo a la vivienda. Una casa amplia, moderna, en buen estado, rodeada por jardines bien cuidados. Y en un barrio de primera, al parecer. Sistema de alarma, puertas blindadas, ventanas defendidas. Tiene la sensación de que lo están vigilando desde dentro.

El suboficial atraviesa el jardín delantero por un camino de losas negras, sube los dos escalones del porche delantero y llama al timbre. Tiene que insistir antes de que una mujer madura, muy bien conservada, le abra la puerta. Es atractiva y le sonríe con cortesía.

–Buenos días. ¿Desea...?

–¿Está en casa el señor Elbueno?

–¿Quién lo busca?

Rolando echa mano al bolsillo interior de su chaqueta y muestra su credencial.

–Interpol. Querría hacerle unas preguntas.

–¿Sobre qué?

Rolando sonríe, a su vez.

–Eso ya se lo diré a él, señora.

La mujer se inclina hacia delante para examinar el documento identificativo. No parece extrañada ni asustada.

–Voy a buscarlo. Espere aquí, por favor.

Mientras aguarda, el brigadier siente de nuevo la náusea dulce que le provoca la altura. Se retira unos metros para escupir junto a los setos que separan la parcela de la contigua. Respira profundo, con dificultad. Es difícil llenar los pulmones a 3.400 metros de altura, cuando estás acostumbrado a vivir junto al mar. Rolando ya había visitado Cusco otras veces. Incluso, había pasado una semana en La Paz, a más de 4.000 metros. No es fácil acostumbrarse y, sobre todo, en cada ocasión le resulta más penoso. Sin duda, la edad va mermando su capacidad de adaptación.

¿Por qué tarda tanto?, se pregunta Rolando, al cabo de unos minutos, mientras sigue luchando contra el malestar.

La mujer ha dejado entornada la puerta y el policía se decide a echar un vistazo al interior de la vivienda. Sin entrar. Solo mirar.

Cuando lo hace, oye un sonido que no identifica al momento. Un zumbido suave, de motor eléctrico. Retrocede un paso y mira a su alrededor. Y, de pronto, otro ruido, más bronco y mucho más reconocible: el del arranque del motor de un automóvil.

Entonces, Rolando lo une todo y le da sentido. El primer sonido era el de la apertura de la puerta eléctrica de la cochera, situada a la izquierda de la entrada principal y unos dos metros por debajo, por el desnivel del terreno.

Por allí sale con evidentes prisas un Volkswagen escarabajo, de los modernos, de un amarillo vivo.

Rolando se da cuenta al momento de que su hombre intenta escapar.

—¡Eh! ¡Espere! ¡Alto!

Pero el tipo no espera y sale zumbando, incluso haciendo chillar los neumáticos sobre el pavimento.

Al brigadier le desaparece el mal de altura de modo radical.

Echa dos rápidos vistazos para hacerse una composición del lugar. La calle desciende la ladera en zigzag, de modo que puede ganarle terreno si él baja recto; pero no hay tiempo que perder. Rolando echa a correr cuesta abajo, mientras saca de la funda sobaquera su Smith & Wesson del 38 Special.

Enseguida, se percata de que no va a llegar a tiempo de interceptar la trayectoria del Volkswagen. Sin embargo, en una de las confluencias, ve acercarse tranquilamente por la calle contraria el mismo taxi que le ha traído hasta aquí, y decide correr hacia él, mostrando la placa en una mano y el arma en la otra.

—¡Quieto! ¡Alto! ¡Policía! ¡Soy policía!

El taxista clava frenos y antes de que pueda abrir la boca, Rolando se ha sentado a su lado.

—¡Siga a aquel carro! ¡El amarillo! ¡Al toque, al toque!

—¿Que lo siga? ¡Pero si viene hacia nosotros!

—¡Córtele el paso antes de que gire!

El taxista trata de obedecer, pero el escarabajo amaga con echarse a izquierda, lo dribla y, a punto de colisionar ambos autos, encuentra un jirón lateral que le permite esquivarlo y huir.

–¿Ha visto eso? –exclama el taxista con admiración–. ¿Cómo lo ha hecho? ¡Qué bárbaro!

–¡Deje de aplaudirle y vaya tras él, maldita sea! –ordena Valdiviezo.

–Ya voy, ya voy...

La presencia del taxista ha obligado a Elbueno a dirigirse al centro de la ciudad cuando su intención primera era la contraria. Aprieta el acelerador y avanza entre el tránsito, esquivando con evidente riesgo a los carros más lentos que va encontrando en su camino. El taxista trata de imitarlo, siguiendo su huella, aunque pierde terreno.

Circulan por Collasuyo, una calle de un solo carril, en cuesta, como lo es casi todo en Cusco. Casas encaladas a la derecha y el barranco a la izquierda. Sin escapatoria posible.

El taxista volantea con habilidad, tocando el claxon, pero el escarabajo le va ganando ventaja. A partir de una intersección, la calle se desdobla, pasando a convertirse en avenida de doble sentido con mediana de hormigón. La velocidad de los dos autos aumenta en ese tramo. Con chillido de neumáticos, negocian ambos una larga curva derecha-izquierda, en subida, un auténtico sacacorchos, como de circuito de competición, aunque con la dificultad añadida de estar rodeados por otros vehículos. Al poco, mientras se acercan al centro histórico, sobre una larguísima tapia y con enormes caracteres, Rolando puede leer un mensaje de la municipalidad, aunque las palabras le llegan en orden contrario: AMÉRICA DE ARQUEOLÓGICA CAPITAL HUMANIDAD LA DE CULTURAL PATRIMONIO CUSCO.

De repente, el tráfico se espesa y los atrapa. Los dos autos se detienen, separados por casi un centenar de metros ocupados por otros carros. Rolando abre la puerta del taxi y duda si echar pie a tierra e irse corriendo hacia el Volkswagen, cuando ve al coche amarillo abandonar la calzada y trepar por los escalones que rodean una gran cruz de piedra y así alcanzar el siguiente cruce.

–¡Qué demonios...! –mascula el policía– ¿Puede usted hacer eso mismo?

–Ni soñarlo. Este carrito es mi herramienta de trabajo y tengo que cuidarlo como a un hijo.

–Es que lo vamos a perder, maldita sea...

Sin embargo, casi de inmediato, el tranco cede y se deshace como por milagro. Los vehículos avanzan de nuevo y ellos también, sin haber llegado a perder de vista, aunque muy de lejos, al perseguido. El taxista aguza la mirada y se echa a reír, de pronto.

–¡Se ha metido a la derecha, por Chihuanpata! Error terrible. Por ahí lo va a tener difícil. ¡Vamos a por él, causa!

Enseguida dejan la avenida y siguen los pasos del *beatle* por calles adoquinadas, tan estrechas que, por momentos, parece que el auto vaya a quedar encajado entre las casas como el corcho en el cuello de la botella. Suben y suben sin descanso hasta que, de pronto, desembocan en una plazuela mínima, sin salida.

Ahí está el Volkswagen, vacío, con la puerta del conductor abierta.

Elbueno ha echado a correr. Rolando arroja unos soles al conductor y continúa la persecución a pie.

El terreno, siempre ascendente, pone a prueba los pulmones del policía, que resopla como un búfalo en estampida. Menos mal que el sol se ha escondido entre negrísimos nubarrones y eso alivia la sensación térmica. Pese al terrible esfuerzo, Rolando sigue adelante, sin perder en ningún momento de vista su presa. Por suerte, se trata de un hombre de aspecto peculiar, con abundante pelo plateado, fácil de identificar incluso entre una multitud. Valdiviezo, con un esfuerzo de la voluntad, aprieta los dientes y el paso al mismo tiempo.

El callejón desemboca ya en una zona turística. El terreno se nivela y se abre en calles más amplias y placitas encantadoras. Aparecen hoteles, bares y restaurantes. Y tiendas de recuerdos incas fabricados en China.

Rolando ve cómo, a lo lejos, Elbueno dobla por un callejón, a su mano izquierda. Aunque el costado le duele como un demonio, el policía redobla esfuerzos y sigue corriendo. Pero cuando se asoma a la esquina, su perseguido se ha esfumado. Solo ve a un par de sujetos muy gordos, vestidos con delantales blancos; cocineros que se han tomado un descanso para salir a fumar, deduce de inmediato. Rolando se acerca a ellos, con la placa en la mano.

—Policía —gime, entre dos resoplidos—. Voy persiguiendo... a un delincuente... ¡Buf! Un tipo canoso, con camisa... verde pistacho.

Los gordos lo miran como si fuera basura. No se dignan contestar. Rolando afila la mirada, toma aire y los amenaza con el arma.

—¡Nos dejamos de pavadas, señores! Sé que el tipo ha pasado por aquí. ¿Adónde ha ido? Me responden o vamos a comisaría.

Por fin, uno de ellos señala con la barbilla una puerta chiquitina, a su espalda. «El convento Cusco. Entrada de servicio», reza un rótulo.

Se trata de un hotel de lujo. Rolando enfunda el arma y avanza, echando miradas rápidas a un lado y otro. Pasa primero por cocinas y almacenes. Pregunta a un par de chicas, que niegan con la cabeza. Cuando sale por fin de la zona de servicio, busca el vestíbulo principal y se dirige a recepción. Elige al más joven de los tres empleados. Se trata de un muchacho que apenas aparenta veinte años. Podría ser el primer día que se pone una corbata. Rolando le planta su credencial a tres dedos de la cara.

–Interpol de Lima. Voy siguiendo a un cogotero que ha entrado en el hotel. Tío, canoso, vestido con tejanos y mica verde. Inconfundible. ¿Lo has visto?

El chico traga saliva, afirma y señala con la mirada una escalera amplia que conduce a la segunda planta.

–Buen chico.

Rolando va para allá y sube los peldaños de dos en dos, por lo que llega a lo alto, de nuevo, sin aliento. Siente un pinchazo en el cuello que le trepa por detrás de la oreja, hasta la nuca. Consecuencia del esfuerzo y la tensión.

Lo ve, de pronto, al fondo.

Guzmán Elbueno intenta abrir un gran ventanal que se asoma a los tejados de la casa lindante. Valdiviezo se le acerca, cauto. Como gato. Elbueno ha percibido su presencia reflejada en el cristal, pero no se delata. Impasible. Sigue con su tarea, como si nada. Abre, al fin, de par en par las hojas del ventanal. Con el rabillo del ojo ve acercarse a una camarera por su derecha. Decide rápido. Cuando la chica pasa junto a él, la sujeta por la boca y la cintura, usándola como escudo. Ella deja caer la bandeja con vajilla que llevaba en las manos y el estropicio es morrocotudo. El hotel entero calla por un instante.

–¡Alto, Guzmán! ¡Policía! –grita Rolando, sujetando el revólver con ambas manos.

El hombre del cabello plateado retrocede, siempre escudado en la joven camarera, que tiembla como una hoja al viento. La obliga a subir con él al alféizar del ventanal. Entonces, sin un segundo de duda, la empuja hacia dentro mientras él salta hacia fuera y echa a correr por los tejados, dejando un reguero de tiestos de teja a su paso.

Rolando acude a socorrer a la camarera, se asegura de que no tiene otra cosa que un susto y se asoma al ventanal. Tiene a Elbueno aún a tiro. Levanta el arma. Apunta. Piensa qué a gusto le pegaría cuatro tiros para acabar de una vez con esto; pero no va a disparar por la espalda sobre un hombre desarmado del que solo pretendía obtener unas cuantas respuestas. Intuye la maniobra que pretende Elbueno, suspira con resignación y echa a correr, una vez más, ahora hacia la salida principal del hotel.

Siente que no puede ni con su alma, pero sigue corriendo, fiándose de la intuición acumulada en sus años como policía en la calle. Sale, dobla a la izquierda y luego, otra vez. Cuando llega a la siguiente esquina, como suponía, ve a Elbueno saltando desde el alero de un tejado bajo a la calzada de la calle de Santa Catalina Ancha, aunque de ancha no tiene más que el nombre. Rolando vuelve a correr, sintiendo cada vez más presente la punzada en el costado. No tiene aliento ni para echarle el alto. Mascula una maldición para sus adentros.

Hay una nutrida fila de turistas para acceder a un edificio en el que Guzmán se mete en tromba, pese a las protestas de algunos. Es el Museo Machupicchu. Rolando intenta ir tras él, pero los turistas se le enfrentan y ha de mostrar la placa y gritar «¡police!» en tres idiomas distintos para calmar los ánimos. Entonces, sí, los turistas le abren paso y lo jalean para que detenga al caradura que acaba de entrar en el museo saltándose la fila.

Entre unas cosas y otras, cuando Valdiviezo accede al patio central de la casa ya no queda rastro de Elbueno. Suena un trueno andino, interminable. Caen las primeras gotas. Justo enfrente, una puerta reservada al personal ha quedado entreabierta. La atraviesa con sigilo y precaución. Lo último que desea es que un Guzmán agazapado entre las sombras lo golpee por sorpresa. Ya, lo que le faltaba. Pero no hay nadie tras la puerta y, después de atravesar una zona destinada a vestuario del personal, descubre una salida trasera que da a la calle de Santa Catalina Angosta, inexplicablemente más ancha que la Ancha.

Valdiviezo ya no ve bien de cerca, cosas de la edad, pero sigue teniendo una excelente vista de lejos. Y de lejos lo ve, entre la multitud de turistas que abarrotan la plaza Mayor y que ahora, con la aparición de la lluvia, se mueven como los peces de un cardumen en busca de cobijo.

Maldice de nuevo para sus adentros y vuelve a correr, sin que hacerlo por lugares que son patrimonio cultural de la humanidad le alivie lo más mínimo el cansancio, ya cercano al agotamiento.

En la distancia, pese a la visión enturbiada por la lluvia, ve la camisa verde de Elbueno desaparecer en el interior de la catedral.

Cuando Rolando se planta ante la magnífica portada barroca, está exhausto y empapado. Arrecia el chaparrón.

La adrenalina ya no es suficiente para combatir el mal de altura y el policía siente que se marea, que está llegando a su límite. Entra en la catedral, sacudiéndose el agua del pelo y de los hombros. Se sienta en el primer banco que ve y simula rezar. Por fortuna, la postura y el ambiente calmo del interior de la gran iglesia le devuelven parte del bienestar perdido.

Recobrado el ánimo en parte, toma una nueva decisión y se dirige a la sacristía.

–¡A ver! ¿Quién es el jefe aquí? –le pregunta al primer cura que ve al entrar.

El sacerdote, de gesto adusto, le señala un despacho tras una puerta de madera que parece mismamente la del acceso al Reino de los Cielos. Allí, tras una mesa indudablemente arzobispal, fruncido el ceño ante la pantalla de un portátil, encuentra al deán, que alza al verle unas cejas tan hirsutas que parecen postizas.

–No se moleste en preguntarme. Me llamo Rolando Valdiviezo. Pertenezco a la Interpol de Lima y he llegado hasta aquí persiguiendo a un malhechor.

–¡Qué me dice!

–Lo que oye, padre.

–Eminencia.

–¿Eh?

–Si quiere darme el tratamiento correcto, debe llamarme eminencia.

–Ah. ¿Y si no quiero?

–Entonces, es mejor que me llame Eusebio.

–De acuerdo, Eusebio. ¿Tienen servicio de seguridad aquí, en la catedral?

–Por supuesto. Tres fornidos muchachos de la empresa Segurigur.

–¿Podría alertarlos para localizar a un hombre mayor, llamativamente canoso, vestido con vaqueros y una mica verde pistacho?

–Podría. ¿Es importante?

–Lo es.

–Y si es tan importante, ¿cómo es que usted ha venido solo?

–Andamos muy escasos de personal. Ande, hágame este favor y me perderá pronto de vista.

El deán toma un *walkie-talkie* y da instrucciones a uno de los vigilantes. Luego, se vuelve hacia Rolando.

–¿Sabe usted que, tiempo atrás, los perseguidos por la justicia se refugiaban en las iglesias porque allí las leyes de los hombres carecían de fuerza ejecutiva? Lo llamaban «acogerse a sagrado».

–Sí, algo había oído. Creo que lo preguntaron hace poco en un concurso de la tele. Pero esa norma ya no está vigente, ¿verdad? La ley es la ley, dentro y fuera de la catedral.

–Eso me temo. Estos son tiempos laicos, qué le vamos a hacer...

Casi de inmediato, les llega el aviso. Uno de los vigilantes asegura haber visto a un hombre de las características descritas merodeando por las inmediaciones del coro del altar principal.

–Tiene que ser él –afirma Rolando, abandonando la sacristía seguido por el deán Eusebio.

Tras reunirse con el vigilante, que acudía a su encuentro, se dirigen los tres al coro. Lo registran rápidamente,

259

paseando por lugares que ningún turista puede hollar. Valdiviezo, que es un hombre culto, se deja impresionar por la sillería labrada, los trabajadísimos bajorrelieves de madera oscura, el imponente facistol, el órgano, cuyos tubos son como un pequeño acantilado de metal a punto de interpretar una amenaza. Los tres hombres registran hasta el último de sus recovecos, comunicándose por señas. Sin resultado.

El deán se da por vencido.

–Ha sido muy emocionante pero, si me lo permite, debo volver a mi trabajo.

–¿Me presta al chico un rato más?

–Claro, claro. Lo que sea menester. La seguridad es lo más importante en mi catedral.

–¿Más que la fe?

Don Eusebio estalla en carcajadas y, con un gesto intraducible, se despide.

Rolando y el vigilante inician entonces un rastreo envolvente, avanzando por separado en direcciones opuestas, hasta acabar reuniéndose ambos de nuevo, al cabo de unos minutos, en el centro del trascoro.

–Nada, ni rastro del tipo... –suspira el brigadier, que empieza a perder la paciencia.

El vigilante, un muchacho grande y robusto, de algunos veintisiete años y tres meses, le señala entonces, muy cerca de donde se encuentran, una puertecita disimulada en la decoración barroca. Aunque la puerta permanece aparentemente cerrada, el cerrojo pasador que la asegura está abierto.

–Es la primera vez que lo veo así –asegura el chico.

–¿Adónde conduce? –susurra Rolando.

–No lo sé, señor. No es una zona que requiera vigilancia. Jamás he entrado por ahí.

Rolando se aproxima y empuja la puerta que, aunque de más de un palmo de gruesa, gira con suavidad sobre sus bisagras. Tras ella, descubren el arranque de una estrecha escalinata de piedra que desciende hacia el subsuelo.

–Parece el acceso a una cripta –valora el brigadier–. ¿Vamos?

El vigilante, vacila.

–En una cripta es donde entierran a los muertos, ¿no? –pregunta , con la voz algo velada.

Como respuesta, les llega desde el cielo el sonido de un trueno horrísono, que comienza con un trallazo corto y metálico y se prolonga después, interminablemente, con ruido de redoble de bombos y tambores. El chico palidece. Rolando tampoco puede evitar un escalofrío.

Pero ambos atraviesan la puerta del trascoro.

La escalera hacia la cripta desciende a través de un pasadizo mínimo, de paredes encaladas con azulete, aunque el revoco se ha ido desprendiendo con el paso del tiempo y tapiza los escalones. Por eso, las pisadas de los dos hombres provocan un sonido crepitante, como si ambos avanzasen sobre una alfombra de escarabajos muertos. El vigilante, que es mucho más corpulento que Rolando, debe agachar la cabeza para no golpeársela contra el techo abovedado. Sus hombros casi rozan las paredes y cada paso le resulta más y más angustioso.

Enseguida, la luz que se filtra desde el exterior resulta insuficiente para ver siquiera dónde ponen los pies. Por suerte, desde hace un tiempo, todos llevamos en el bolsillo una linterna. Los dos hombres encienden sus celulares y siguen adelante.

Por fin, tras haber descendido no menos de cincuenta escalones, desembocan en un espacio cuadrangular, enlosado, de techo en bóveda de crucería. Hay ocho sepulcros en el suelo, con sus correspondientes lápidas, aunque lo más singular es la quincena de sarcófagos antropomorfos excavados directamente en las paredes; diez de ellos, sin lápida alguna que los cierre, están ocupados por esqueletos que se mantienen asombrosamente en pie, como si estuviesen a punto de echar a andar. Algunos aún conservan jirones de las vendas con las que fueron amortajados. Otros, no. Pero todos sonríen ampliamente, como tienen los muertos por costumbre. Salvo dos de ellos, que han perdido la calavera.

El vigilante enarbola su porra y Rolando su revólver. Barren el perímetro de la estancia con la luz de sus teléfonos, hallando solo muertos muy antiguos.

–¿Dónde se ha metido? –murmura Rolando con desánimo–. ¡No puede ser! ¡Aquí no hay salida!

Para asegurarse, patea el fondo de los cinco sarcófagos vacíos, sin encontrar otra cosa que no sea muro firme.

Mira entonces a su compañero, que permanece en silencio, y en su cara descubre una expresión que no le gusta ni un pelo. Lo enfoca con la luz del celular y el otro, ni parpadea.

–¿Te encuentras bien, chico?

–Sí... No sé... es que... yo puedo con los vivos, pero no puedo con los muertos –farfulla.

–Vale, lo entiendo. No te apures, nos vamos de aquí, que ya no hay nada que hacer. El tipo nos ha engañado. Ha sido listo. Ha abierto el cerrojo de la puertita de arriba y nosotros hemos picado el anzuelo como besugos .

Justo cuando se giran hacia el arranque de la escalera, oyen arriba el tremendo portazo.

–¿Qué ha sido eso? –chilla el vigilante.

–Maldita sea... –gruñe Rolando, imaginando el motivo.

–¡Alguien ha cerrado la puerta! –exclama el chico–. ¡Ha sido el malo! ¡Nos ha encerrado aquí! ¡Nos ha encerrado con los muertos!

–¡Cálmate! Vamos a salir de inmediato.

El muchacho no está para atender a razones. Perdidos los nervios, derriba a Rolando de un empujón y echa a correr escaleras arriba. No respira, solo avanza, empujado por el miedo. Y, cuando llega al final de la escalera, encuentra la puerta cerrada a cal y canto.

–¡Nooo...!

Tira de ella y la empuja con todas sus fuerzas, pero ni siquiera logra hacerla crujir.

–¡Estamos atrapados! –grita fuera de sí–. ¡Encerrados en una tumba! ¡Muertos en vidaaa! ¡Aaaah...!

Rolando ha subido tras él, revólver en mano, pero se queda a un par de metros de distancia. Seis escalones por debajo.

–¡Cálmate, chico! ¡Cálmate! ¡Vamos a salir de aquí, pero tienes que calmarte!

–¡No! ¡No puedooo!

–Aún no me has dicho cómo te llamas.

–¡Rubeeeeén...! ¡Me llamo Rubén y voy a moriiir...!

El muchachote se abalanza contra la puerta con una contundencia capaz de derribar a un toro de lidia. Pero la condenada puerta ni se inmuta.

Rolando empieza a temerse lo peor.

–Escúchame, Rubén: tienes que agacharte. Voy a disparar mi revólver contra el cerrojo de la puerta, pero aquí hay muy poco espacio. Tienes que agacharte, ¿lo entiendes?

–¡Nooo...! ¡No! ¡Quiero salir de aquí! ¡Saliiir...!

Rubén está hiperventilando. El exceso de oxígeno le provoca un mareo y se le doblan las rodillas.

–¡Bien! –exclama Rolando–. ¡Justo lo que yo quería!

Levanta el arma. Cuando está a punto de apretar el gatillo, recuerda que carga munición Special P; P de potentísima. Disparar un revólver más bien ligero con cartuchos así no es una experiencia precisamente divertida. Y, menos, hacerlo con una sola mano. Pero necesita la izquierda para sostener el teléfono y alumbrarse.

Duda un instante. Suelta el celular, sujeta el Smith & Wesson con ambas manos y dispara a ciegas. Dos veces, muy seguidas.

Los proyectiles, capaces de derribar a un velocirraptor en plena carrera, se alojan en la madera de roble sin apenas causarle desperfectos.

La fuerza del retroceso está a punto de hacer caer a Rolando que, sin embargo, logra mantener el equilibrio *in extremis*, sin saber lo que se le viene encima.

En ese espacio tan reducido, los dos estampidos resultan ensordecedores. Y, al instante, el ambiente se llena de humo y de un intensísimo olor a pólvora quemada. Para Rubén, es como el pistoletazo de salida para el Apocalipsis. La puntilla definitiva para su maltrecho estado de ánimo. Desbordado por las sensaciones, se desvanece y empieza a rodar escaleras abajo, arrastrando al policía en su caída sobre los cincuenta peldaños de piedra hasta aterrizar ambos dolorosamente en el suelo de la cripta.

Rolando ha vivido la caída como un mal sueño, en total oscuridad, pensando que cada golpe que se propinaba contra los escalones era el último, el descabello que iba a acabar con su vida.

Cuando, al fin, todo se detiene, comprueba que sigue vivo. Inexplicablemente. Lo sabe porque la muerte es un verdadero fastidio, pero no es dolorosa, y a él le duele todo el cuerpo y, en especial, el hombro izquierdo. Y el costado derecho. Y la oreja del mismo lado, que le sangra profusamente. Lo siente, aunque no puede verlo.

Está atrapado debajo del corpachón de Rubén, noventa y cinco kilos en canal, que sigue inconsciente.

Poco a poco, logra zafarse, no sin aumentar sus dolores y, por fin, de rodillas, al tentón, localiza el *walkie-talkie* del vigilante, prendido en el bolsillo de pecho de su camisa. Se lo arranca sin muchas contemplaciones y busca el pulsador. Cuando lo oprime, una lucecita cambia de verde a rojo y Rolando experimenta un enorme alivio.

Funciona.

Lima

Antes de que Valdivieso aterrice en Cusco y Fermín en Arequipa, la comandante Morel ya ha pasado por su oficina, se ha entrevistado con su coronel y ha telefoneado al juez Restrepo para que autorice el registro del domicilio de Álvaro Lobo. Le ha costado no pocos esfuerzos establecer el vínculo entre la investigación sobre la muerte de Darwyn Godoy en Chiclayo y la necesidad de registrar la casa del hijo de Elisa Lobo en Arequipa, pero, al final, echando mano de todo su poder de convicción, ha conseguido que el magistrado le dé un voto de confianza y acepte dictar el auto correspondiente.

Algo más fácil ha sido unir el crimen de Chiclayo con Edgardo Corberó, el agente de la DINI que firmó la orden de control de fronteras con la que comenzó todo este asunto. A fin de cuentas, Godoy era hombre de confianza en Perú de Elisa Lobo, la primera de la lista de Corberó. Y el hijo de Elisa sigue llevando colgada del cuello la medalla de principal sospechoso del crimen.

Después de todas esas gestiones, Berta Morel se traslada a la DIVINCRI, la División de Investigación Criminal, apenas a cien metros de la sede de Interpol. Hace años, estuvo un tiempo allí asignada y guarda en el edificio de la calle Manuel Holguín amigos y enemigos. Por suerte, tanto unos como otros tienen en común que no soportan a los agentes de la DINI, de modo que está segura de obtener toda la información posible sobre Corberó.

Finalmente, pasado el mediodía, con la cabeza repleta de información, se dirige al palacio Terry, en Jirón Huallaga. Allí está la sede del Tercer Gabinete, la sección de la DINI encargada de la seguridad del presidente de la república.

Ha avisado con antelación de su llegada y le han dado cita, pese a lo cual faltan diez segundos para que Berta Morel pierda la paciencia cuando Edgardo Corberó abre la puerta de la salita en la que la comandante lleva casi quince minutos esperando.

–Comandante... un placer conocerla.

Corberó viste traje oscuro, barato y estrecho, camisa blanca y arrugada, con las puntas del cuello retorcidas y una corbata de rayas azules a la que le hizo un nudo Windsor el día que la compró y que ya jamás ha deshecho.

El pelo rubio ceniciento, demasiado largo para su edad, se lo peina hacia atrás, con gomina, y le forma caracolillos en la nuca. Es fumador y, por ello, le amarillean los dientes y las puntas de los dedos.

Da la imagen perfecta del agente de oficinas del servicio secreto. La antítesis de James Bond.

A Morel le resulta casi repulsivo.

–El gusto es mío, Edgardo –miente la oficial.

–Creo que quería hacerme algunas preguntas en relación con un caso de asesinato, pero no creo tener nada que ver en ello.

–Eso ya lo decidiré yo. Veo que tus compañeros ya te han advertido de que estoy al cargo de la investigación de la muerte de Darwyn Godoy.

–Sí. Pero no sé quién es ese tal Godoy.

–¿Seguro? Aún no te he dicho dónde vivía ni a qué se dedicaba.

–Ya sé que vivía en Chiclayo, y eso me basta. No conozco a nadie de Chiclayo. Además, tenía un nombre muy peculiar. Creo que lo recordaría.

–Pero no lo recuerdas.

–No.

–Sin embargo, sí sabes quién es Elisa Lobo.

Corberó achica la mirada, como si estuviese haciendo memoria. Es muy mal actor y Berta se percata de ello al instante.

–Elisa Lobo... Elisa Lobo... Déjeme pensar...

–¿Elisa Lobo no es un nombre lo bastante peculiar? Lobo: como el del cuento de la Caperucita Roja.

–Estoy pensando, comandante.

–Piensa, hombre, piensa. Pero no tardes mucho, que no tenemos todo el día.

Corberó carraspea.

–Ah, sí, sí... Es una... una asesina profesional española, ¿verdad?

–A la que incluiste en una lista de control de fronteras hace unos meses.

–¡Es cierto! Claro, por eso me sonaba.

–¿Por qué la metiste en esa lista? La primera, además.

–Eeeh... informes elaborados por nuestro departamento dieron como resultado que existía un cierto riesgo de que pudiera estar preparando un atentado en nuestro país. La misma razón por la que incluí los otros cinco nombres en la lista. Y la puse en primer lugar porque era la única mujer.

–Cuando hablas de riesgo de atentado, te refieres al presidente.

–Esto es el Tercer Gabinete. Seguridad presidencial. Parece obvio.

–Lo que no es tan obvio es que incluyeras a Lobo en tu lista. Según la policía española, lleva varios años, digamos... jubilada.

–Las razones por las que lo hice figurarán en los informes.

–Ya. ¿Podría consultar esos informes?

–Por supuesto que no, lo sabe usted de sobra. Se trata de material confidencial. Estos son los servicios secretos, comandante. Secretos. La propia palabra lo dice.

Se le ve satisfecho con su respuesta. Como de verdadero agente especial de novelita de quince soles.

–Pero si vengo con una orden firmada por un juez, tendrás que mostrármelos.

Edgardo se alza de hombros. Pierde la sonrisa.

–Eso... lo decidirán mis superiores.

–¿Conoces en persona a Elisa Lobo?

–No.

–Curioso, porque ella sí te conoce a ti.

El hombre vacila.

–No tengo nada que decir. Insisto en que no la conozco.

–¿Por qué iba a mentir?

–Los asesinos suelen tener abundantes razones para mentir. Su profesión y su vida dependen en buena medida de que sean grandes embusteros.

–Y yo tengo abundantes razones para pensar que el que miente eres tú. Solo que no eres un gran embustero sino un embustero mediocre.

El agente de la DINI aparta la mirada.

–La he atendido por cortesía y porque así me lo han ordenado mis superiores. Pero creo que ya no tengo nada más que hablar con usted, comandante.

Cuando Morel está a punto de replicar, nota la vibración de su teléfono celular en el bolsillo.

–No te muevas de aquí hasta que yo vuelva.

Sin más, se levanta y sale al pasillo para atender la llamada.

Es la policía de Cusco, para comunicarle que Rolando Valdiviezo ha sufrido un accidente y ha sido trasladado al hospital Regional de la ciudad.

Morel escucha el resto de la información con gesto de piedra.

–Gracias por llamar –es la única frase que se permite, para dar por finalizada la llamada. Y de ahí, vuelve a encararse con Corberó.

–Supongamos que tengo información de primera mano sobre un atentado contra el presidente.

Lomo saltado

Era la hora de comer española y yo estaba a punto de hincarle el diente a un plato de lomo saltado que tenía un aspecto apetitosísimo cuando recibí la llamada de Berta.

–Hola, guapísima... –su silencio me dio mala espina, así que rectifiqué de inmediato–. ¡Ejem! Diga, mi comandante...

–Rolando ha sufrido un accidente en Cusco. No es grave, pero lo han trasladado al hospital.

–Vaya... ¿Cómo se encuentra?

–Solo tiene lesiones menos graves: varias costillas hundidas, luxación de hombro y, por confirmar, fractura de calcáneo.

–Uf... eso son dos meses de escayola.

–¿Sabes lo que es el calcáneo?

–Un hueso del pie, ¿no? En el talón.

–Exacto. Yo no tenía ni idea. Ah, además, creo que tiene una oreja como la de Van Gogh.

–Vaya, cuánto lo siento.

–El caso es que iba yo a volar allí junto a su mujer, pero el aeropuerto de Cusco está cerrado por una tormenta y no prevén abrirlo hasta mañana. Sin embargo, desde Arequipa hay un tren que te permitiría llegar allí sobre las ocho y media de la noche. Sale en media hora.

–Entendido, jefa. Pillo un taxi y me voy a la estación.

Talgo RD

Hay que ser un enamorado de los trenes para disfrutar del trayecto ferroviario entre Arequipa y Cusco. Por suerte, yo lo soy.

Aparte de los trenes de lujo como el Hiram Bingham o el Spirit of Andes, los trenes en Perú son lentos e incómodos, pero descubrí que existe un tren rápido que efectúa dos servicios diarios de ida y vuelta entre Arequipa y Cusco. Lo de rápido es un término relativo, pues tarda más de seis horas en recorrer menos de quinientos kilómetros, evitando además el paso por Puno. Eso ya resultó sorprendente. Sin embargo, la mayor sorpresa fue que el servicio está confiado a un veterano Talgo III RD adquirido por IncaRail a Renfe, y arrastrado, como todos los convoyes de acá, por una colosal locomotora diésel General Motors.

Aunque le habían cambiado el habitual color rojo original de talgo por un discutible azul Ferrari, fue un placer reencontrarme con los veteranos coches cuyos asiento de primera clase son, sin duda, los más anchos que yo recuerde haber usado en cualquier tren del mundo. Me pareció un viaje encantador, de ambiente y paisajes maravillosos. El tren iba lleno en clase económica, pero solo a medias en los coches de primera clase. Y en el coche cafetería servían infusión de hojas de coca. El último tercio del trayecto lo hicimos bajo una de las tormentas más escalofriantes que yo haya vivido, pero el convoy, desafiando el diluvio y la pirotecnia eléctrica del cielo de los Andes, llegó puntual a su destino.

Aunque el Talgo rendía viaje en la estación San Pedro, otros viajeros me aconsejaron que bajase en Wanchaq, más céntrica y más cercana al hospital Regional, donde me esperaba Rolando, penando de sus heridas.

Hospital regional

Todos los hospitales se parecen.

Aunque Cusco es una ciudad singular, su hospital Regional resultaba tan triste y deprimente como cualquier otro del mundo.

Rolando ocupaba la cama del fondo derecha, junto a la ventana, de una habitación cuádruple. Dormitaba cuando di con él, pero abrió un ojo y me sonrió al acercarme.

–Hola, Rolando. ¿Cómo estás?

–Don Fermín... ¿Qué hace usted aquí? ¿No estaba en Arequipa?

—He venido de avanzadilla. En tren, nada menos.

—¿En tren? ¡Qué valor!

—El aeropuerto está cerrado por la tormenta y tu mujer y la comandante no llegarán hasta mañana.

—Muy amable por su parte.

—No es nada. ¿Tienes dolor?

—De momento, no. Me han dado calmantes como para atontar a un león marino. Creo que son los mismos que usaron con King-Kong.

—Estupendo. Así me dejarás dormir toda la noche.

—¿Ah, cómo? ¿Se va a quedar a hacerme compañía?

—Órdenes de la jefa. Oye, ¿qué historia es esa de que te han rescatado del interior de una cripta secreta de la catedral?

—Completamente cierto. Una torpeza por mi parte. Es largo de contar en detalle. No me obligue a hacerlo de nuevo, por favor.

—Descuida. Ya leeré el informe que redactes cuando volvamos a Lima. Ahora, calla y descansa.

Treinta minutos después, hacia las nueve y media, tocaron silencio en el hospital y los acompañantes tuvimos que abandonar las habitaciones. Quienes desearan pasar la noche en el hospital disponían de una sala con butacas reclinables, pero nadie podía permanecer junto a los enfermos.

Llamé a Berta para darle el parte y transmitirle lo que Rolando me había contado.

—¿Volaréis mañana a Cusco, entonces? —le pregunté después.

—No, Fermín. He hablado con los médicos del hospital y no ven inconveniente en que Rolando se ponga en viaje.

Ya que tú estás allí, en cuanto mañana le den el alta, os vais al aeropuerto y tomáis el primer vuelo a Lima. Su mujer y yo os estaremos esperando en el Jorge Chávez. Me parece lo más razonable.

–Comprendido, jefa. Hasta mañana, entonces.

–Si no te dejan estar junto a Rolando, no te quedes en el hospital. No tiene sentido. Búscate un hotel para pasar la noche.

–Eso pensaba hacer. Será por hoteles en Cuzco.

–Cusco.

–Eso.

Al salir del hospital, más allá de de las diez de la noche, la pavorosa tormenta había cesado y ya solo llovía mansamente. La temperatura había caído en picado hasta rozar los cero grados. El paso del temporal había dejado abundantes desperfectos en la ciudad. De cuando en cuando, un vehículo de emergencias circulaba a lo lejos, haciendo sonar la sirena y tiznando de destellos ambarinos las fachadas, brillantes de humedad.

De pie bajo el zaguán del hospital, no podía dejar de darle vueltas a la improductiva peripecia de Rolando. La perspectiva de regresar a Lima al día siguiente con las manos vacías, tanto por su parte como por la mía, me disgustaba profundamente. No tenía ni pizca de sueño...

Eran las condiciones ideales para tomar una decisión fuera de la norma.

Concepto abierto

Acudí al paradero de taxis más cercano y tomé el primero de la fila.

–Lléveme al ciento cinco duplicado de Oswaldo Baca, en Magisterial.

–Buena zona. No me importaría vivir allá –dijo el chófer antes de arrancar el auto.

No tardamos más de diez minutos, pese a la lluvia, que ya remitía.

En efecto, incluso de noche, aquel tenía todo el aspecto de ser un barrio con clase. Un barrio tranquilo. El típico barrio tranquilo donde te pueden asesinar en plena calle sin que nadie se entere.

Al bajar del taxi, dediqué unos minutos a contemplar la casa a la tenue luz de las farolas de la calle. Era grande, de una sola planta. Por fin, me decidí a llamar al portero automático. No tardó mucho tiempo en contestar una voz de hombre.

–¿Sí?

–¿Don Guzmán Elbueno?

–¿Qué quiere?

–Me llamo Fermín Escartín. Soy detective privado, de España. Amigo de Elisa Lobo. ¿Podría hablar un momento con usted?

La respuesta tardó en llegar quince larguísimos segundos y no fue un cordial «adelante», sino el sonido de la chicharra que abría la puerta del jardín. Pasé y avancé por un corto camino de losas entre la hierba, hasta el porche delantero, donde me esperaba el dueño de la casa. Era un hombre calvo. Más que calvo, en realidad: de esas personas que carecen por completo de vello en el cuerpo, no sé si por una enfermedad o por un síndrome congénito.

Cuando me aproximé, me tendió la mano.

—Soy Guzmán Elbueno. Gusto en conocerlo, Escartín. Recuerdo haber oído hablar de usted. Pero pase, pase... como si estuviera en su casa.

El interior de la vivienda era casi diáfano, pero cálido. Directamente desde la puerta se divisaba el salón comedor, la sala de estar con biblioteca y, al fondo, sin separación alguna, una cocina moderna y perfectamente equipada. Todo un canto al concepto abierto. Solo al fondo se adivinaban tres puertas, que supuse serían las de los dormitorios.

—¿Qué quiere tomar, Escartín?

—¿Tiene cerveza sin alcohol?

—No.

—¿Inca Kola?

—La odio. Mire, le voy a ofrecer un pisco con hielo y nos dejamos de tonterías. ¿Le parece?

—Perfecto, gracias. Por mi parte, iré directamente al grano, si no le importa: ¿está Elisa aquí, en esta casa?

—No, no está —respondió Guzmán de inmediato, ya de camino al mueble-bar.

—No parece que le haya extrañado mucho mi pregunta.

—Procuro no mostrarme sorprendido jamás. Y, de hecho, no es una pregunta tan disparatada. Elisa ha estado aquí en otras dos ocasiones, hace ya tiempo. Y yo me alojé una vez, hace años, en su casa de España. En Saragosa.

—Yo también vivo en Zaragoza.

–Bonita ciudad.

–Gracias, aunque comparada con Cusco podría parecer Detroit.

El calvo rio.

–No exagere. Esa iglesia tan grande que tienen ustedes...

–El Pilar.

–El Pilar, sí. Es impresionante. No es muy bello, pero sí impresionante.

–Sí, sí... Mire, no es por cambiar de tema, pero, el caso, Guzmán, es que esta mañana ha venido por acá un policía de Lima. Y le ha abierto la puerta una mujer que hablaba español de España. Y cuya descripción se corresponde con la de Elisa.

–Ya. Pero no era Elisa. Sería la señora de la limpieza.

–¿Su mujer de la limpieza es española?

–Sorpresa, ¿eh? Supongo que estará acostumbrado a que las mujeres de la limpieza en España sean peruanas. Pero lo cierto es que España lleva ocho años de crisis y aquí llevamos diez años seguidos de crecimiento económico. No es que el Perú vaya a superar en PIB a la madre patria, pero quizá no sea tan extraño que ciertos roles tradicionales puedan llegar a invertirse.

Imposible precisar el grado de causticidad del tono de Guzmán, que se acercaba ya con dos tintineantes vasos en la mano. Me tendió uno, me indicó que me sentase en un sofá azul marino y él hizo lo propio en otro, situado perpendicular al mío, idéntico, de color blanco.

–¿Tiene usted un Volkswagen escarabajo de color amarillo? –le pregunté tras el primer sorbo.

Elbueno negó de inmediato.

–No, no tengo carro. Mi vecino de al lado creo que sí tiene un auto amarillo, pero... no sabría decirle marca ni modelo. De hecho, le alquilo mi cochera para guardarlo porque yo no la utilizo.

Nos miramos. Me sonrió.

–Veo que tiene respuesta para todo.

–Es la ventaja que supone decir siempre la verdad. Por otra parte, he pasado por muchos interrogatorios en mi vida. Uno consigue cierta práctica. Incluso sin proponérselo.

Miré a mi alrededor mientras paladeaba el pisco. Empezaba a encontrarle el gusto a la bebida nacional.

–¿Le importa que eche un vistazo a su biblioteca?

No esperé respuesta, me levanté y me dirigí a ella. Ocupaba toda una pared, de suelo a techo, en la zona dedicada a sala de estar. No contendría menos de mil volúmenes.

Guzmán me siguió en silencio y se colocó a mi espalda.

–Veo que tiene algunas buenas ediciones en piel de clásicos españoles. Cervantes, Lope, Quevedo... ¡Y rusos! Dostoievsky, Tolstoi, Gogol, Gorki... Y, claro, como buen peruano, Vargas Llosa. ¿Sus obras completas, quizá?

–Me cae mal, pero escribe bien.

–Eso dicen todos. Escuche... ¿No tendrá, por casualidad, un ejemplar de *Chacal*, de Frederick Forsyth?

Elbueno me miró con cierta curiosa perplejidad.

–Sí. Lo tengo en inglés. Ahí, en la tercera estantería, abajo, a su derecha.

Tardé unos segundos en localizarlo.

–Ah, ya lo veo: *The Day of the Jackal*. Sí, ahí está. ¿Se ha fijado en que lo tiene boca abajo?

Guzmán frunció el ceño. Se acercó y sacó el ejemplar. Le dio la vuelta y lo introdujo de nuevo en su lugar.

–Cierto. Qué cosa tan rara...

Volvimos junto al sofá. Sin llegar a sentarnos de nuevo, apuramos el pisco. Luego, me encaré con Elbueno.

–¿Sabe lo que creo, Guzmán? Creo que Elisa Lobo le pidió que la acogiese en esta casa. A ella y a la familia de su hijo. Creo que llevaban con usted ya varios días cuando esta mañana se ha presentado aquí por sorpresa el brigadier Valdiviezo. Creo que eso ha puesto en marcha el plan de fuga que, por supuesto, tendrían ya previsto para caso de peligro. Con una peluca canosa y una camisa llamativa, usted ha hecho de cebo, alejando de aquí a Valdiviezo mientras los Lobo abandonaban la casa y se ponían en camino a su siguiente refugio.

Elbueno me miró, sonriente, impávido. Ningún gesto que delatase si mi historia había dado en la diana poco, mucho o nada.

–Una bonita historia –comentó, al fin–. Lástima que no tenga ni pies ni cabeza. Como le digo, Elisa no ha estado aquí. Ni ella ni nadie de su familia. Y yo no voy por ahí huyendo de la policía con una peluca plateada. Ya no tengo edad para eso.

Guzmán y yo nos miramos de hito en hito.

–¿Dónde han ido los Lobo?

–No insista, Escartín.

–Le aseguro que pretendo lo mismo que usted: poner a salvo a Álvaro Lobo y su familia. Y, por supuesto, a Elisa. Pero para poder ayudarles, primero necesito encontrarlos.

Guzmán Elbueno echó la cabeza hacia atrás. Me habló con los ojos cerrados.

–Me encantaría echarle una mano, Escartín, pero no puedo. No tengo respuestas para sus preguntas. Lo siento.

–Créame que no le entiendo. Les ha estado dando cobijo durante días y ahora los abandona a su suerte pudiendo solucionar su situación definitivamente. Interpol les puede proporcionar protección.

–No me haga reír.

Aguanté un silencio muy largo, por si Guzmán cambiaba de opinión. No lo hizo. Finalmente, me levanté y me dirigí a la puerta. Cuando estaba a punto de salir, me detuvo su voz.

–¿Cómo se encuentra el policía de Lima? El que se parece a Imanol Arias.

–No del todo mal. Tiene un montón de contusiones, pero nada grave. Y el segurata de la catedral también se recuperará pronto.

–Me alegro por ambos. Aunque, por supuesto, nada he tenido que ver con su accidente, no se confunda usted, Escartín.

–Claro que no. Ni se me había pasado por la cabeza.

MARTES, 5

Hipódromo de Monterrico

El día siguiente fue el de nuestro regreso a Lima.

Un regreso triste, en el que Rolando y yo apenas cruzamos palabra en las dos horas de trayecto. Solo al alcanzar la altura de crucero lo descubrí conteniendo un gesto de crispación.

–¿Duele?

Se inventó una sonrisa amarga mientras negaba con la cabeza.

–Las heridas, no. El fracaso.

–NO se haga mala sangre. El único fracaso verdadero es la muerte. Lo importante es seguir vivo, para volver a intentarlo.

–Sí, vaya, es un consuelo. Pero me revienta fallarle a la comandante.

–La aprecia mucho, ¿verdad?

En lugar de responder, Rolando se volvió hacia mí y me miró, muy serio.

–Prométame que no le hará daño.

–¿A qué se refiere?

–Lo sabe de sobra. No sé qué le ha visto, pero está claro que le gusta usted. Incluso a una mujer como la comandante Morel es fácil hscerle daño cuando está enamorada.

El interés de Rolando me resultó tan conmovedor que no supe qué decir. Me limité a susurrar:

–Descuide.

Al filo del mediodía aterrizamos en el Jorge Chávez, donde ya nos esperaban Morel y la esposa del brigadier, que era una mujer menuda y bonita, morena de piel y de cabello. Vamos, que nada tenía que ver con Ana Duato, la actriz que durante tantos años ha interpretado a la mujer de Imanol Arias en la famosa serie televisiva.

Ellos dos subieron a un vehículo oficial que los trasladaría a casa. La comandante y yo lo hicimos en un auto sin distintivos aparcado en la zona reservada. Ella se puso al volante.

–No sabía que conducías.

–Aquí se dice *manejar*. Y sí, tengo el permiso desde que cumplí los veintiuno. Pero hay tantas cosas que no sabes de mí...

Nos dirigimos a la Interpol. Ya de camino, la comandante parecía tan carente de ánimo como yo. Y cuando le conté mi entrevista de la noche anterior con Guzmán El-bueno, su única reacción fue apretar los dientes y sacudir la cabeza con disgusto.

–Ayer fue un mal día en todos los sentidos –valoró–. Por la mañana, al levantarme, estaba convencida de que alguno de los tres hallaríamos un hilo del que tirar para seguir avanzando en el caso. Y no solo no tenemos nada, sino que Rolando va a estar fuera de combate durante varias semanas. Esto no puede pintar peor.

Tras entrar en la Sección Séptima, Berta cerró la puerta y se dirigió a la ventana. No había nada interesante que ver a través de ella, pero allí estuvo, brazos en jarras, durante varios minutos. Mirando la nada.

—Quizá deberíamos recapitular —propuse.

—Vale, recapitula —aceptó, sin entusiasmo.

Tomé aire.

—De la inspección de la casa de Álvaro Lobo, saqué la conclusión de que él y su familia huyeron, muy probablemente, la noche del martes 28 al miércoles 29. El martes aún estaban allí, puesto que hicieron una compra grande en un mercado de la ciudad. Sin embargo, esa compra permanecía intacta, por lo que creo que se marcharon ese mismo día y seguramente lo hicieron por la noche o de madrugada, ya que los vecinos no vieron ni oyeron nada. Concuerda con que Álvaro, unas horas antes, pidiera vacaciones inmediatas en el hospital Goyeneche y ya no acudiese a trabajar a la mañana siguiente.

Berta seguía frente a la ventana.

—Correcto. Solo por ir cerrando caminos: ¿cabe la posibilidad de que los Lobo no se fueran voluntariamente de su casa?, ¿que sufrieran un secuestro?

—No lo veo probable. Para mí, la única opción es que Elisa o Toñín los convencieran para que abandonasen su casa. Uno de los dos se los llevó de allí para protegerlos.

—Entonces, definitivamente, descartamos el secuestro y apostamos por que están huidos.

–Esa es mi impresión. Todo indica que abandonaron Arequipa por propia voluntad. Y si tuviera que apostar, apostaría a que fue Elisa quien se los llevó de allí, no Toñín.

–¿Por qué?

–Los ejemplares de *Chacal* colocados boca abajo.

Berta me miró un momento, por encima de su hombro. Luego, se giró hacia mí.

–Sin embargo, según me contaste, esa señal la utilizó por vez primera Toñín, en su casa de Zaragoza. El mismo detalle en la casa de Álvaro y en la de Guzmán Elbueno... debería significar que es Toñín quien está ayudando a escapar a la familia de su hermano.

–A primera vista, sí, pero... yo creo que se trata de Elisa. Si me ha mentido y no está de crucero por Grecia, sino aquí, en el Perú, es porque está al tanto de todo. Posiblemente, lo está desde el principio. El memo de Toñín piensa que su madre es una analfabeta informática, pero estoy convencido de lo contrario. Mi hipótesis es que Elisa simuló aceptar de su hijo el regalo del crucero por las islas griegas, pero, en realidad, se puso en viaje hacia el Perú, adonde llegó mucho antes que Toñín y yo. Por supuesto, con una falsa identidad. Primero, fue a Chiclayo y estuvo con Darwyn Godoy. Y, como él nos contó después, le encargó un fusil de francotirador.

–Godoy, entonces, os habría contado la verdad.

–Es lo lógico. Elisa ya le habría advertido que llegaríamos hasta él. Sabía quiénes éramos. No tenía por qué mentirnos.

–Como yo suponía.

–Cierto. Tras verse con Godoy, Elisa habría volado a Arequipa para, luego, trasladar por carretera a Álvaro y familia hasta Cuzco, donde se refugiaron en la casa de Guzmán Elbueno. Recuerda que Elbueno es amigo de Elisa. A Toñín no se le habría ocurrido recurrir al bueno de Guzmán.

–El bueno de Guzmán Elbueno –susurró Morel, dándome de nuevo la espalda, acariciándose la barbilla mientras, a través del ventanal, paseaba una mirada perdida sobre la solitaria pista del hipódromo de Monterrico, situado justo enfrente.

–Tuvo que ser Elisa quien convenció a Álvaro y su familia para trasladarse a Cuzco precipitadamente –insistí.

–Sí, creo que tienes razón. Espero que la tengas –admitió segundos más tarde–. Según el informe de la autopsia, Godoy murió entre las diez y las doce del mediodía del día 28. Si Toñín lo mató, es imposible que llegase a Arequipa a media tarde de ese mismo día. Por tierra, la distancia es insalvable, casi dos mil kilómetros. Tampoco hay vuelos directos entre las dos ciudades. La única posibilidad sería que hubiese utilizado un avión particular. Lo comprobaré, pero lo considero muy improbable.

–Tuvo que ser ella quien ayer le abrió la puerta de casa de Guzmán a Rolando. Y quien, mientras Rolando perseguía a Elbueno por toda la ciudad vieja, se llevó a la familia de Álvaro no sabemos adónde.

–Esa es la pregunta, en estos momentos. ¿Dónde crees que pueden esconderse?

–No lo sé, Berta. En algún punto entre Cuzco y Lima, imagino. Pero eso es como no decir nada.

285

–¿Crees que vienen hacia Lima?

–Sí. Por dos razones: primera, Elisa tiene que aparentar, al menos aparentar, que está preparando el atentado que los malos le han encargado. Y el lugar del atentado tiene que ser Lima, sin duda.

–¿Y la otra razón?

Callé hasta que Berta volvió a mirarme.

–En la agenda de Elisa solamente aparecían tres contactos en Perú: Darwyn Godoy, en Chiclayo; Guzmán Elbueno, en Cuzco, y Edgardo Corberó, en Lima. Godoy está muerto y Guzmán, amortizado; solo le queda Corberó.

Berta afiló la mirada.

–¿Crees que va a pedir ayuda al mismo tipo que la metió en una lista de control de fronteras?

–Eso no tiene la menor importancia. Corberó podría esconderla en su propia casa y, a la vez, solicitar contra ella una orden de eliminación. Así funcionan los servicios secretos. A base de disimulos, traiciones y dobles juegos.

Berta ladeó la cabeza, aparentando no sentirse nada convencida por mis argumentaciones. Pero yo sé que le estaba dando que pensar.

–Por otra parte –dijo al rato–, tampoco sabemos nada del paradero de Toñín.

–No, desde que él y yo nos separamos en Chiclayo. Sobre las ocho y media de la mañana del día veintiocho abandonó el hotel Gloria. Y una media hora después, pasó a retirar su maleta de la estación de buses. A partir de eso, nada de nada.

–Yo creo que de ahí se fue a ver a Godoy, lo mató, se llevó el fusil Remington que había encargado su madre y huyó en el Hummer del muerto.

Dicho esto, Berta fue a sentarse en su sillón y colocó los pies encima de la mesa. Por mucho que me fastidiase, yo no tenía réplica para esa teoría.

–¿Qué podemos hacer? –pregunté, al poco.

–Esperar. Hemos difundido órdenes de busca y captura contra Álvaro, Toñín y Elisa. No se me ocurre qué más podemos hacer, salvo esperar que algún agente los vea y los identifique.

Larcomar

Esa tarde, tratando de animar a Berta, me la llevé de compras. Fuimos al barrio chino y sus alrededores. Mil colores, mil tiendecitas. Fue grato.. Había mucha gente, mucho ruido, pocos autos. Compramos seis o siete cosas inútiles y baratas y conseguí que recuperase la sonrisa.

Luego, aunque la distancia era considerable, tratamos de volver a Miraflores caminando. Finalmente, nos rendimos y tuvimos que tomar un taxi, pero acabamos el día bebiendo daiquiris en uno de los bares del Larcomar, mirando el océano oscuro.

De regreso a su casa, por el parque Salazar, nos cogimos de la mano, como hacían otras parejas muchísimo más jóvenes que nosotros.

–Ya verás –le dije–. Mañana ocurrirá algo que volverá a poner el caso en marcha.

Berta guardó silencio. Y, tras el silencio, me formuló la pregunta más inesperada:

–¿Y si nos fuésemos? –dijo, de repente.

–¿Qué? ¿Irnos adónde?

–No sé. Lejos. A España. A París. A Venecia...

–¿Te refieres a hacer un viaje por Europa...?

–No, Fermín. Me refiero a irnos de verdad. Para siem-pre. A otro país.

–¿Juntos tú y yo?

–¿Por qué no? ¿O es que te caigo mal?

MIÉRCOLES, 6

El miércoles no pasaron muchas cosas. Fue un día plano, plomizo, hermético y denso. El día en que el coronel Forlán nos adjudicó a un agente recién salido de la academia para sustituir al brigadier Valdiviezo mientras este se recuperaba de sus heridas. Guillermo Lorenzo, se llamaba el muchacho. Muy voluntarioso y muy alto. Pero habríamos necesitado a tres como él para tapar el hueco dejado por Rolando.

Además de eso, Berta Morel consiguió que la casa de Guzmán Elbueno fuera vigilada las veinticuatro horas por la policía de Cusco, por si Álvaro Lobo y su familia regresaban para refugiarse allí de nuevo. Ni ella misma creía en esa posibilidad, pero cuando las cosas no funcionan como esperas, tiendes a tomar decisiones en las que no crees.

Poco más.

San Borja

Cuando, cerca del fin de la jornada, le suena el celular a Edgar Corberó, ni por lo más remoto puede imaginar quién se esconde detrás de ese número privado que, por supuesto, no figura en su agenda, pero que ni siquiera aparece reflejado en la pantalla.

Durante un momento, duda en contestar. Finalmente, le puede la curiosidad.

–¿Diga?

–¿Edgardo? –pregunta una voz de mujer.

–Sí. ¿Quién llama?

–Soy Elisa Lobo. De España. ¿Te acuerdas de mí?

Se produce un silencio breve. Más que una pausa, una vacilación.

–Elisa... eeeh... sí, claro. Me acuerdo, sí, por supuesto. ¿Qué ocurre?

–Tenemos que vernos. Lo antes posible. ¿Sigues viviendo en San Borja?

–Pues... sí. Sí, sí, en Las Torres de Limatambo.

–Quedamos dentro de una hora en el centro comercial de allí. En la librería Crisol. A las siete, en la sección de poesía. ¿Estarás?

–Estaré.

Crisol

A las siete menos cinco, Corberó asciende por la escalera mecánica hacia la segunda planta del centro comercial.

Mira a su alrededor, en busca de cualquier detalle sospechoso; sigue haciéndolo mientras camina hacia la librería Crisol. Se detiene frente al escaparate y mira hacia el interior de la tienda. También examina con atención el reflejo que le devuelve la gran luna de cristal. Disimuladamente, deja caer una moneda al suelo y aprovecha la acción de recogerla para echar un último vistazo en derredor.

Todo parece normal.

Al entrar, localiza de inmediato la sección de poesía y se dirige a ella. Cuando llega bajo el rótulo, Elisa aparece como de la nada, al final del expositor, con un libro de Neruda en las manos, ocultándose en parte el rostro.

–Edgardo...

–Elisa Lobo. ¡Cuánto tiempo!

–¿Diez años? Quizá más. Por suerte, en nuestro oficio, las relaciones son duraderas, la amistad vale tanto como la traición y los favores se pagan siempre.

El agente de la DINI asiente lentamente.

–Cierto. ¿Qué puedo hacer por ti, amiga mía?

–Eres el último nombre de mi agenda. Necesito refugio por unos días. Para mí y para tres personas más: dos adultos y un niño pequeño.

El espía medita unos segundos.

–Sin problema. Podéis quedaros en mi casa. No es muy grande, pero nos apañaremos de algún modo. ¿De quiénes se trata?

–¿Importa eso?

–Claro que no.

Elisa carraspea.

–Son mi hijo mayor, mi nuera y mi nieto. Se encuentran bajo amenaza.

–Bien. ¿Dónde están ahora?

–Me esperan en un coche, en el aparcamiento del hipermercado.

–Perfecto. Vamos a por ellos. Saldremos del *parking* y entraremos en el garaje de mi edificio. Apenas dos minutos. De allí, al piso, por el ascensor directo. El carro lo dejaremos en la plaza de un vecino mío, que está de vacaciones.

–¿Podemos hacerlo ya?

–Claro que sí. Cuanto antes. Estarán cansados, después de un viaje tan largo.

Elisa se detiene.

–¿Cómo sabes que el viaje ha sido largo? –dice–. No te he dicho de dónde venimos.

Edgardo sonríe.

–Si habéis venido en coche, el viaje habrá sido largo. No hay viajes cortos por carreta en el Perú.

Limatambo

Las Torres de Limatambo es una zona residencial, ni cerca ni lejos del centro y del mar. Moderna, limpia, segura. Edificios idénticos de tres o cuatro alturas en torno a calles ajardinadas, trazadas con escuadra y cartabón. Un buen lugar para esconderse. Allí nadie conoce a nadie; nadie quiere conocer a nadie. Nadie quiere que le conozcan.

Ideal para personas como Edgardo Corberó, solitarias, misteriosas, opacas.

Los Lobo ya llegan a su vivienda, un piso de apenas ochenta metros cuadrados, en segunda planta de una casa cualquiera. Un buen escondite, una aguja en un pajar, nada que ver con el llamativo chalé de Guzmán Elbueno en Cusco, donde pasaron varios días, pero donde no podían permanecer mucho tiempo sin llamar la atención.

Mientras Álvaro y su familia se acomodan en la única habitación libre, Elisa y Edgardo hablan en la cocina.

–Estábamos en Cuzco. Salimos la mañana de anteayer y hemos venido por la ruta de los Andes, por Huancayo.

–¡Uf! Casi tres días, entonces.

–La primera noche dormimos en el único hostal de un pueblito perdido en las montañas. Y esta última la hemos pasado dentro del coche, aparcados en las afueras de Jauja.

–Tenéis que estar muertos de cansancio. Ahora, daos una ducha y descansad. Mañana ya me contarás qué es lo que ocurre. Acuéstate en mi cama. Yo dormiré en el sofá del salón.

–Gracias, Edgardo.

–No hay de qué. Hoy por ti, mañana por mí.

–¿Sigues trabajando en la SINA?

–Sí, claro. Aunque ahora ya no es el Servicio de Inteligencia Nacional, sino la Dirección Nacional de Inteligencia, la DINI. Los mismos perros, otro collar, ya sabes. Por cierto...

–¿Qué?

–Hace unas semanas, elaboré una lista para una alerta de fronteras. Y tú figurabas en ella.

Sonríe Elisa.

–Buen trabajo, agente. Sigue así y llegarás lejos –ironiza.

Corberó le ríe la gracia.

–Creía que te habías retirado del oficio –dice, después, en voz baja.

–La gente como yo, nunca nos retiramos del todo. Los fantasmas que hemos dejado atrás nos lo impiden, por desgracia.

JUEVES, 7

Sudoku

Debían de ser en torno a las diez de la mañana cuando se produjo el acontecimiento que desencadenó la traca final. A esa hora, la Séptima Sección rebosaba de actividad. Berta redactaba un informe en su mesa, mientras Lorenzo y yo nos enfrentábamos a cara de perro en una fenomenal competición de sudokus. Y me estaba ganando por dieciocho a veinte, el maldito novato.

—¡Y veintiuno! —exclamó, arrojando sobre la mesa el último que acababa de completar.

Me rechinaron los dientes.

—De acuerdo, chaval. Acepto la derrota gallardamente y te debo un desayuno en el Starbucks del óvalo. No tendría que haberme prestado a esta japonesada. Lo mío siempre han sido los crucigramas, último reducto de la cultura popular occidental.

—¿En serio le gustan los crucigramas? —exclamó él—. Yo tengo uno sin resolver desde el mes pasado por culpa de una sola palabra –rebuscó en una carpeta de cartulina hasta encontrar una doble hoja, pulcramente doblada, de una edición dominical de *El Comercio*. Tras desdoblarla, la alisó minuciosamente–. Aquí lo tengo: «Fanal de cristal abierto por arriba y abajo, para colocar velas». Once letras. La última es una A y la... séptima, una B.

–Guardabrisa.

Lorenzo parpadeó, consultó las definiciones coincidentes y me miró con la boca abierta.

–¡Sí! ¡Eso es! Encaja perfectamente. Ahora ya veo las demás: mallorquí, gola, lustrina... ¡ya está! Casi no puedo creerlo. ¡Se acaba de convertir usted en mi ídolo, señor Escartín!

–No sabes cuánto me alegro –bostecé.

En ese instante, comenzó a sonar el teléfono sobre la mesa de Berta. Al segundo timbrazo, nos lanzó una mirada asesina.

–A ver, monarcas del sudoku. ¿También tengo que atender yo las llamadas?

Le hice un gesto al chico, que corrió a descolgar.

–Séptima Sección, dígame... Sí... Sí, sí, está aquí mismo. Le paso –me miró–. Es para usted.

–¿Para mí? Pero si yo aquí no soy nadie.

–Una llamada de fuera. De Cusco.

Cuando tomé el auricular, la curiosidad me afilaba los incisivos.

–¿Diga?

–¿Escartín?

–Al aparato.

–Soy Guzmán Elbueno, de Cusco. ¿Se acuerda de mí?

–¡Por supuesto, Guzmán! Pero... ¿cómo me ha localizado?

–Su compañero, el combo que cayó al fondo de la cripta, dijo que pertenecía a la Interpol de Lima. He supuesto que usted también trabajaría allí, así que he buscado el número de la centralita en las páginas amarillas.

–Vaya, estupendo. Así de sencillo, ¿eh? Bueno, dígame qué se le ofrece. Debe de ser algo importante para haberse tomado tantas molestias.

–No sé si será importante, pero he pensado que tenía que contárselo. Verá: ayer por la noche, mientras cenaba, me di cuenta de que había en mi biblioteca otro libro colocado boca abajo.

Por un momento, el corazón también se me puso boca abajo.

–¡No me diga! ¿Cuál?

–*La leona blanca*, de Henning Mankell, un autor sueco de novela policíaca que me gusta mucho.

–Lo conozco, lo conozco. También a mí me gusta Mankell. Por cierto, falleció el año pasado.

–Lo sé. ¿Ese título le dice a usted algo, detective?

–En principio, no –respondí, tras meditarlo unos segundos–. La leí en su día, pero apenas recuerdo el argumento. Contaba una historia de sudafricanos de origen holandés o algo por el estilo. Nada que ver con el Perú, que yo recuerde... Oiga, ¿no hay alguna anotación en las páginas del libro?

Aunque no le veía el rostro, noté que Elbueno sonreía.

–El caso es que sí –dijo, de inmediato–. En la primera página, hay escrito con estilográfica un número muy largo; doce cifras que, desde luego, no recuerdo haber anotado yo. ¿Se lo dicto?

–¿Doce cifras, me dice? ¡Por supuesto! –exclamé, mientras le pedía a Lorenzo por gestos, lápiz y papel–. Adelante, por favor.

–Allá van: cinco, uno, uno, uno, seis, uno, cero, dos, siete, cero, siete, cero.

–Lo tengo. Pero... junto al número, debería figurar también un lugar.

–No, lo siento, no hay nada más.

–Vaya... ¿Ha mirado bien en otras páginas del libro?

–Sí, sí. Y no hay nada. Nada, salvo el sello de caucho de la librería donde lo compré.

Sentí un cosquilleo al oír aquello.

–¿El sello está en la misma página que las doce cifras?

–Así es.

–¡Eso puede ser! ¿Cuál era esa librería?

–Una de Lima que me gusta mucho. Siempre que viajo a la capital, acudo allí a comprar algunas novedades. Librería El Virrey, en Miraflores.

–¡Estupendo! –dije, tomando también nota de esto–. Muchas gracias por llamar, Guzmán.

–No hay de qué. Por cierto, ya veo que me han puesto vigilancia. No son nada discretos, sus compañeros de acá.

–Eeeh... bueno, tómeselo como protección gratuita. Para su propia seguridad, nomás. Cuídese.

–Lo mismo le digo, detective. Chao.

Al terminar mi conversación, Berta y el nuevo me miraban con curiosidad. Señalé la cifra anotada en el papel.

–¡Doce cifras!

–Ajá... ¿Y...?

–Es una sencilla clave que utilizábamos Elisa y yo en el pasado, para establecer citas. Me la enseñó ella. Simplemente, se copian los números al revés, de derecha a izquierda –lo hice, y el resultado fue: 070720161115–. Y se lee como fecha y hora: Día, mes, año, horas y minutos. Siempre doce cifras. En este caso, el resultado es: siete del siete, de dos mil dieciséis, a las once horas y quince minutos.

Lorenzo, Berta y yo, cruzamos tres miradas. De pronto, el chico consultó su reloj.

–¡Eso es hoy mismo! ¡Dentro de una hora! –advirtió.

–¿Y el lugar? –preguntó Berta.

–¿Conocéis la librería El Virrey, en Miraflores?

–Hay varias El Virrey por la ciudad. Y sí, una de ellas está en el distrito de Miraflores.

–Pues ese tiene que ser el punto de encuentro. ¡Voy para allá!

–Id los dos –ordenó Berta–. Os acompañaría, pero tengo una videoconferencia con el fiscal de Chiclayo y el juez Restrepo, por el caso Godoy. No me la perdería por nada del mundo –ironizó–. Y si realmente Elisa aparece por allí... que no se os escape. ¿Está claro?

El virrey de Miraflores

Las librerías de Lima, en general, son grandes y hermosas, como corresponde a una ciudad que ama los libros.

Esta era especialmente bella y espaciosa; un edificio exclusivo, verde y blanco, de dos alturas, con vanos porticados y enfrentado a una placita arbolada. Con diversos espacios diferenciados, a cual más atractivo. En fin, esa librería que todo amante de los libros ha deseado poseer alguna vez, para llenarla con sus títulos favoritos, organizar tertulias literarias e invitar a infusiones de jengibre a los lectores veteranos y a los escritores en ciernes. En esta, además, un gato enorme deambulaba de aquí para allá como si fuera el propietario de todos los libros del mundo.

Lorenzo tenía permiso para manejar, así que pedimos un carro sin distintivos al sargento intendente y nos plantamos ante El Virrey en apenas cuarenta minutos. Estacionamos en la mismísima puerta de la librería. Todo un milagro urbano, por lo visto.

–Yo voy por delante –le dije al chico–. Tú mantente a cierta distancia de mí, pero muy atento.

–A la orden, mi... mi... A la orden.

Entré nervioso, recorriendo con la mirada todos los rincones. Por supuesto, esperaba encontrarme con Elisa a la vuelta de cada expositor. Sin embargo, al asomar tras un gran mueble central abarrotado de libros, a quien vi sentado ante un velador de mármol blanco, leyendo un librito de Fernando Vallejo, fue alguien a quien no esperaba en absoluto.

Él se volvió hacia mí y me sonrió.

–Buenos días, Escartín. Veo que ha sido puntual. Siéntese, haga el favor. ¿Quiere un café? ¿Un té?

Era Lalana, el escritor. Sobre la mesita, una taza con infusión de té verde con soja y un plato con media docena de pastelitos.

–No puedo creerlo –admití, perplejo–. ¿Qué diablos hace usted aquí?

–He venido unos días a Lima, a impartir unas charlas por diversos colegios e institutos. Algo muy parecido a lo de Tarragona, ¿recuerda? Hoy he estado en el colegio Juan XXIII y mañana he de acudir al María Auxiliadora. La próxima semana seguiré por acá y estaré un par de días en Piura, al norte del país. Una ciudad universitaria.

–Ah... y... ¿y qué tal? –pregunté, para ganar algo de tiempo con el que mitigar mi sorpresa.

–Hombre, estupendo. Me llevan a los mejores colegios y, en general, son sesiones de primera. Por cierto, en el colegio de hoy, los alumnos mayores habían leído una de sus novelas. De las del detective Escartín, quiero decir. Se la sabían mejor que yo.

–No sabe la ilusión que me hace.

–No sea cínico. Hace varios años que vengo al Perú y lo cierto es que da gusto. Aquí, todavía la cultura es algo importante y en los centros escolares se valora y se fomenta la lectura. ¿Ha visto qué librerías hay en Lima? –exclamó, alzando los brazos para abarcar nuestro entorno–. Qué diferente de España, donde ya nadie lee, las librerías cierran por falta de clientes y, si los profesores mandan a sus alumnos comprar un libro de lectura, los padres se les amotinan. El caso es que ayer comprobé que, tras la sesión de esta mañana, tenía tiempo de reunirme con usted. Espero no haberle estropeado ningún otro plan.

Me senté frente al escritor sin responderle y me llevé a la boca calmosamente uno de los pastelitos, mientras con el rabillo del ojo comprobaba que Lorenzo simulaba hojear un libro a unos metros de distancia de nosotros.

–¿Usted ha dejado la nota para esta cita en casa de Guzmán Elbueno?

–Sí. Ha sido cosa mía, en efecto.

–¿Cómo lo ha hecho? ¿Ha estado en Cuzco?

–No, no me ha hecho falta. Tenga en cuenta que soy el escritor de esta novela y puedo hacer lo que me dé la gana. Por ejemplo, que Guzmán encuentre esa novela boca abajo en su biblioteca.

–¡Pero...! ¡Pero eso es hacer trampa!

Lalana miró a su alrededor y me rogó con un gesto que bajase la voz.

–Sí, de acuerdo; por primera vez en mi vida, estoy haciendo trampas en una novela. ¡Pero es que la investigación va muy mal, Escartín! Llevamos trescientas dos páginas y no se entera usted de nada, perdone que se lo diga. Jamás me había visto en una situación semejante. Nunca ha sido buen detective, pero, al menos, tenía intuición. Lamentablemente, con la edad parece haber perdido el olfato por completo.

–Vaya, muchas gracias.

–Empiezo a pensar que no debería haber dejado que me convenciera para escribir esta historia. Mi editor tenía razón: cuatro novelas eran más que suficientes. Es usted demasiado mayor para enfrentarse a un asunto de esta envergadura.

–¡De eso, nada! –protesté, indignado–. Estoy en plena forma. Lo que pasa es que me... me... me ha metido en un lío del que no sabe cómo sacarme. ¡Reconózcalo!

–¿Que no sé? –exclamó Lalana, un puntito agresivo–. ¿Qué no sé? ¡Vamos, hombre! A mí, lo que me sobran son ideas. Lo que pasa es que usted tiene que poner de su parte. Yo escribo el libro, pero no puedo ocupar su lugar. Es como lo de la comandante Morel.

—¿Qué pasa con ella?

—Caray, le planto delante de los ojos a una mujer de bandera, guapa, inteligente, consigo que lo aloje en su propia casa... se lo he puesto en bandeja de plata, amigo mío. Pero si quiere enamorarla, tendrá que hacerlo usted solito. ¡No me la voy a ligar yo, que quedaría un poco raro! ¿No cree?

—No, no, claro, ya lo entiendo. Pero es que a este caso no hay por dónde hincarle el diente. Quizá es que este país es demasiado grande. ¿Sabe la de kilómetros que me he echado al cuerpo en los últimos días? ¿Y esta ciudad? ¿Eh? ¿Ha visto el tamaño de Lima? ¡Más del doble de habitantes que Madrid!

—Mire, Escartín, discutiendo tonterías no vamos a arreglar nada. Seguramente, todos tendremos una parte de culpa de que la investigación esté atascada y no sepamos por dónde tirar. Lo que hay que hacer es intentar aunar esfuerzos y ponerla de nuevo en marcha. Es que, si no, nos vamos a cargar al presidente Kuczynski. Y yo, la verdad, no quiero llevar ese peso sobre mi conciencia de escritor.

—Ya. Claro, yo tampoco. Aunque... vaya, si asesinan a Kuczynski, será en una novela, no en la realidad.

Antes de responder, Lalana dio un sorbo a su taza de té.

—Sinceramente, de eso no estoy seguro al cien por cien. Ya sabe que a los novelistas, en ocasiones, nos cuesta separar ficción y realidad. Y, desde luego, ante la duda, no pienso arriesgarme. Así que... tenga.

En el suelo, apoyada en la pata de la silla que ocupaba, el escritor había dejado una cartera de cuero. De ella sacó un sobre grande, de tamaño folio, y me lo entregó.

–¿De qué se trata?

–Información. Información sobre el caso. Son los mensajes que llegaron al correo electrónico de Elisa. Los que interceptó su hijo Antonio. El origen de todo este lío.

–¿Se refiere... a cuando le encargaron el asesinato de Kuczynski?

–Eso es. Analícelos con cuidado junto a la comandante Morel. Espero que les abran los ojos.

–También yo lo espero, muchas gracias –dije de mal talante–. Por cierto, ¿qué sabe de Toñín?

Lalana frunció el ceño.

–¿Yo? Absolutamente nada desde que se separaron ustedes dos en Chiclayo.

–¿Cómo es posible? ¡Usted es el autor! Va, hombre, deje de hacerse el misterioso y dígame dónde está.

Lalana me asesinó con la mirada.

–¡Que no lo sé, caramba! –dijo, silabeando–. Esa idea de que el autor de una novela ha de conocer su obra de forma absoluta y saber de las andanzas, vida y milagros de todos sus personajes es una solemne tontería. Yo conozco lo que pasa en mis libros, no lo que no pasa. ¿Me explico? Si supiese dónde está Toñín Lobo, le habría dedicado algún capítulo. O unos párrafos, al menos. Es un buen personaje.

–Pero...

–No insista, detective –se puso en pie y yo lo imité–. No tengo la menor idea del paradero de Toñín, se lo aseguro. Lo perdí de vista hace ciento treinta y cinco páginas, al mismo tiempo que usted, Y ahora, le dejo. Y recuerde: confíe en sí mismo. ¡Arriesgue! Tiene que recuperar su instinto o esto puede acabar peor que lo de la Armada Invencible.

En ese momento, se nos acercó el nuevo. Pensé que quería decirme algo, pero se dirigió directamente al escritor con una sonrisa de memo en la cara que era como para darle de bofetadas.

–Perdone que les interrumpa, pero... usted es Fernando Lalana, ¿verdad?

–En efecto, joven. Soy yo.

–¡Lo sabía! ¡Cuánto me alegro! ¡Soy un gran admirador suyo! He leído casi todas sus novelas. De las últimas, me han gustado mucho las del Oeste: *Una bala perdida* y *Kansas City*.

–Gracias. Mi editor opina lo mismo.

–Es que George Macallan es un gran personaje.

–Cierto. Un estupendo protagonista –me miró de soslayo–. ¡Y no como otros...! En fin, eres muy amable, chico.

–¿No sabe quién es? Se trata de Guillermo Lorenzo –intervine–. El sustituto de Rolando Valdiviezo.

Lalana abrió mucho los ojos.

–¡Atiza! Perdona que no te haya reconocido, hijo. No te había imaginado así en absoluto. Pensaba que serías más... no sé, más bajo y más fuerte. Y más moreno de piel. Mestizo, el pelo oscuro... Pero, vaya, cada cual es como es, por supuesto. ¡Y qué alto!

–Eso le pasa por no describir a los personajes en cuanto aparecen, como hacen todos sus colegas –le afeé.

–Unas veces lo hago y otras no. En ocasiones, prefiero que los lectores se hagan su propia imagen con toda libertad.

–¡Madre mía, qué excusa tan mala! A eso yo lo llamo pereza.

–El caso es que usted y yo ya nos conocíamos, señor Lalana –intervino Lorenzo.

–¿Ah, sí? No me digas...

–Hace cinco años. Yo estudiaba último curso en el colegio Claretiano, en San Miguel, y usted vino a darnos una charla porque habíamos leído uno de sus libros: *Mande a su hijo a Marte*.

–Ah, sí, sí... me acuerdo.

–¿Se acuerda de mí? ¡Qué ilusión!

–No, hombre. De ti, no. Pero sí me acuerdo de la visita a tu colegio. Dos buenas sesiones. Y, entre ambas, los profesores me invitaron a café con pastas. Fue grato. Igual que volver a verte ahora –le tendió una mano que Lorenzo estrechó entre las suyas, rendido de admiración–. Y ahora, me voy, que llego tarde a ninguna parte. Suerte, señores.

Lalana me lanzó una última mirada feroz antes de darme la espalda y echar a andar hacia la salida de la librería.

–¡Espere un momento! –le supliqué, cuando ya su silueta se recortaba bajo el umbral.

–¿Qué pasa ahora? –preguntó, mientras se giraba de mala gana.

–Usted... ¿no sabrá, por casualidad, algo sobre una semana que ha desaparecido de mi vida?

El escritor parpadeó.

–¿Cómo? ¿Qué ha perdido una semana?

–Viajé de Tarragona a Zaragoza el diecisiete de junio. Pero al día siguiente, descubrí que era veinticinco.

–¡Huy, huy, ¡qué mala pinta tiene eso...! ¿Quiere que le pida cita con el neurólogo en cuanto regrese a España?

–¡Déjese de bobadas! En alguna parte, he extraviado una semana de mi vida. Me pregunto si no habrá tenido usted algo que ver con eso.

Cuando Lalana carraspeó, me di cuenta de que había acertado de pleno.

–Ah, sí, sí... ya me acuerdo. Lo cierto es que... sí, ahora que lo dice, existe un... un desajuste argumental que aún no he resuelto. Me sobra una semana, no sé qué hacer con ella y, de momento, he decidido eliminarla. Pero no se preocupe, seguro que encuentro la solución antes de que el libro se publique. Aún está verde, hay que repasarlo mucho... En fin, no se apure: de un modo u otro, le devolveré su semana.

–Más le vale. Veo que no soy el único que está perdiendo facultades con la edad.

El escritor me señaló con un índice acusador.

–Deje de pincharme, Escartín. También usted se puso enfermo un día de la semana pasada y me descuadró todo el plan de la obra. Y no le organizo un drama etrusco por ello.

–Eso no fue culpa mía.

–¿Algo más?

Lo dijo en un tono ciertamente hiriente. Los escritores, ya se sabe, se vuelven insoportables cuando les afeas sus errores.

–Ya que lo pregunta, sí. ¿Qué pasa con Elisa? ¿Sabe dónde está? ¿O tampoco?

–Pues claro que lo sé: está aquí, en el Perú. Desde la primera página. Pensaba que ya se habría dado cuenta.

Miré al nuevo y apreté los puños, eufórico.

–¡Lo sabía! ¿No me puede dar alguna pista concreta?

–Ni hablar, hombre. Ya le he proporcionado suficiente información. No me moleste más y haga su trabajo, detective de mierda.

Brumas

Elisa despierta, aunque no del todo.

Abre un ojo y la luz le duele dentro del cráneo. Cierra el ojo y vuelve a dormir.

Una hora más tarde, despierta de nuevo. Se siente confusa y cansada, muy cansada. La boca, áspera y amarga. Quizá le sentó mal la copa de vino que le ofreció Edgardo anoche. Siente deseos de volver a cerrar los ojos, pero se obliga a no hacerlo.

Con un esfuerzo supremo, se incorpora, se sienta en el borde de la cama. Tiene que esperar un largo rato hasta que el mundo parece dejar de zozobrar.

Mira a su alrededor. No ve su maleta. No encuentra su teléfono celular. Ni siquiera lleva su reloj en la muñeca.

Inspira hondo, se pone en pie, sale de la habitación. El apartamento está extrañamente silencioso. Y eso que los sonidos parecen amplificarse en sus oídos como en una mañana de resaca.

Se dirige al cuarto que ocuparon al llegar Álvaro, Laura y Rudolph. Se le encoge el corazón al comprobar que está vacío. Con una náusea naciéndole en el cardias, revisa el resto del apartamento. ¿Dónde demonios se han metido? No deberían haber ido a ninguna parte. Retrocede, apoyándose en las paredes. Ve el sofá en el que se supone que Edgardo ha dormido esta pasada noche. Se sienta en él. Se tumba en él. Cierra los ojos y se duerme de nuevo, víctima de un sopor pesado como una caja de caudales rellena de plomo.

Análisis

–¿De dónde has sacado esto? –exclamó Berta Morel tras revisar durante un par de minutos los papeles que le acababa de entregar.

–Las fuentes de información son secretas, ya sabes.

–¡No me digas! ¿Vas a andar conmigo con secretitos? ¡Lo que me faltaba!

–No es eso, Berta. Es que si te lo digo, no me vas a creer.

–¿Te los ha dado Elisa? ¡No me digas que habéis visto a Elisa Lobo y la habéis dejado marchar!

–No, no se trataba de Elisa.

–¿Quién, entonces? ¡Lorenzo, responde! –exclamó señalando al chico–. ¡Es una orden!

El nuevo me miró, muy apurado, pero no se atrevió a llevarle la contraria a su jefa.

–Ha sido Fernando Lalana.

–Serás chivato... –mascullé.

–¿Y ese quién es?

–Un escritor, mi comandante. Un escritor español.

Berta parpadeó.

–¿Y qué tiene que ver con este asunto?

–¡Nada! –respondí de inmediato–. ¡Nada de nada! Por eso te decía que no me ibas a creer. Pero te aseguro que es una fuente fiable al cien por cien. Va, deja de preocuparte por ello y analicemos esos papeles, a ver qué logramos averiguar.

Berta me taladró con la mirada, pero accedió.

Primero, leímos el contenido de los documentos detenidamente.

–Bien. Todo es como me habías dicho. Alguien desconocido amenazó a Elisa con matar a su familia de Arequipa, pidiéndole a cambio que preparase un atentado contra el presidente Kuczynski. La diferencia es que antes solo teníamos tu palabra y ahora lo tenemos por escrito. Es una importante diferencia, bien es cierto.

–Hay otra diferencia fundamental –señalé–. Yo siempre pensé que la fecha elegida era el veintiocho de julio, el día de la toma de posesión de PPK. Pero aquí señala que el atentado debe llevarse a cabo el día diez. ¡Eso es el próximo domingo!

Berta afiló la mirada. Los ojos se le ponían muy bonitos cuando lo hacía. De pronto, descolgó el teléfono de mesa y, tras pasar por dos telefonistas, logró ponerse al habla con Edgardo Corberó.

–Cordero, soy la comandante Morel, de Interpol. ¿Recuerdas que el pasado lunes te hablé de un posible atentado al nuevo presidente?

–Me acuerdo. ¿Y usted recuerda que le dije que lo teníamos todo bajo control?

–Escucha, tenemos motivos para pensar que lo van a intentar el próximo domingo.

La respuesta de Corberó se retrasó unas décimas de segundo. No se lo esperaba. Disimuló de inmediato.

–Aunque no lo crea, estamos al tanto, comandante. Déjeme decirle que su información es buena, pero no nos pilla por sorpresa. Nada que no supiésemos ya. Le agradezco su interés.

–Bueno... Me alegro de oírlo. Dime, ¿qué pasa el día diez?

Corberó vaciló claramente. Dudaba si era sensato revelar esa información. Por fin, lo hizo.

–Ese día tenemos... un ensayo de la ceremonia de nombramiento.

–¿En domingo?

–El día veintiocho es festivo. Lo más cercano a las condiciones reales, en cuanto a tránsito y demás, las tenemos en un domingo. Y este próximo es el único en que el señor Kuczynski podía prestarse al ensayo.

–Entiendo. Puedo estar tranquila, entonces.

–Desde luego, comandante –afirmó, con rotundidad–. Está todo bajo control. No deje de leer los diarios del día siguiente.

Cuando colgó el auricular, Berta tenía la expresión de quien ha descubierto el meteorito que va a destruir la Tierra.

–Este idiota... –murmuró–. Dice que lo tiene todo bajo control, pero me jugaría los galones a que no controla ni dónde guarda los gayumbos.

El nuevo y yo habíamos clavado los papeles de Lalana sobre la corchera principal del despacho y los examinába-

311

mos en silencio, tratando de darles sentido. No eran muy difíciles de interpretar, esa es la verdad. Se trataba de un esquema muy claro de la ceremonia de nombramiento del nuevo presidente y los planos del lugar concreto y de la zona de los alrededores. Con tiempos y flechas de desplazamiento. Todo al detalle. Perfecto.

–De modo que el nombramiento del presidente se celebra en el teatro Municipal –constaté maravillado–. Me parece el lugar idóneo, teniendo en cuenta que la política no pasa de ser un melodrama en la mayor parte de los casos.

–Muy irónico, señor Escartín –convino conmigo Lorenzo, sonriendo.

–Menos bromas y más certezas, señores –nos pidió Berta, acudiendo junto a nosotros–. Veamos qué más podemos sacar en claro de este inesperado material.

Durante al menos cinco minutos, los tres lo examinamos en silencio, moviéndonos de acá para allá, como los integrantes de una pantomima, hasta que la comandante le puso fin.

–Fijaos: estos planos son muy buenos. No los han sacado de Google. Son los que manejaría cualquier organismo del Estado. Incluso... Sí, sí: mirad aquí.

Nos señaló la parte inferior derecha de las páginas, donde figuraba, en caracteres muy pequeños, una clave alfanumérica que identificaba cada uno de los folios, como ocurre con el papel usado en las notarías.

–Se han escaneado directamente de documentos oficiales –corroboró Guillermo.

–¿Podríamos solicitar la identificación de estas hojas? –pregunté–. Para conocer de qué departamento proceden.

Berta tomó nota de mi propuesta.

–¿Qué más? –nos preguntó a continuación.

El nuevo tomó la palabra.

–Ese día, el presidente llegará y se irá del teatro en un carro blindado que estacionará en el garaje subterráneo, junto al almacén de decorados. Quien quiera atentar contra él, pienso que solo tendrá dos opciones: hacerlo en el interior del edificio, durante la ceremonia de entrega de las acreditaciones electorales... o hacerlo desde fuera, cuando el presidente salga a la terraza del teatro para saludar a la gente que estará en la calle. Personalmente, esto último me parece lo más probable.

–Estoy de acuerdo –admití–. Matar al presidente dentro del teatro significa no poder escapar, salvo que se tenga un portentoso plan de fuga. Además, el asesino debería figurar en la lista de invitados y hallar el modo de introducir un arma en el edificio pese a todos los controles de seguridad. Lo veo complicado. Lo más lógico sería apostarse en algún edificio cercano y dispararle con un rifle de largo alcance cuando salga a la terraza.

–¿A qué distancia? –preguntó Berta.

Guillermo y yo, nos miramos de soslayo.

–Imposible saberlo –dijo él.

–Tal vez no tan imposible –repliqué–. Elisa le encargó a Darwyn Godoy un fusil Remington, con un alcance efectivo de dos mil metros.

–¡Dos kilómetros! –exclamó el nuevo–. Parece imposible hacer blanco a esa distancia.

–Pues hay quien lo consigue.

313

–Busquemos edificios situados en la línea de tiro y a menos de dos mil metros de distancia del teatro –sugirió Berta.

–¡Buf! Tienen que ser un montón –supuso el nuevo.

–Quizá no tantos –consideró Berta, mientras buscaba en Google Street la perspectiva adecuada–. Fijaos. Esta es la vista desde la terraza del teatro municipal, en la esquina entre Ica y Rufino Torrico. Tenemos ahí enfrente un edificio alto muy cercano, que sería el lugar ideal para apostarse como tirador. Pero la amenaza resulta tan evidente que la policía lo registrará hasta el último de sus rincones. Lo bueno es que ese edificio se convierte en un gran escudo, un obstáculo en la línea de tiro de todas las casas situadas detrás. Hemos de irnos mucho más lejos para encontrar puntos elevados y con trayectoria de disparo despejada.

–En efecto –corroboré, señalando sucesivamente la pantalla del ordenador y los dibujos de los planos–. Y yo solo veo dos posibilidades: La primera, esta torre de apartamentos –señalé un bloque de planta ovalada– que se encuentra en el límite, justo a dos kilómetros de distancia.

Bert chasqueó la lengua.

–Es cierto que entra dentro del radio de alcance del fusil Remington, pero la probabilidad de fallar el tiro desde ahí, sería muy alta. La terraza del teatro hace esquina a dos calles, y el presidente se moverá para saludar a la gente de una y otra. A dos mil metros, acertar a un blanco en movimiento sería toda una proeza.

–Estoy de acuerdo –admití–. Así que nuestro favorito debería ser la segunda opción... –tomé un lápiz y rodeé con un círculo un bloque de planta extremadamente rectangular–. Este rascacielos.

–En efecto, –confirmó la comandante–. Está lo bastante lejos como para no considerarlo una amenaza. Y, sin embargo, un tirador profesional dispondría allí de un puesto privilegiado.

Lorenzo, Berta y yo contemplamos con ansiedad el plano. Tras unos segundos, asentimos.

—La torre Toyota —dijo el nuevo.

Se trataba de un edificio de viviendas y oficinas al que todo el mundo llamaba así por el gran rótulo publicitario de la firma japonesa que campeaba sobre su azotea.

—Bien. Ya lo tenemos, ¿no? —dijo Guillermo—. Mandamos un comando a que registren y clausuren uno por uno todos los apartamentos de esa torre la mañana del domingo... y listo.

—Lo haremos, claro está, pero no es tan fácil como piensas —valoró Berta—. Treinta y cinco plantas, diez apartamentos por planta, más las terrazas, ventanas de escaleras, trasteros y cuartos de servicio... son centenares de posibles puestos de tirador. Pero, en fin, cientos de posibilidades es mejor que miles.

El nuevo silencio, largo, duró lo que yo tardé en romperlo.

—Tenemos otro problema: vale, nosotros evitamos que muera el presidente. Y entonces, los malos, cumpliendo su amenaza, matan al hijo, la nuera y el nieto de Elisa Lobo.

—A no ser que la propia Elisa los haya puesto ya a salvo —aventuró Berta Morel—; y todo parece indicar que así es: primero, se los llevó de Arequipa a Cusco. Y de Cusco huyeron sin que hayamos vuelto a saber de ellos. Confiemos en que Elisa haga su trabajo, mientras nosotros hacemos el nuestro. **315**

Suspiré largamente, tras dejarme caer en la silla que tenía más a mano.

–A ver... ¿No tenéis la sensación de que estamos actuando como médicos novatos? Bajando la fiebre, pero sin encontrar la causa de la infección –Berta y el nuevo se miraron de reojo–. No nos estamos preguntando quién ha puesto en marcha este asunto. Quién ha realizado el encargo de matar a PPK. ¿No habéis pensado quién querría acabar con el nuevo presidente antes incluso de que tome posesión de su cargo?

Berta hinchó los carrillos antes de responderme.

–Mira, Fermín... este es un país con muchas heridas aún abiertas y con gentes muy... digamos, muy viscerales. Hace dos meses que Kuczynski ganó las elecciones por muy escaso margen. Casi la mitad de los peruanos votaron por Fujimori, su rival. No sé cuántos de nuestros compatriotas querrían ver muerto a Kuczynski o incluso estarían dispuestos a apretar el gatillo. Pero seguro que son muchos.

–¿Y que, además, tengan acceso a documentos oficiales?

–Aun así, estaríamos hablando de muchísimas personas. Yo no sabría ni por dónde empezar. Ese es un camino que no lleva a ninguna parte. Seamos prácticos y modestos: limitémonos a evitar que maten al próximo presidente.

Callamos, una vez más. La sirena de un auto policial comenzó a aullar a los pies de nuestro ventanal y, luego, se fue perdiendo a lo lejos. Sin duda, acudía a vadear un río de sangre. Cuando se alejó, me puse en pie y avancé dos pasos, hasta ganar el centro del despacho.

–¡Se acabó! –dije, un tanto dramáticamente.

Berta y el nuevo me miraron como don Quijote a los molinos de viento.

–¿Perdón? ¿El qué se acabó, dices?

–¡Se acabó sentarnos a esperar que la verdad se nos aparezca por sí sola, como la Virgen a los pastorcillos de Fátima! Lalana, el escritor, me lo ha dicho bien claro y creo que tiene toda la razón: necesito reencontrarme con mi intuición. Siempre fue mi principal arma como detective. Yo no soy Sherlock Holmes ni Hercules Poirot, capaces de deducir la verdad a partir de mínimos detalles. Tampoco soy el inspector Wallander, perseverante hasta dar con la solución al enigma por puro agotamiento. Yo soy un tipo con intuición, un detective torpe, pero con olfato. Sin embargo, no me estoy fiando de ello como lo hacía tiempo atrás, en otras novelas.

–¿Novelas?

–Eeeh... en casos anteriores, quiero decir.

–Ya. ¿Y... tienes ahora alguno de esos... presentimientos tuyos?

–No es un presentimiento, Berta. Es la suma de varios pequeños detalles que, sin resultar definitivos por sí solos, apuntan todos ellos en la misma dirección.

–Vale. ¿Y cuál es esa dirección?

Tomé aire antes de soltarlo.

–Edgardo Corberó.

Berta parpadeó.

–¿Cordero? Cordero es un idiota, pero... ¿hablas de que él ha podido encargar el asesinato de PPK? ¡Vamos! Disculpa, pero eso no parece tener mucho sentido.

–¡Claro que lo tiene! Piénsalo: pese a trabajar en el departamento encargado de la seguridad del presidente, se ha mostrado indiferente cuando le has dicho que tenías información sobre un posible atentado. Además, el suyo es el único nombre de un residente en Lima que figuraba en la agenda de Elisa. No es tan fácil ponerse en contacto con un asesino profesional. No figuran en las páginas amarillas. Pero Edgardo y Elisa se conocían de antemano y él podía localizarla sin problemas. Solo otros dos peruanos figuraban en la agenda de Elisa. Godoy está muerto y Guzmán Elbueno no me cuadra como el malo de esta historia. Solo me queda Corberó.

–Pero... ¿por qué querría Cordero matar a PPK? Es uno de los encargados de su seguridad. Quedaría como un inepto.

–Esa es la cuestión: Creo que Corberó encargó el asesinato de Kuzcynski, pero... me parece que no desea que lo maten.

–¿En qué quedamos?

–Si Edgardo Corberó quisiera acabar con el presidente, trabajando en el Tercer Gabinete no necesitaría encargar el atentado a nadie. Seguramente, encontraría la manera de hacerlo por sí solo.

–Entonces...

–Lo que yo creo es que Corberó no quiere asesinar a Kuczynski... sino salvarle la vida.

Berta alzó las cejas. Y, segundos más tarde, abrió sus maravillosos ojos de par en par. Acababa de comprenderme.

–Quieres decir... salvarlo del atentado que él mismo habría encargado... ¡y así quedar como un héroe!

–¡Eso es! –excalmé–. Me dijiste que la DINI había estado el pasado año en entredicho, incluso cerrada por seis meses. Ahora llega un nuevo presidente, con nuevas ideas, con otro equipo y otra gente de su confianza. Los empleados del Tercer Gabinete temen su relevo o, sencillamente, la desaparición de su departamento. Pero si lo primero que hacen es evitar un atentado mortal contra PPK, la cosa debería cambiar a su favor.

Una aurora boreal sobre el cielo de Lima no habría causado en Berta Morel una más perfecta expresión de sorpresa. Y de admiración.

También el nuevo me miró con la boca abierta.

—Debo reconocer que tu teoría tiene mucho sentido —concedió ella tras una larga pausa—. No sé si estarás en lo cierto, pero... resulta atrevida. Brillante. Y podrías estar en lo cierto, desde luego. Sin embargo, no sé si debemos lanzarnos de cabeza por ese camino. Si nos centramos en Cordero y estamos equivocados, no habrá tiempo para rectificar. Nos quedan dos días. Menos de dos días.

—Cierto. Es la hora de decidirse, jefa. Apostar por la intuición y ponerse ya en marcha o sentarse a esperar, a ver qué sucede el próximo domingo.

Berta enterró la vista en el suelo durante un puñado de segundos. Cuando la levantó, le brillaban las pupilas. El brillo de la determinación. Fue al teléfono y alzó el auricular.

—Dalia, ponme con el coronel Forlán. Al toque.

Sin demasiadas explicaciones, Berta pidió a su superior que le cediese varios agentes durante el fin de semana para realizar vigilancia y seguimientos. Discutieron a cuenta del caso de Darwyn Godoy, cuya investigación no avanzaba como el juez y el fiscal esperaban, pero Forlán, finalmente, acabó cediendo a los deseos de la comandante.

Cuando colgó, se encaró de nuevo conmigo.

–Hay un detalle más, Fermín, a ver si estamos de acuerdo: si las cosas son como tú crees y Cordero ha preparado un engaño para quedar como un héroe, lo que no puede permitir es que quede nadie vivo que pueda contar después la verdad.

Miré a Berta, consternado. Tragué saliva.

–Por desgracia, estoy de acuerdo. Y eso significa que, para Edgardo Corberó, Elisa, su hijo y su familia están condenados a muerte, ocurra lo que ocurra. Salga bien o mal el atentado contra el presidente, ellos no pueden quedar con vida.

–Y mucho me temo que así será. A no ser que nosotros lo evitemos.

Las cartas boca arriba

Un par de horas más tarde, Edgardo la zarandea con suavidad; y le propina palmaditas en las mejillas. Ella abre los ojos y comprueba que se siente algo mejor, algo menos cansada, algo menos mareada.

–Despierta, Elisa... toma, bebe agua. Despacio...

Bebe con avidez del vaso que él le ofrece. Siente la boca como trapo de fogonero. Los labios pegados, las encías ardientes. Su deshidratado organismo agradece el agua, la necesitaba imperiosamente.

–Gracias... oye... ¿Dónde están Álvaro y mi nieto y Laura?

Edgardo sonríe.

–Están en un lugar seguro. Al cuidado de un buen amigo mío.

–No entiendo... ¿Por qué se han ido sin avisarme? ¿Dónde los has llevado?

El agente de la DINI sigue sonriendo. Elisa no entiende por qué.

–Quizá ahora no estás en las mejores condiciones y por eso te cuesta comprender.

–Comprender... ¿el qué?

Corberó se alza de hombros, como si fuera la cosa más evidente del mundo.

–Mujer, está bien claro. Álvaro, Laura y el pequeño Rudolph... son mis rehenes. La garantía de que el próximo domingo vas a cumplir con tu cometido: acabar con Kuczynski.

Elisa siente que el aire escapa de sus pulmones. Aprieta los ojos. Le cuesta entender, pero lo hace, al fin. Y comprender la verdad le supone un escalofrío interminable.

–De modo que eres tú. ¡Tú eres mi cliente! Y yo misma, como una idiota, he traído a mi familia hasta aquí y los he puesto en tus manos.

Corberó ríe ahora exageradamente, como un Mozart de película de serie B.

–¿A que es genial? Claro, podía haber organizado un secuestro en Arequipa en toda regla, pero se habría convertido en un problemón, más tipos implicados, la tombería investigando... Sin embargo, estaba seguro de que, tarde o temprano, acabarías acudiendo a mí. ¿Qué ibas a hacer, si no? ¡Soy tu hombre en Lima! ¡Tu único amigo acá!

Elisa sacude la cabeza, tratando de aclarar sus ideas entre las carcajadas de Edgardo. Aún le cuesta pensar.

–Quiero hablar con Álvaro –exige, de pronto–. Quiero saber que los tres están bien.

321

–Están bien, descuida. Pero no vas a hablar con ellos. No, no, no... De ningún modo, Elisa.

–Si no tengo la seguridad de que están vivos, no mataré a Kuczynski.

–Y si el domingo no matas a Kuczynski, tendrás la seguridad de que tu hijo morirá. Tu hijo y tu nieto. También tu nuera, pero no sé realmente si ella también te importa. Ya sabes, las suegras lleváis tan mala fama...

VIERNES, 8

Con los hombres cedidos por el coronel Forlán, se inició esa misma mañana un operativo de seguimiento a Corberó que, por descontado, incluía la vigilancia de su domicilio.

Por su parte, la comandante Morel movió sus hilos para identificar a la plantilla al completo del Tercer Gabinete. Si mi teoría era cierta, todos ellos estarían implicados en el plan de Corberó. Resultaron ser solamente cuatro agentes, incluido el propio Edgardo: Víctor Gili, Amadeo Ruiz y una mujer de extraño nombre, Leónides Anglora. Dimos por sentado que los cuatro estaban compinchados para llevar adelante el plan.

Hasta media tarde no obtuvimos confirmación de la presencia de Elisa en la casa de Corberó. Fue al filo de las cinco, cuando uno de los agentes apostados en un edificio próximo con una cámara dotada de teleobjetivo sacó una foto a través de la ventana de la cocina en la que se distinguía con claridad el perfil de la española.

Celebramos aquella imagen con todo júbilo, como una victoria, porque era la confirmación de que nuestra teoría podía ser acertada; de que avanzábamos por buen camino. Tal como yo sospechaba, Elisa había recurrido a Edgardo Corberó y este la había alojado en su casa. Por el contrario, nos desconcertó que en la vivienda de Corberó no pareciese haber rastro de Álvaro, Laura y su hijo.

–No, no están con él. Otro detalle lo corrobora –nos informó Berta–. De regreso de su trabajo, Cordero ha hecho una pequeña compra en la tienda de una gasolinera de la avenida de Andrés Aramburú. Aquí tengo la lista. Podría ser una cena para dos, pero no parece suficiente ni mucho menos para cinco personas.

–Es decir, que Elisa está sola con Corberó. Álvaro, su mujer y el niño se encuentran en otra parte –deduje–. Lo cual resulta lógico porque mantenerlos separados de ella es la mejor manera de anular la capacidad de reacción de Elisa.

Guillermo propuso enviar un comando de intervención a la vivienda de Corberó y liberar a Elisa de inmediato, pero la comandante Morel se negó en redondo.

–Eso sería una temeridad –valoró Berta Morel–. Mientras no localicemos a Álvaro, su mujer y su hijo y los coloquemos a los tres fuera de peligro, no voy a dar ninguna orden que ponga en riesgo sus vidas.

–¿Qué podemos hacer, entonces? –preguntó el nuevo.

–Esperar –dije–. Confiar en que la vigilancia a que estamos sometiendo a Gili, Ruiz y Anglora dé sus frutos. Uno de ellos es quien debería estar reteniendo a la familia Lobo. Pero no sabemos ni quién ni dónde. Mientras no lo averigüemos, solo nos queda continuar con la vigilancia y esperar un golpe de suerte. Es ingrato, pero es lo que hay.

–Tampoco nos vamos a quedar de brazos cruzados. Quedan treinta y seis horas para el ensayo de la ceremonia de nombramiento del nuevo presidente. Vamos a establecer planes para cada uno de los escenarios posibles. El objetivo principal, por supuesto, es localizar a la familia de Elisa Lobo y rescatarlos. Si lo logramos, desactivaremos la amenaza de Cordero sobre Elisa y empezaremos a jugar con cartas ganadoras. Pero, si eso no ocurre, hemos de tener bien claro cómo actuar.

SÁBADO, 9

Fue un día desquiciante.

El tiempo pasaba lento y rápido a la vez. Caía en el reloj la arena grano a grano, el agua en la clepsidra, gota a gota; y los resultados no llegaban. Todo permaneció inmóvil, muerto, como en una desesperante foto fija.

Seguíamos confiando en localizar pronto a Álvaro Lobo, su mujer y su hijo para, de inmediato, trazar un plan de rescate. Pero no logramos dar con ellos. Suponíamos que estarían custodiados por alguno de los tres compañeros de Corberó, pero no conseguimos una prueba fehaciente que nos lo confirmase.

La espera comenzó a resultar desesperante.

A primera hora de la tarde, el seguimiento a Gili y Ruiz, que parecían hacer vida normal, no había dado fruto alguno, de donde dedujimos que el matrimonio Lobo y su hijo seguramente estaban en manos de la única mujer del equipo, Leónides Anglora, que vivía en la misma urbanización de Corberó, aunque en la torre 14, a tres calles de distancia. Eso apoyaba nuestras sospechas, pues dada la cercanía de ambas viviendas, les habría resultado muy sencillo trasladar de una a otra a los tres rehenes.

Sin embargo, no pudimos obtener pruebas directas de la presencia de Álvaro, Laura y Rúdolph en el piso de Anglora. La agente de la DINI no salió a la calle en todo el día y tampoco hubo suerte con la vigilancia fotográfica permanente. A través de las ventanas, nuestros teleobjetivos solo captaban una vivienda aparentemente vacía, penumbrosa, sin actividad alguna. Tampoco hubo suerte con un micrófono que introdujimos desde la azotea por la chimenea de evacuación de humos de las cocinas. Esperábamos con ello captar conversaciones que nos permitiesen hacernos una idea de la situación de los rehenes dentro del piso. Pero, durante horas, solo captamos el silencio.

Tanto el portal de la casa como la salida del garaje habían estado vigilados en todo momento y, por tanto, Berta seguía convencida de que el hijo, la nuera y el nieto de Elisa Lobo debían encontrarse allí, aunque no dieran muestras de actividad alguna.

A media tarde, empecé a ponerme nervioso ante la falta de acontecimientos.

–Tenemos que entrar, Berta. Envía a los de Operaciones Especiales y que asalten el piso. Tenemos el plano de la vivienda. Por eliminación, sabemos en qué zona tienen que estar.

–No es buena idea, Fermín. Prefiero esperar.

–Quizá ni siquiera se encuentren ya ahí. No hemos detectado indicios de actividad desde hace día y medio.

–Los mantendrán sedados. Por eso no captamos sonidos ni movimientos. Pero tienen que estar ahí.

–¿Y si no están? ¿Y si los han trasladado a otro lugar sin que lo hayamos visto?

–No me parece probable. Leónides Anglora sigue en el piso, eso es seguro. La vimos entrar y no la hemos visto salir. Y, sobre todo, aún queda tiempo. Todavía no es momento de iniciar acciones que pongan en peligro a los rehenes. Es momento de tener paciencia.

–A mí se me está terminando la paciencia.

–Lo veo. ¿Por qué no te vas a dar una vuelta y tomar el aire?

No fui, temiendo que, en el momento en que me ausentase, comenzase el baile y me perdiese la función.

Pero nada ocurrió. Y unas horas después, cayó la noche anterior al día D, como cae el telón de los entreactos en los dramas de don Jacinto Benavente.

DOMINGO, 10

Ensayo general con todo

Se escribió mucho sobre los acontecimientos del 10 de julio, aunque se publicó muy poco, debido a un pacto de los Gobiernos entrante y saliente con la prensa. Creo que ha llegado el momento de contarlo como fue. No como debería haber sido ni como hubiéramos querido que fuera ni como pensamos que querríamos que hubiese debido haber sido.

Como fue.

Amaneció un día gris, sin sol y sin lluvia. Ese típico día de Lima que Herman Melville y yo odiamos hasta el tuétano.

Los cuerpos de seguridad tomaron posiciones a primera hora de la mañana en el teatro Municipal de Lima, según el dispositivo elaborado por el Tercer Gabinete. Se esperaba al presidente electo a mediodía. Crecía la tensión. Se mascaba la tragedia.

Nosotros habíamos confeccionado nuestro propio plan de acción. Dos, en realidad. Uno, para el caso de que pudiésemos rescatar a los Lobo y, otro, para el caso contrario. De momento, funcionábamos con el plan B.

Cuando llegué al teatro, aquello parecía la NASA el día del Apolo 11. Para el ensayo, solo se había convocado a las personas que tuvieran un papel directo que interpretar en la función: el jefe de la Junta Electoral, el presidente, el notario general de la república... aparte de ellos, un puñado de figurantes para ocupar los puestos principales en la mesa. Pero ni diputados ni autoridades ni notables ni representantes de otros países ni nadie de los que conformarían el público de la verdadera ceremonia del día 28.

Por el contrario, el número de policías y agentes de los distintos cuerpos de seguridad que pululaban como escarabajos por el interior y el exterior del edificio resultaba pasmoso. En el vestíbulo, se habían instalado dos escáneres de rayos X que hacían pruebas de eficacia cuando Guillermo Lorenzo y yo aparecimos por allí. Incluso nosotros tuvimos dificultades para acceder al interior del teatro, hasta que los responsables de la seguridad confirmaron nuestra identidad más allá de cualquier duda y constataron que estábamos incluidos en una lista adicional que el coronel de la DINI había confeccionado a instancias de su colega Forlán.

El escenario se hallaba iluminado como para una gran representación teatral. La platea también lo estaba, en parte. Los palcos, en cambio, permanecían en penumbra y cerrados con llave, dado que hoy no se iban a utilizar.

Apenas llevábamos diez minutos en el teatro cuando Guillermo me avisó con un codazo leve.

—Mire: allí está Corberó, señor Escartín. Ejerciendo de director de orquesta.

Al principio, no le entendí.

—¿Qué dices? ¿Corberó? ¿Estás seguro?

—Sí, sí. Es él, seguro —me confirmó, mientras me mostraba un retrato del agente que llevaba en una carpetilla.

Y tenía razón. Allí estaba Edgardo, impartiendo órdenes a diestro y siniestro, acompañándolas de gestos enérgicos.

De inmediato, sentí un escalofrío.

—¿Qué demonios está ocurriendo? ¿No teníamos a Corberó bajo vigilancia? ¿Cómo es que ha salido de casa sin que nadie nos lo haya advertido? Y si Corberó está aquí... ¿Dónde rayos está Elisa?

Lorenzo me miró con los ojos muy abiertos.

—¡Huy...! Algo se nos ha ido de las manos, ¿verdad?

—¡Maldita sea...! —mascullé, cada vez más nervioso—. A ver, ¿quién está al cargo de la vigilancia de Corberó?

El nuevo carecía de la memoria prodigiosa de Valdiviezo, pero lo apuntaba todo en una libretita que consultó al momento.

—Emilio Dal, de Segunda Sección.

—Debería estar pegado a la chepa de su objetivo. ¿Lo reconoces?

—Es de mi promoción de la escuela policial, pero... no, no lo veo por aquí.

Estábamos a menos de de una hora de la llegada de Kuczynski. Tomé de inmediato el celular y llamé a Berta.

—Corberó está aquí.

–¿Cómo dices?

–¿Por qué nadie nos ha avisado de que venía para acá? ¿Y qué pasa con Elisa? ¿Sigue en la casa de Corberó o también se ha escabullido sin que nadie se haya dado cuenta?

Oí un suspiro sofocado de Berta antes de responderme.

–No lo sé. Me entero y te llamo. Vigilad a Corberó mientras aclaramos qué ha pasado.

Guillermo y yo intercambiamos una mirada cargada de preocupación. Era el primer indicio de que las cosas podían no salir como habíamos previsto. Pero aún no teníamos ni idea de lo que nos esperaba.

Minutos más tarde, recibí llamada de Berta Morel.

–Dal y sus hombres estaban todavía apostados frente al portal y la salida del garaje de Cordero.

–¿Cómo dices? –chillé–. ¡De modo, que les ha dado esquinazo! ¿Qué clase de inútiles son esos agentes?

–Cálmate. Voy a comprobar qué ha ocurrido. Dal va para allá.

–¡Que no tarde!

Lorenzo se situó cerca de Edgardo, dispuesto a no perderlo de vista ni un instante, mientras yo me acercaba a la entrada y le mostraba al jefe del control la extraña credencial que Berta me había proporcionado a mi llegada a Lima. Esa que, de puro estrafalaria, me abría todas las puertas.

–Necesito saber a qué hora ha llegado el agente Edgardo Corberó, de la DINI, Tercer Gabinete.

El guardia, no precisamente joven, consultó sus listados.

–Corberó... Corberó... ¡Ah, ya caigo! Los cuatro agentes del Tercer Gabinete han llegado juntos y muy temprano, a las siete y diez de la mañana.

–¿Los cuatro?

–Eso es. Lo recuerdo porque han sido los primeros en aparecer por aquí. Tres hombres y una mujer. Una mujer con un nombre muy raro.

Sentí una punzada en el estómago.

–¿Leónides? ¿Leónides Anglora?

–Justo, sí.

Volvió a sonar mi celular, cortando la conversación con el encargado del control.

–¿Berta?

Una sucesión de sonidos electrónicos rodeó un puñado de palabras inconexas de la comandante:

–...puede ser... debería... con Álvaro...

–No te entiendo, Berta. Te pierdo.

Tras unos segundos de silencio, recuperamos la comunicación.

–¿Fermín? ¿Me oyes ahora?

–Te oigo.

–Disculpa, estaba en el garaje de la casa de Cordero y había mala cobertura. Acabamos de descubrir que los aparcamientos de las Torres de Limatambo están comunicados entre sí. Hay entrada y salida por cada edificio, pero se puede acceder a los demás garajes sin salir a la superficie.

–¿Qué? ¡No puedo creerlo! ¡No puedo creer que nadie se molestase en comprobar semejante cosa!

–Está claro que se han cometido errores...

–¿Errores? ¡Es una negligencia inadmisible!

El tono de Berta sonó compungido.

–Ya, bueno, el caso es que hemos hecho el imbécil vigilando solo una salida.

–¿Y Elisa?

De fondo, oí cómo Berta echaba a correr. Sus pasos resonando sobre el pavimento..

–Mis hombres acaban de entrar en la casa de Cordero. Está vacía. Lo más probable es que los dos hayan salido juntos esta mañana, sin que los viésemos. ¡Aún no puedo creer que hayamos sido tan descuidados!

–¡Y seguro que Leónides Anglora sacó a la familia Lobo del mismo modo! ¡Hemos estado dos días vigilando un piso vacío, Berta!

–Eso vamos a comprobarlo de inmediato. Ya he dado orden de entrar también en el piso de Anglora.

–¡A buenas horas, mangas verdes!

–¿Qué dices?

–¡Nada! Espera un momento... –Lorenzo me estaba tocando repetidamente en el hombro, tratando de que echase un vistazo a la ficha de Leónides Anglora–. ¿Qué pasa, Guillermo?

–Mire esto, señor Escartín: esa mujer tiene una segunda vivienda. Una casa en Barranco, propiedad de su familia. Quizá se llevó allí a los Lobo.

–Bien visto. Guillermo. ¿Lo has oído, comandante?

–Lo he oído –me respondió Berta–. Vamos a comprobarlo. Espera... los de la Unidad Delta están a punto de entrar en el piso. Te vuelvo a llamar.

Cuando se cortó la comunicación, me encontré con la mirada de Lorenzo convertida en una línea muy fina.

—Esto lleva camino de terminar en desastre. ¿Y tú qué piensas? ¿Por qué me miras así?

El nuevo tardó en contestar, tratando de dar forma a sus dudas.

—Pensaba... ¿qué hace aquí, en el teatro, Leónides Anglora? Si su parte del plan consistía en vigilar a los rehenes... ¿por qué no está con ellos?

El chico estaba resultando espabilado.

—Buena pregunta. Y... ¿cuál es la respuesta?

—Que... no vigila a los rehenes porque ya no es necesario.

Un regusto de bilis me subió a la boca.

—Quizá... quizá Corberó y los demás cuentan con otro cómplice...

—Sí, es posible... pero también...

—También, ¿qué?

—No, nada...

—...también es posible que los Lobo no necesiten vigilancia... porque estén muertos. Eso quieres decirme, ¿no?

El nuevo se alzó de hombros.

—No lo sé, señor Escartín. Lo siento, quizá no he debido...

—No te disculpes y sigue pensando. Lo haces muy bien. Pero no pierdas de vista a Corberó.

—Eso no es difícil. Va de aquí para allá como si fuera el rey de mambo.

Inquieto, muy inquieto, casi a punto de entrar en pánico, me refugié en un rincón del vestíbulo del teatro y allí permanecí como un niño asustado, mirando la pantalla oscura de mi celular. Esperando noticias.

Por fin, se iluminó, de repente. Antes de que hubiese sonado el timbre, descolgué.

–Hemos entrado –dijo la voz de Berta Morel, sin más explicación–. La casa de Anglora está vacía.

–Oh, cielos... ¿Cómo hemos podido estar tan ciegos? –me lamenté.

–Ha sido culpa mía, Fermín. Me empeñé en que debían seguir ahí dentro. ¡Bien, señores, nos dejamos de tonterías! –la oí gritar, entonces–. ¡Nos vamos todos a Barranco cagando leches y localizamos la casa de la familia Anglora! Te llamo después, Fermín.

El tono de Berta, tan decidido, tan drástico, me produjo una mala sensación. Hasta ahora, habíamos sido prudentes. Al descubrir que eso no nos había servido de nada, la tentación era tomar carrerilla y lanzarse con todo hacia delante. Pero eso no significaba que fuese la mejor idea.

Operación en Barranco

Un domingo por la mañana, el tránsito es casi fluido en Lima.

Los dos autos del equipo de Berta avanzan rápido por las avenidas, aullando su prisa por enmendar errores. Ya en Barranco, a tres cuadras de la casa de los Anglora, silencian las sirenas. A dos manzanas, apagan las luces destellantes. A una calle, se detienen. Berta y seis hombres echan pie a tierra. No ocultan las armas y los escasos viandantes los miran con temor y apresuran el paso. Los policías se dispersan, según manda su entrenamiento y un plan apenas esbozado. Toman posiciones.

Dos de ellos saltan el seto y cruzan el jardín, el descuidadísimo jardín. Rápidos vistazos por los ventanales. Un cruce de palabras cortas y de gestos imperiosos, cargados de significado. Fritura estática en los *walkie-talkies*, como carraspeos electrónicos.

–¿Qué veis?

–Bolsas de la compra en la cocina. Parece haber gente en la casa.

Una escalera exterior, de obra, hiedra y óxido en el barandado, conduce a la primera planta. Nuevos vistazos a través de los cuarterones de una puerta muy estropeada por la humedad y el salitre. La proximidad del océano todo lo devora.

–Delta Cuatro. De momento, nada a la vista en la planta superior.

–Delta Uno. Veo el arranque de una escalera junto a la cocina. Hay un sótano en la casa, repito, hay un sótano.

La comandante Morel maldice por lo bajo. ¿Por qué las cosas son siempre más complicadas de lo que deberían?

–Delta Cero. Equipo Uno, buscad tragaluces al nivel del suelo.

–Delta Uno, Roger. Dos y tres, desplegaos rodeando la casa.

Morel aguarda.

–Delta Tres. Veo dos tragaluces a ras de suelo en la parte trasera, repito, parte trasera de la casa. Voy a acercarme y a echar un vistazo.

La comandante empieza a morderse las uñas. Consulta su reloj. Pasa un minuto. Dos. De pronto, un susurro.

–Delta Tres. Detecto movimiento en una sala del sótano, fuera de la vista. Sombras sobre la luz que sale de ella.

–Delta Dos, confirmo presencia de varias personas en el sótano.

–¿Visión directa, Delta Dos?

–Indirecta. Voces y sonidos. Y algo que parece el llanto de un niño.

Son ellos, son los Lobo, tienen que ser ellos, piensa Berta Morel. Ojalá nos hubiésemos dado cuenta ayer... Un error imperdonable.

–Delta Cuatro. La puerta de planta primera no está asegurada. Acceso posible a la casa por ella.

–Adelante, equipo Dos –ordena la comandante–. Entrad en la casa. Equipo Uno, prevenidos.

Delta Tres acciona el pomo del piso superior y empuja la puerta, que cede con un crujido. La abre hasta mitad de su recorrido e indica a Delta Cuatro y Delta Cinco que entren.

–Delta Dos. Veo un sujeto subiendo desde el sótano. Una mujer.

A Berta Morel se le anudan las tripas. Jamás ha dirigido una operación como esa, en la que puede morir gente. La responsabilidad la atenaza. Ya no da órdenes, sino que confía en que los seis Deltas sepan cómo actuar en cada momento.

Cuatro, Cinco y Seis se despliegan por la planta superior. Por gestos, se indican entre ellos que el camino está despejado.

Se dirigen al arranque de la escalera. Un crujido alerta a Leónides, que subía desde el sótano. Mira a lo alto y empuña de inmediato su pistola Beretta, que llevaba prendida en la cinturilla del pantalón.

—¿Quién anda ahí? —pregunta.

A partir de ese momento, todo sucede muy rápido. Muy rápido y muy mal.

Delta Uno entra en la casa derribando la puerta principal con el hombro, atrayendo la atención de la mujer, que asoma la cabeza por el hueco, a la altura del piso. Ve al policía y dispara, hiriéndolo en el muslo. El agente grita y cae. Ella vuelve a disparar, al pecho ahora. El chaleco antibalas salva la vida del agente que, sin embargo, siente un empujón atroz, como si lo empitonase un toro, y rueda por el suelo.

El equipo Dos, en la planta superior, nada puede hacer. Se agrupan los tres en el desembarco de la escalera. Delta Cuatro desciende tres escalones y ve a su compañero tirado sobre el piso, retorciéndose de dolor, mientras la sangre mana de su pierna como de un grifo abierto.

Leónides retrocede, desciende de nuevo hacia el sótano. Piensa que el de Edgardo parecía un buen plan, hasta ahora, hasta este instante en que todo se acaba de ir al infierno. Mientras baja las escaleras, duda si matar a los rehenes. ¿Por qué no? Iba a acabar con ellos después, de todos modos, para asegurarse su silencio, pero lo cierto es que ahora ya no sirve de nada mantenerlos vivos. Todo está perdido. Sabe que va a morir. Va hacia el cuarto donde los mantiene maniatados sin haber tomado aún la decisión. Cuando atraviesa la pieza principal, Delta Dos rompe el cristal del tragaluz con la bocacha de su subfusil y, de inmediato, abre fuego sobre la mujer. Tiene el selector del arma en modo ráfaga y el tableteo resulta sobrecogedor, aunque corto, pues el arma monta el cargador pequeño, solo seis disparos. Berta, al oírlo, palidece, aprieta los dientes y se lleva las manos a la cabeza. Vuelan los proyectiles por el sótano, sin precisión alguna. Solo dos alcanzan a la agente Anglora, que cae al suelo. Está herida, pero no malherida. Aún puede incorporarse, alcanzar la otra pieza y acabar con los tres rehenes. O quizá solo con el niño. Eso bastará, porque la muerte del hijo será también la muerte de sus padres.

Parece que vaya a conseguirlo, pero Delta Tres, desde el otro tragaluz, imita a su compañero, rompe el cristal con la culata de su pistola. Apunta con precisión a la cabeza de la secuestradora, que está a punto de salir de su campo de visión. Una sola oportunidad. Sí o no. Sombra o luz.

Delta Tres aprieta el gatillo.

Leónides muere.

El equipo Dos, en formación de triángulo, hombro contra hombro, descienden de la primera planta a la principal y de ahí al sótano, donde se tropiezan con el cadáver de la agente de la DINI y, segundos más tarde, localizan a Álvaro, Laura y Rudolph atados y amordazados en uno de los rincones de una habitación sin ventanas y sin muebles. Muy asustados, pero ilesos.

Cinco minutos más tarde, el revuelo en torno a la casa es de dimensiones egipcias. Los vecinos, alertados por los disparos, han llamado a emergencias y no tardan en aparecer varias unidades de Policía y del Serenazgo, que rodean la finca. Berta se las ve y se las desea para identificarse a distancia sin que la fríen a tiros, aclarar la situación y convencer a sus compañeros de que se trata de una operación no anunciada de la Interpol.

Luego sobrevienen minutos de confusión. Muchos minutos.

Una vez que llegan los sanitarios y confirman que Álvaro, su mujer y el niño se encuentran en buen estado, Berta, se pone en contacto con Fermín, de nuevo.

Para entonces, el presidente electo Kuczynski ya ha llegado al teatro Municipal.

Cuestión de segundos

–Fermín, hemos liberado a los Lobo. Sanos y salvos. Estaban en la casa de Barranco.

–¡Estupendo! –exclamé, al tiempo que sentía una bofetada de alívio–. Menos mal, por fin una buena noticia... ¿Y de Elisa? ¿Sabemos algo?

–Nada todavía. Ni rastro de ella. Pero tenemos un montón de agentes buscándola en la torre Toyota.

–¿Por qué en la torre Toyota?

Percibí a través del teléfono la vacilación de Berta.

–Bueno... dedujimos que era el lugar idóneo para atentar contra Kuczynski.

–Pero eso, si vas armado con un fusil de largo alcance. Y el Remington de Godoy siempre hemos supuesto que lo tiene Toñín, no Elisa.

La respuesta de Morel tardó en llegar. La voz, ronca.

–Claro, tienes razón. Tienes razón, Fermín. Por Dios... Supongo que llevo muchas horas sin dormir y me siento muy espesa. En todo caso... si nuestros hombres hubiesen localizado a alguien con un fusil, sea hombre, mujer o muchacho, lo habrían detenido.

–Y, por ahora nada, entonces.

–No, nada todavía. Y, según me indican, ya van por el segundo registro del edificio.

No pude evitar pensar que, realmente, casi nada estaba saliendo como esperábamos. Que todas nuestras teorías no eran sino películas proyectadas en nuestras mentes, estúpidas diapositivas que en nada se correspondían con la realidad. Y nosotros, corriendo de aquí para allá, sin rumbo, como pollos sin cabeza.

–¿Sigues ahí, Fermín?

–Sí. Sí, Berta, sigo aquí... Oye, una pregunta: ¿había alguien vigilando a los Lobo o simplemente los habían dejado allí encerrados?

–Sí, sí, al menos en eso, acertamos. Los custodiaba la mujer.

–¿Cómo? ¿Qué mujer?

–Leónides Anglora, la compañera de Cordero en el Tercer Gabinete. Por cierto, que ha muerto en el transcurso del asalto...

Un toque de campana. Solo uno. Esa sensación de bola de billar que tropieza en el borde de la tronera. Ese castillo de cartas que se desmorona con un soplido...

Sentí que me tambaleaba.

–¿Estás segura de que se trata de ella?

–Desde luego. Hemos confirmado su identidad. Llevaba su documentación encima. El juez llegará enseguida...

–Pero... no, no puede ser, no puede estar muerta. ¡Se supone que Leónides Anglora está aquí, en el teatro Municipal!

Me habría gustado ver la cara de Berta en ese momento.

–¡Qué dices!

–Ha llegado esta mañana a primera hora, con Corberó y los otros dos de la DINI. Me lo ha asegurado el encargado del control de acceso.

–Pero es imposible. Tengo su cadáver delante de mí. A no ser que se trate de una impostora, claro. ¿Tú la has visto en persona por ahí?

–Eeeh... realmente, no, no la he visto. Esto es muy grande y hay mucha gente...

Callé de pronto. Creo que Berta y yo caímos en la cuenta exactamente en el mismo instante. Para mí, fue la confirmación de que estábamos sobrepasados por los acontecimientos, el cansancio y la falta de sueño. ¿Cómo era posible que no nos hubiésemos percatado todavía de algo tan simple? Era como para darnos de bofetadas.

Fui yo quien habló, de nuevo. Me oí a mí mismo en un tono agotado y fatalista.

–¡Maldita sea...! La mujer que ha entrado aquí esta mañana con Corberó no era Leónides Anglora... ¡Era Elisa, por supuesto! ¡Tiene que ser ella! No va a disparar desde la torre Toyota cuando PPK salga a la terraza. ¡Está dentro del teatro y lo tiene a tiro en cualquier momento!

–¿Dónde está ahora Kuczynski? –preguntó Elisa, con un patético temblor en la voz.

Yo seguía en el vestíbulo, junto a una de las puertas de acceso a la platea. Me asomé por uno de los ojos de buey y pude ver cómo varios hombres habían tomado asiento, bajo los focos, en sillones tapizados de terciopelo rojo dispuestos tras una larga tribuna.

Hable con la boca seca como la mojama.

—Ya se encuentra sobre el escenario, desde hace dos o tres minutos. Ahora está discurseando un hombre canoso, de bigote y gafitas.

—Es Távara, el presidente del Jurado de Elecciones —dijo Berta—. Tiene que declararlo ganador de las elecciones, entregarle las credenciales y, tras eso, vendrá el discurso de Kuczynski.

El discurso de Kuczynski.

Con las últimas palabras de Berta aún resonando en mis oídos, supe que ese sería el momento.

Tuve un impulso. Elisa debía de estar apostada en alguno de los palcos del teatro. Seguramente, ya tenía al presidente electo en el punto de mira.

Me pregunté qué podía hacer, qué debía hacer.

Tal vez pudiera hacerle sabe que su familia estaba a salvo, que ya no eran rehenes de Corberó y que, por tanto, no tenía necesidad de matar a Kuczynski.

Vi ante mí, al otro lado de la puerta, el arranque del pasillo central de la platea. Podía abrir y entrar a la carrera, alcanzar en ocho o diez pasos el centro de la sala y gritar mi mensaje a los cuatro vientos, interrumpiendo las palabras del presidente del Jurado Nacional de Elecciones, esperando que Elisa me oyese y me creyera; y esperando que ninguno de los cien policías allí presentes me descerrajase un tiro por considerarme una amenaza.

En definitiva: una acción temeraria, con pocas probabilidades de éxito y, al mismo tiempo, con un alto riesgo de acabar con una bala en el cráneo.

Y, sin embargo, no encontraba una opción mejor.

El tiempo se acababa. A partir de ahora, en cualquier momento, Elisa apretaría el gatillo y ya nada tendría remedio. Y aunque parecía la cosa más estúpida del universo, decidí hacerlo.

–Vamos allá, Fermín –me dije–. Y que sea lo que tenga que ser: Héroe o fiambre.

Justo cuando empujaba la puerta de la sala, los acontecimientos se me adelantaron.

Fue cuestión de segundos.

Palco 9

Cuatro horas atrás, al principio de la mañana, Edgardo Corberó ha dejado a Elisa agazapada en la oscuridad del palco 9. Ha elegido el 9 con todo cuidado, debido a su forma y situación dentro de la sala. El que mejor se adecúa a sus propósitos.

Luego, ha revisado todos los palcos, uno por uno, para, tras declarar segura la zona, cerrarlos con llave y clausurar los pasillos de acceso, dejando así a Elisa a resguardo de las posibles comprobaciones de otros agentes.

Le ha dejado bien claro que debe disparar sobre Kuczynski en cuanto tome la palabra, después de los cuatro minutos de discurso del presidente del Jurado de Elecciones. Nunca antes ni después. Para ello, dispone de un veterano fusil Dragunov, sin registrar, que los miembros del Tercer Gabinete han introducido en el teatro por piezas esa misma mañana. Nada tiene que ver con el sofisticado Remington Navajo que encargó en su momento a Darwyn Godoy, pero que nunca pudo recoger porque alguien lo mató antes, justo el mismo día en que ella viajaba a Arequipa para intentar poner a salvo a Álvaro, su mujer y su hijo. Sin embargo, el fusil ruso es arma más que suficiente en aquellas circunstancias, ahora que el disparo se va a realizar a una distancia de apenas sesenta metros.

Imposible fallar. Hasta un niño sería capaz de hacer blanco.

Fuera, en el pasillo, Edgardo aguarda el momento oportuno para representar su rol en el drama escrito por él mismo. Para asumir el papel de héroe de la República.

Kuczynski acaba de recibir las últimas instrucciones de los especialistas en protocolo y, acto seguido, ocupa su lugar en la tribuna, junto al presidente del Jurado Nacional de Elecciones, Francisco Távara.

Es el momento mismo en que Edgardo Corberó comienza a subir calmosamente por las escaleras del teatro hasta la primera planta, abre con su llave el acceso al pasillo de los palcos impares y se aproxima silenciosamente a la puerta del número 9. Quedan por delante los cuatro minutos del discurso de Távara.

346

Corberó extrae de su pistolera su temible revólver Colt Anaconda de cañón corto y comprueba una vez más que el cilindro está lleno, que cada una de las seis cámaras contiene un cartucho del 44 Magnum.

Tres minutos. Elisa ya debe de estar apostada. Tumbada a la derecha del palco, sobre tres de las sillas tapizadas de terciopelo rojo, cubierta por una lona ligera de color negro de la que solo debería sobresalir la bocacha del cañón del Dragunov, igualmente negra, igualmente indistinguible en medio de la penumbra que envuelve los palcos vacíos.

Dos minutos. Edgardo sigue el discurso de Távara desde el monitor que, al fondo del pasillo, reproduce cuanto sucede en el escenario durante las representaciones teatrales. Francisco Távara ya está terminando de valorar las sucesivas jornadas electorales que han aupado a Kuczynski hasta la más alta magistratura del Estado. Su tono de voz empieza a vaticinar el final de sus consideraciones.

Un minuto. Elisa ya debe de tener a PPK situado en el punto de mira, calcula Corberó.

Ha llegado el momento. El agente de la DINI no quiere apurar demasiado. No es necesario. Sonríe al pensar que, en este instante, Elisa aún cree que va a asesinar al presidente, sin sospechar que su misión esta mañana no consiste en matar, sino en morir; que su papel no es el de verdugo, sino el de víctima.

—Vamos allá —se dice Corberó, tras inspirar hondo.

Gritos y disparos

Una patada a la altura de la cerraja abre de par en par la puerta, blanca y frágil, del palco. Corberó dirige la mano del arma abajo y a la derecha, hacia la posición de Elisa, y dispara contra ella tres veces muy seguidas.

Gritos en el teatro. Todos dirigen la mirada, asustada y perpleja, hacia el palco 9. Al momento, Ruiz y Gili, los únicos a quienes los disparos de Edgardo no han pillado por sorpresa, irrumpen en el escenario y se abalanzan sobre el futuro presidente, al que se llevan casi en volandas para ponerlo a salvo, sacándolo por el lateral.

Fermín Escartín, a punto de irrumpir en la sala, pero todavía con la comandante Morel al otro lado del hilo, se frena en seco, con el corazón encabritado.

Las balas del .44 Magnum hacen agujeros muy grandes. Edgardo sabe de sobra que cualquiera de sus tres disparos ha de resultar mortal de necesidad. Y, sin embargo, entre el humo azulado de la pólvora, intuye que algo no va bien. Retira la tela negra que debería cubrir el cadáver de Elisa y lo que encuentra es el fusil Dragunov colocado sobre tres cojines de raso rojo, de los que se usan en los asientos de los palcos.

Y se percata de que Elisa no se ha dejado engañar. De que la tiene a su espalda, seguramente oculta tras la puerta que él mismo acaba de abrir de una patada. En lugar de volverse hacia ella, un movimiento demasiado lento, dobla solo el brazo derecho, lo pasa bajo la axila izquierda y dispara de nuevo el Colt, a ciegas. El movimiento ha sido rápido e inteligente. Podría haberle salido bien. Podría haber acertado, haber acabado con la vida de la asesina española. Pero falla el tiro, y Elisa se abalanza sobre él, con la intención de arrojarlo desde el palco a la platea.

La suerte, sin embargo, acompaña a Edgardo. El empujón lo hace caer al suelo, se golpea contra la balaustrada del palco y eso lo frena y evita su caída. Pese al dolor, reacciona bien, cosas del entrenamiento recibido como agente de la DINI. Con un movimiento instintivo, aprovecha el impulso de su atacante para ser él quien la lance por encima de la barandilla.

Elisa siente que allí acaba todo. Cinco metros de caída hasta aterrizar sobre los respaldos de madera de las butacas de la platea. Es el fin.

Adiós, Elisa.

Un último gesto, sin embargo, le permite esquivar a la muerte cuando ya lo creía imposible. Cuando ya se veía perdida sin remedio, con un aspaviento desesperado logra sujetarse con una mano al soporte metálico destinado a montar focos.

Allí queda, colgando del vacío.

No podrá resistir durante mucho tiempo.

De inmediato, Edgardo se incorpora, aturdido aún por el golpe recibido. De un vistazo, en un segundo, se hace cargo de la situación. Ha fallado, pero las circunstancias siguen estando a su favor. Elisa, colgada del exterior del palco, no resistirá mucho más. La caída hasta el patio de butacas seguramente resultará mortal. O quizá no. Pero un disparo del 44 a bocajarro siempre lo es. Para qué arriesgarse.

Corberó, sobreponiéndose al dolor, palpa el suelo, buscado el arma que ha soltado de la mano en algún momento. Pronto da con ella. Se incorpora, aún tambaleante. Se asoma por encima de la delantera del palco y estira el brazo, para casi apoyar el extremo del cañón del Colt en la frente de la mujer, indefensa por completo.

–Adiós, Elisa, amiga mía –se permite decir, teatralmente.

Suena un disparo.

Muere el payaso.

Cambio de planes

Grita la gente, asustada por la detonación.

Sin embargo, no se ha tratado del sonido abrumador, contundente y recio del revólver Colt, sino del estampido seco, potente y preciso, ligeramente metálico, contenido, de un fusil de largo alcance Remington D5 Navajo.

Nadie sabe dónde se ha producido. No hay fogonazo visible. No hay humo. ¿En alguna de las localidades del último piso, sumidas en la sombra? ¿Quizá en la tramoya del teatro? ¿En el peine donde se engarzan las poleas que permiten mover los telones? ¿En lo alto del arco proscenio, a través de una de las aberturas que usan los regidores de escena? ¿Tal vez en los pasadizos que recorren el techo de la gloria? ¿Y cómo ha llegado Toñín hasta allí? ¿Por quién se ha hecho pasar? ¿Cómo ha logrado introducir el Remington en el teatro? ¿Y cómo va a conseguir escapar sin dejar rastro alguno, ni aun el casquillo de su único disparo?

Un disparo destinado al futuro presidente pero que, en el último instante, ha cambiado de objetivo.

Situado desde hace horas en su puesto de tirador, Toñín Lobo acciona el cerrojo de su fusil, alojando el cartucho en la recámara. Ha llegado el momento. Se complace en comprobar que el ritmo de su corazón apenas se ha acelerado. Acaricia el gatillo.

Oye entonces los tres disparos del revólver de Corberó.

Eso le inyecta adrenalina a chorro en el torrente sanguíneo. Instintivamente, gira el arma en dirección al sonido y, a través de la mira telescópica de su fusil, ve a su madre abalanzarse sobre Edgardo, forcejear, salir despedida, quedar colgando en el vacío, sujeta por una mano del exterior del palco.

No acaba de entender lo que sucede. Su madre, a la que él creía de crucero por las islas griegas, está allí. Toñín no entiende por qué ni para qué. Solo sabe que ella está a punto de morir. Y que él no debería permitirlo.

Aparta el ojo del visor telescópico para tener visión de conjunto.

Ahí está ese tipo, que se incorpora con un enorme revólver en la mano.

Toñín aún duda durante una décima de segundo. No: solamente durante media décima.

Kuczynski acaba de abandonar el escenario, empujado por dos agentes. Su objetivo ha escapado. Ya no lo tiene a tiro. Desaparece la última duda.

El tipo del revólver se inclina sobre el frontal del palco.

Va a matar a su madre como a un perro.

Pero él tiene una bala; una bala huérfana, sin dueño. Y el Remington, que desde hacía cuatro minutos miraba con deleite la frente de PPK, ahora se vuelve hacia el tipo que empuña el Colt Anaconda.

Es un disparo algo más difícil, un poco más anguloso. Pero da igual. Antonio Lobo es ya un profesional.

Toñín aprieta el gatillo.

La bala, de punta hueca rellena de mercurio, entra por la sien derecha de Corberó y sale por debajo de su oreja izquierda. Entra haciendo un agujero pequeño como un guisante. Sale provocando un cráter inmenso, una erupción de huesos astillados, cartílagos, músculos, tendones, masa cerebral... todo ello ardiente como la lava, a causa de la energía desmesurada del proyectil.

Será difícil limpiar el palco número 9. Es lo que tiene la muerte. Casi siempre resulta asquerosa.

Todo ha ocurrido en el tiempo de un parpadeo. A tal velocidad que resulta difícil de percibir. Tan solo se puede imaginar.

Cinco balas

Toñín abre el cerrojo de su fusil, que escupe un casquillo humeante, e introduce una de las cinco balas que le quedan. Cuando termina la maniobra, vuelve a recorrer el teatro con la mirada, en busca de otro objetivo.

Oye entonces la voz de Fermín, desde la platea, justo debajo de donde Elisa sigue colgando. Le pide que se tranquilice, que aguante. Le explica que Álvaro y su familia están a salvo. Que todo ha terminado, que todo va bien.

Toñín enmarca entonces la cara del detective en el círculo de su mira telescópica. La cruz del visor exactamente entre sus ojos. De nuevo, roza el gatillo con la yema de su índice derecho. Entonces, aunque parece imposible que pueda verle, Escartín desvía ligeramente la mirada y ambos se contemplan de hito en hito, cada cual en los ojos del otro pese a la distancia, durante un breve instante.

Tras ello, Fermín se gira y pide a gritos una escalera, para rescatar a Elisa. Toñín separa el dedo índice del guardamonte de su fusil.

Enseguida, abandonando allí mismo el Remington Navajo, Antonio Lobo repta silenciosamente entre la cubierta de tejas y los cañizos que sostienen el último cielorraso de escayola del Teatro Municipal. Lentamente, deshace el camino que lo había llevado hasta su puesto la pasada madrugada y, minutos más tarde, sale al exterior por una trampilla aledaña al edificio lindante para, a continuación, escapar saltando de terraza en terraza por los tejados de Lima.

Mientras, abajo, en el almacén de decorados del sótano, un coche blindado espera a Kuczynski para llevarlo lejos de la pesadilla. Con vistas a la ceremonia definitiva del día 28, tendrán que cambiar algunas cosas, sin duda. Pero, vaya, para eso precisamente sirven los ensayos.

Toñín también se aleja, ahora ya más despacio, más tranquilo, caminando sobre la ciudad, entre gatos y ropa tendida, entre el cielo y el suelo de Lima.

Su primer trabajo como asesino ha concluido con un rotundo fracaso. Y, sin embargo, no tiene la sensación de haber fallado. En el momento crucial, ha tenido que tomar una difícil decisión. Y al hacerlo, su presa, su primera presa, ha escapado con vida. Pero se siente bien. Es cierto: quizá después de esto no vuelva a tener un encargo jamás. Quizá ni siquiera logre regresar a casa.

O tal vez sí, quién sabe.

Tras unas primeras horas grises, el cielo de la capital se ha abierto, dispuesto a contradecir a Melville, y ya no luce blanco como la piel de Moby Dick, sino azul, de un azul intenso y alegre, como las aguas del Mar del Sur.

Índice

Fernando Lalana

Fernando Lalana nació en Zaragoza en 1958. Tras estudiar Derecho, encamina sus pasos hacia la literatura, que se convierte en su primera y única profesión al quedar finalista en 1981 del Premio Barco de Vapor con *El secreto de la arboleda* (1982), y de ganar el Premio Gran Angular 1984 con *El zulo* (1985).

Desde entonces, Fernando Lalana ha publicado más de un centenar de libros de literatura infantil y juvenil.

Ha ganado en otras dos ocasiones el Premio Gran Angular de novela, con *Hubo una vez otra guerra* (en colaboración con Luis A. Puente), en 1988, y con *Scratch*, en 1991. En 1990 recibe la Mención de Honor del Premio Lazarillo por *La bomba* (con José Mª Almárcegui); en 1991, el Premio Barco de Vapor por *Silvia y la máquina Qué* (con José Mª Almárcegui); en 1993, el Premio de la Feria del Libro de Almería, que concede la Junta de Andalucía, por *El ángel caído*. En 2006, el Premio Jaén por *Perpetuum Mobile*; en 2009, el Latin Book Award por *El asunto Galindo*; en 2010, el Premio Cervantes Chico por su trayectoria y el conjunto de su obra, y en 2012 el XX Premio Edebé por *Parque Muerte*.

En 1991, el Ministerio de Cultura le concede el Premio Nacional de Literatura Infantil y Juvenil por *Morirás en Chafarinas*; premio del que ya había sido finalista en 1985 con *El zulo* y del que volvería a serlo en 1997 con *El paso del estrecho*.

Fernando Lalana vive en Zaragoza, sobre las piedras que habitaron los romanos de Cesaraugusta y los musulmanes de Medina Albaida; es decir, en el casco viejo.

Si quieres saber más cosas de él, puedes conectarte a: www.fernandolalana.com

Bambú Exit